등대

김민환 장편소설

차 례

강강수월래

숲 사이로 불어오는 바닷바람이 싱그럽다. 서진하徐鎭夏는 콧노래를 부르며 비자리와 가학리 사이에 있는 버던뚱으로 간다. 소안도는 이월리와 비자리가 있는 북섬과 가학리, 맹선리, 진산리와 미라리가 있는 남섬으로 나뉘는데, 그 사이에 있는 모래톱이 남북의 두 섬을 하나로 잇는다. 사람들은 모래톱 가운데에 있는 야트막한 언덕을 버던뚱이라고 부른다. 길게 뻗은 둔전屯田이 있던 자리인데, 말이 구르고 굴러 그런 묘한 이름으로 굳어졌다. 거기서 그날 밤에 비자리와 가학리 처녀들이 강강술래를 겨룬다. 해마다 열리는 추석맞이 축제다.

보름달이 이미 바다에서 한 뼘쯤 올라와 있다. 달무리가 곱다. 버던뚱의 풀밭을 가운데 두고, 북쪽에는 비자리 사람들이, 남쪽에는 가학리 사람들이 마주 보고 앉아 있다. 자연스레 버던뚱의 동쪽과 서쪽은 다른 마을에서 온 구경꾼들 차지다. 가을 풀벌레가 요란하게 울어댄다.

이윽고 비자리 처녀들이 북쪽에서 줄을 지어 버던뜽으로 들어온다. 모두 흰 저고리에 검정치마 차림이다. 진양조 느린 가락의 강강술래가 시작된다. 처녀들은 서로 손잡고 천천히 오른쪽으로 돌며 큰 원을 그린다. 한 처녀가 낭랑하게 앞소리를 메기자, 서른 명이 넘는 처녀들이 받는소리로 「강강술래」를 부른다.

　　달 떠온다 달 떠온다
　　강강술래
　　동해 동천 달 떠온다
　　강강술래
　　저 달이 뉘 달인가
　　강강술래
　　우리 모두 달이라네
　　강강술래

진양조로 몇 구절을 더 부르고는 중모리로 넘어간다.

　　오동추야 달은 밝고
　　강강술래
　　내 임 생각 절로 난다
　　강강술래

임아 임아, 우리 님아

강강술래

보고 싶은 우리 님아

강강술래

산이 높아 못 오시나

강강술래

물이 깊어 못 오시나

강강술래

중모리 「강강술래」는 다시 중중모리를 거쳐 자진모리로 치닫는다. 처녀들이 무릎을 높이 치켜올리며 옆걸음으로 뛴다.

추석이라 중추가절

강강술래

우리 한데 모였구나

강강술래

뛰어보세 뛰어나 보세

강강술래

윽신윽신 뛰어나 보세

강강술래

높은 마당이 깊어지고

강강술래

깊은 마당이 높어나 지게

강강술래

먼 데 사람 듣기 좋고

강강술래

곁엣사람 보기나 좋게

강강술래

날이 좋다고 날맞이 놀면

강강술래

달이 좋다고 달맞이 놀까

강강술래

유월 유두 칠월 백중

강강술래

팔월 추석이 다 넘어간다

강강술래

진하의 눈길은 앞소리 메기는 처녀에 꽂혀 있다. 맨 앞에 선 처녀는 키가 호리호리하게 크다. 길게 땋은 댕기 머리가 등 뒤에서 출렁인다.

진하는 비자리 사람들이 모여 있는 북쪽으로 간다. 마침 아는 청년이 그를 반긴다. 숨이 찰 법도 한데, 처녀는 차분하게 마지막을 맺는다.

　강강술래 강강술래

　맑고 고운 소리가 밤하늘에 울려 퍼진다. 여운이 꿈결처럼 아련하다. 마을 처녀들이 받는소리로 맺는다.

　강강술래 강강술래

　강강술래가 끝나자 버덩뜸에 모인 사람들이 일제히 '와' 하고 탄성을 지르며 손뼉을 친다. 여러 청년이 손가락을 입에 넣어 휘파람을 분다. 버덩뜸에서는 곧 가학리 처자들이 강강술래를 시작하나, 진하는 거기엔 관심이 없다. 옆에 있는 청년에게 묻는다.
　"앞소리 메긴 저 처녀, 누구여?"
　홍동연 영감의 딸이라고 한다. 진하는 고개를 끄덕인다. 짐작이 맞은 것이다. 홍 영감은 비자리 평야에 땅이 많은 지주이자, 미역이 자라는 미역바위도 여러 개 가지고 있는 부자다. 그이가 의서를 많이 읽고 의술을 익혀, 인근 사람들에게 돈을 받지 않고 침도 놓고 환약도 지어준다는 사실은 진하도 안다.
　"처자 이름이 뭐이여?"
　"호적 이름은 아름다울 미美에 노을 하霞, 홍미하. 동네에서는 그냥 '노을'이라고 불러. 노을이 짙을 때 태어났어."

청년이 보탠다.

"넘보지 마. 천자문도 뗐고, 『내훈』이란 책도 읽은 규수여."

한학을 공부했건 안 했건, 홍 영감 딸이라면 소안도에서는 아무도 쉽게 넘보지 못할 것이다.

낯선 이가 맹선리 서진하의 집으로 들어선다. 책을 싼 것 같은 보자기를 들고 있다. 마당에 있던 진하가 나선다.

"으찌께 오셔겠소?"

왜 오셨느냐는 물음이다. 상대가 되묻는다.

"여그가 서범규 훈장님 서당이오?"

손님은 키가 크고, 눈매가 날카롭다.

"맞구먼이라우. 지 아부지 되시는디요."

진하는 누구신지 물으려다 말고 앞장선다.

"아부지, 손님이 오셨어라우."

서 훈장이 문을 열자 손님이 방으로 들어간다. 진하는 돌아설까 하다가 툇마루에 걸터앉는다. 손님이 다짜고짜 묻는다.

"훈장님은 부여 서씨지라우?"

"그렇소. 부여 서가요."

"시조가 부여융扶餘隆 태자시겠네요."

"그렇지라우."

부여융은 백제의 마지막 임금인 의자왕의 아들이다. 태자에 책봉되었으나 백제가 나당 연합군에 패하는 바람에 당나라로 끌려갔다. 당나라 고종은 그를 가엾게 여겨 원래의 성인 부여扶餘를 서徐로 바꾸게 하고, 웅진 도독으로 삼아 돌려보냈다.

부여 서씨라고 해서 모두 부여융의 후손인 것은 아니다. 나라가 망하자 백제 왕족은 뿔뿔이 흩어졌다. 왕족이라는 사실이 알려지면 목숨을 앗길 수도 있었다. 그러다가 부여융이 돌아오고 그가 서씨 성으로 도독을 맡고 있다는 소문이 돌자, 여기저기 숨어 사는 부여씨가 서씨로 성을 바꾸었다. 당나라 고종이 준 성씨라서 아무도 함부로 해코지하지 못했다.

서 훈장의 조상은 부여 서씨 집성촌이 있는 논산에서 살았으나, 임진왜란 때 수군으로 참전한 서종구 할아버지가 소안도의 맹선리에 정착했다. 전투와 운송을 겸하는 군선을 맹선猛船이라고 하는데, 맹선이 드나든 항구가 바로 맹선리의 맹선항이다.

손님이 말머리를 돌린다.

"소안도에는 유난히 서당이 많지라우?"

"그렇지라우."

"섬에 서당이 많이 들어선 이유가 뭣인가요?"

"소안도에는 입도조入島祖가 여러분 계시지라우. 식솔을 이끌고 섬으로 들어온 할아버지를 입도조라고 하는데, 후손들이 섬에 살지라도 도리를 알고 바르게 살아가도록 서당을 세웠겠지라우."

사실이다. 여러 문중에서는 씨족이 섬에 뿌리를 내려 마을을 이루자, 다투어 서당을 지었다. 비자리에는 비동 마을에 침벽재와 금성재가 있고, 진산리에는 동진 마을에 일신재와 학신재가, 소진 마을에 동광재가 있으며, 미라리에는 미라 마을에 관해재, 부상 마을에 대동서당이 있다.

그 밖의 여러 마을에서도 주민의 사랑채에 서당을 꾸려 운영했다. 서범규 훈장이 사는 맹선리에도 전에 서당이 있었으나 언젠가 없어졌는데, 몇 해 전에 마을 사람들의 성화를 이기지 못해 서 훈장이 자기 집 사랑채에 학생을 모아 가르쳤다. 마을 사람들은 서당에 당호를 붙이라고 했지만, 서 훈장은 고개를 저었다.

소안도에서 오래전부터 가장 널리 알려진 서당이 동진 마을의 일신재다. 그 서당은 김준서라는 선비가 순조 임금 시절에 세웠다. 소안도가 영암군에 속해 있을 때인데, 군수가 그이를 찾아와 아무 말 없이 붓으로 한지에 蛛 蝶 蛉 세 글자를 썼다. 김 훈장 역시 말없이 犁 耒 欋 세 글자로 답했다. 군수가 김 훈장에게 집에만 계시지 말고 벼슬길에 오르시라는 뜻으로 거미 주蛛, 나비 접蝶, 잠자리 령蛉의 세 글자를 쓰자, 김 훈장은 밭이나 갈겠다며 쟁기 려犁, 가래 뢰耒, 쇠스랑 구欋의 세 글자로 답한 것이다. 그이는 학문이 깊은데다 청빈해 참선비로 이름이 높았다.

손님이 다시 말머리를 돌린다.

"우리가 아주 평화롭게 추석 명절을 보냈소만, 나라 운명은 풍

전등화요. 백제가 그랬듯이, 또 나라가 없어질지도 모르요.”

그가 말을 잇는다.

“우리는 오랫동안 중화를 섬겨왔소. 청나라가 명나라를 내치자 한때 청을 멀리하기도 했으나, 병자호란으로 혼쭐이 난 뒤로 청을 인정하고 청을 사대해왔소. 그러나 지금은 으쩌게 되었소? 하늘 같이 믿고 의지한 청이 왜놈들한테 무릎을 꿇어부렀소. 거그서 그친 것이 아니요. 왜는 올해(1904년) 초에 아라사俄羅斯를 쳤소. 전쟁이 지금 한창이라는디, 이 싸움에서 아라사가 이기느냐, 왜가 이기느냐에 따라 이 나라 운명이 갈릴 판이요. 그러면 우리는 으쩌게 해야겠소? 왜가 이기면 왜를 사대하고, 아라사가 이기면 아라사를 사대해야 하는 것이오? 좌우단간에, 청나라가 숨이 끊어져가는디, 그래도 서당에서는 여전히 유도儒道 경전이나 가르치고 있어야겠소?”

이 이가 초면에 시비를 거는 것인가? 서 훈장이 불쑥 손님에게 묻는다. 퉁명스럽다.

“그런디… 손님은 뉘시오?”

손님은 머뭇거리지 않는다.

“나성대羅成大올씨다.”

나성대라고? 귀에 익은 이름이다. 나주 출신으로, 글공부도 꽤 한 선비라는데 동학 봉기가 나자 동학군에 들어갔다가, 장흥 석대들 전투에서 동학군이 패한 뒤에 완도를 거쳐 소안도로 들어와 동학을 퍼트리고 다닌다는 사람이다. 관헌에게 잡히면 무사할 리가 없을 것이다. 이 집 저 집 떠돌기도 하고 때로는 야산에서 자기도 한다는데, 얼굴은 맑고 옷차림은 말쑥하다. 달포쯤 전에 일신재의 김양목 훈장이 한 말이 떠오른다. 으짜면 나성대라는 자가 서 훈장한테도 찾아갈지 몰라. 동학 접장이라는디, 시건방지고 삿된 놈이여. 보자마자 내쫓아.

서 훈장이 떨떠름한 표정을 짓고 있는데, 나 접장이 아랑곳하지 않고 말을 잇는다.

"서 훈장, 서당이야 원래 과거 시험을 준비하는 데가 아니었소? 그런디, 과거라는 것은 이미 뇌물 잔치가 된 지 오래요. 그런데다 시대가 달라졌소. 전에는 벼슬에 나가면 노론이니 남인이니, 그 사색의 줄을 잡으면 되었는디, 이제는 왜놈 줄이나 아라사 줄을 잡아야 한다고들 합디다. 이런 판국에 유도 경전을 붙들고 있은들 무슨 소용이 있겠소?"

"…."

"서 훈장, 이젠 전혀 새로운 공부가 필요하지 않겠소? 되놈 줄도 아니고 왜놈 줄도 아니고 아라사 줄도 아닌, 딱 내 자리에 세우는 그런 공부 말이요. 서 훈장 조상 한 분이 이순신 장군 휘하에서 활약하시고, 여기 맹선리에 정착하신 것으로 들었소. 그런 훌륭한 조상을 두신 서 훈장께서 새 공부를 이끌지 않으면 누가 하것소?"

"…."

16

"며칠 전에 추석맞이 강강술래를 했다는디… 진짜로 강강수월래強羌水越來요. 강할 강强, 오랑캐 강羌. 강한 오랑캐가 물 건너왔소. 이제 우리가 제대로 된 강강술래를 해야겄고… 서 훈장 같은 분이 앞소리를 메겨야 할 때다, 그 말이요."

원래 우리 서당에서 과거 시험을 겨냥해 유도 경전을 가르친 것은 아니요. 사람이 사람답게 사는 길이 거기에 있다고 믿고, 그리해온 것이오. 소안도 다른 서당 역시 마찬가지요. 그러나 오롯이 유도에만 매달리는 것이 옳은 일인지 나도 요즘 회의하고 있소. 시대가 요동치고 있다는 걸 잘 알고 있소. 듣기도 했고 읽기도 했고, 또한 나름대로 이런저런 생각도 하고 있소. 그렇지 않아도 머리가 터질 것 같소. 그러나 서 훈장은 아무 말도 하지 않는다. 나 접장도 말없이 서 훈장의 표정을 살핀다. 이윽고 서 훈장이 입을 연다.

"가슴이 답답하요. 손님한테 미안한디, 거그 문을 쪼깐 여실라요?"

나 접장이 문을 툭 밀어젖힌다. 툇마루에 앉아 있던 진하는 얼른 일어서서 자리를 피한다. 나 접장은 한참이 지나서야 서당을 떠난다.

초초목목 풍풍

바람결에도 「강강술래」 소리가 실려 온다. 파도를 타고도 「강강술래」 소리가 밀려온다. 노을이가 버던뜽에서 부르던 그 소리다. 들에 있어도 바다에 있어도, 앞소리 메기던 노을이 모습이 눈앞에 어른거린다. 서진하는 동갑계 단짝 친구 홍창식을 만나러 비자리로 간다. 창식은 홍동연 영감의 조카다. 창식을 만나면 노을이에 대해 이런저런 이야기를 들을 수 있을 것이다.

진하가 홍창식과 막역한 사이가 된 것은, 동갑계가 결성된 직후인 3년 전부터다. 그럴 만한 계기가 있었다. 홍창식이 거문도에서 왔다는 뱃사람 셋과 맹선항 부두에서 뒤엉켜 싸우는 걸 보고 진하가 뛰어들었다. 진하가 그중 하나를 떼어내 들배지기로 눕히고, 다른 하나를 후려 던지기로 내동댕이치자, 나머지 하나는 줄행랑을 놓았다. 그 뒤로 두 사람은 친형제 못지않게 가까운 사이가 되었다.

맹선리에서 비자리까지는 5리는 넘고 10리는 조금 못 미치는 거

18

리다. 비자리는 산을 등지고 바다를 내려다보는 배산임해背山臨海의 아늑하고 아름다운 마을이다. 산에 비자나무가 많아 마을 이름도 비자리다. 마을 입구에서 진하는 뒤로 돌아선다. 바다 가득히 윤슬이 반짝인다. 밝은 미래가 그를 기다리는 것만 같다.

골목으로 들어선다. 홍 영감의 기와집 바로 옆에 붙어 있는 창식의 집은 네 칸짜리 초가로, 아담하고 정갈하다. 지붕 위에 열린 큰 호박이 진하의 눈길을 끈다. 돌담을 지나 사립문 앞에 서자, 안이 훤히 들여다보인다. 툇마루에 홍창식과 노을이가 나란히 앉아 있다. 노을이가 와 있다니 뜻밖이다. 가슴이 뛴다. 창식이 벌떡 일어서며 진하를 반긴다.

"아니, 너 웬일이냐?"

"너 볼라고 왔다. 추석날 강강술래 구경하러 버던뚱에 왔는디, 너는 안 보이더라."

창식은 아하하, 웃음을 터트린다.

"나는 그날 밤에 가학리 사람들 틈에 끼어 있었어야."

"아니, 왜?"

"그 마을에 내가 점찍어둔 처녀가 있단 말이다."

창식은 다시 아하하, 웃는다. 노을이가 상긋 웃으며 오빠 창식에게 눈을 흘긴다. 전에도 두어 번 노을이를 본 적이 있는데, 몇 년 사이에 훌쩍 커서 처녀티가 물씬 난다. 얼굴이 맑고 귀티가 넘친다. 말이라도 한마디 걸어보고 싶으나 아무 말도 생각나지 않는다. 진하는 딴청을 부린다.

"니 집 지붕에 열린 호박이 참 오지다."

창식은 손을 내저으며 핀잔을 준다.

"너 참말로 한심하구나. 예쁜 내 여동생을 앞에 두고, 못생긴 호박이나 탐내다니…."

노을이의 얼굴이 붉어진다.

"오빠, 나는 집에 갈래."

노을이가 종종걸음으로 사립 쪽으로 걷는다. 진하는 노을이와 통성명조차 하지 못해 아쉽다. 진하는 노을이가 불렀던 「강강술래」 맺는 소리를 부른다.

　　강강술래 강강술래

소리가 맑고 울림이 크다. 노을이가 놀란 듯, 멈춰 서서 돌아본다. 진하와 눈이 마주친다. 창식이 놀려댄다.

"노을이는 비자리 노래꾼이고 진하는 맹선리 소리꾼인디, 둘이서 합창 한번 해보거라."

사람들은 민요를 잘 부르면 노래꾼이라고 하고, 판소리까지 하면 소리꾼이라고 한다. 노을이가 진하를 빤히 바라보더니 상긋 웃고는 마당을 나간다. 오메. 저 웃는 얼굴, 참말로 이뻐부네. 그래, 한번 덤벼볼까? 진하 마음속에서 불끈 전의가 솟는다.

"노을이가 니 큰아부지 장녀지?"

"그래. 맞아."

"니가 오빠 아니냐? 니 큰아부지가 니 아부지보다 자식을 늦게 봤구나."

"아녀. 백부님한테 나보다 세 살 위인 첫아들이 있었다는디, 아기 때 죽었다는 것이여. 그때부터 백부님이 작심하고 의서를 읽으셨다고 들었어야."

진하가 파고든다.

"노을이가 몇 살이냐?"

"열일곱. 우리보다 네 살 아래."

"딱 좋구나. 야, 창식아. 언제 야밤에 노을이하고 단둘이 한번 만나게 해주라."

창식이 단칼에 자른다.

"그건 아니지. 꽉 찬 나이에, 그것도 야밤에 만나면 쓰겠나?"

서 훈장은 아무 책이나 손에 잡히면 단숨에 읽어치운다. 오래전 일이지만, 천주학에 관한 책까지도 여러 권을 읽었다. 이번에도 서 훈장은 별다른 생각이 없이 나성대 접장이 두고 간 네 권의 책 가운데 하나를 집어 든다. 수운水雲 최제우崔濟愚의 행장이다. 그 책을 읽고 나서 그는 묘한 감정에 휩싸인다. 다른 책 세 권도 차례로 읽기로 한다. 서 훈장은 정신을 가다듬고, 책을 한 줄 한 줄 정독

한다. 정독을 마쳤는데도 긴장감을 떨칠 수 없다. 그는 행장을 뺀 세 권의 책에 정신을 집중해 행간까지 헤아리며 다시 읽는다. 다 읽고 나서 서 훈장은 눈앞에 새로운 세상이 펼쳐지는 것 같은 희열을 느낀다. 잃어버린 나를, 영혼을 되찾은 것만 같다. 그 책들 안에 사람이 사람답게 살고 나라가 나라답게 굴러가는, 개벽의 대도가 담겨 있다고 믿는다.

이튿날 아침 일찍 서 훈장은 오랜만에 부흥산 자락의 망해봉에 오른다. 서종구 할아버지가 가끔 올라가 맹선항 앞바다를 바라보곤 했다는 봉우리다. 봉 이름도 그 할아버지가 지었다고 들었다. 그 할아버지는 맹선항에서 처음으로 이순신 장군을 직접 뵈었다. 배가 맹선항에 머물 때 장군께서 선실로 내려오시어 일일이 손을 쥐어 잡고 노꾼들을 격려했다. 할아버지는 왜란이 끝나자 고향에 돌아가 농사를 짓다가 늘그막에 식솔을 이끌고 맹선리로 내려와 정착했다.

서종구 할아버지는 백제가 망했을 때 부여씨가 뿔뿔이 흩어진 사실을 알았을 것이다. 그래서 임진년에 왜란으로 나라가 위태롭게 되자, 아래팔뼈가 하나로 붙은 통뼈였다는 농사꾼 할아버지는 머뭇거리지 않고 수군에 들어가 거북선의 노꾼이 되었을 것이다.

서 훈장은 다시 나라가 흔들리는 꼴을 보며 뭔가 비상한 선택을 할 때가 되었다고 느낀다. 섬에 사는 훈장으로서 그가 할 수 있는 일은 그리 많지 않다. 결국 서 훈장은 동학 책을 학생들과 함께 읽기로 작정한다.

서당으로 돌아온 서 훈장은 앉은뱅이책상에 올려놓은 네 권의 책 위에 손을 얹고 눈을 감는다. 금서인 이 책들을 서생들에게 가르치다가는 화가 따를지도 몰라. 그러나 때로는 화를 감내해야 할 때도 있어. 지금이 바로 그런 때야.

마음을 그렇게 정했는데, 홀연 방 안이 싸늘해진다. 으슬으슬 추워 몸이 떨린다. 세상은 곧 암흑천지가 된다. 번개가 번쩍거리고 꽈르릉 꽈르릉 천둥이 울더니 장대비가 쏟아진다. 갑자기 서 훈장의 몸속으로 불덩이 같은 것이 쑥 들어온다. 온몸이 타는 듯이 뜨겁다. 정신을 가다듬고 보니, 눈앞에 깡마른 노인 한 분이 큰 지팡이를 짚고 서 있다. 누더기를 걸치고 있으나 눈빛이 형형하다. 노인이 왼다.

"지기금지至氣今至 원위대강願爲大降."

동학의 주문으로, 신을 맞이하는 강령주문降靈呪文이다. 하느님의 지극하신 기운이 지금 저에게 이르렀나이다. 바라옵건대, 큰 기운을 저에게 내려주옵소서. 굳이 풀자면, 그런 뜻이다. 이 노인이 누굴까? 서 훈장은 그가 수운 최제우라고 믿는다.

"오호, 시운이 불행이외다."

"예, 때가 참으로 좋지 않구먼이라우."

"풍과우과지風過雨過枝에 풍우상설래風雨霜雪來가 아니요?"

"그렇지요. 비바람 지나간 가지에, 또 바람이 불고 비가 오고, 서리에 눈까지 내리는 형국이지라우."

"그러나 어찌 자연의 섭리를 꺾을 수 있겠소? 풍우상설 과거후
風雨霜雪 過去後면?"

"비바람과 서리, 눈까지 지나가면? 아, 일수화발 만세춘一樹花發
萬世春이겠지요."

"서 훈장, 공부가 익었구려. 바람과 비, 서리와 눈까지 지나간 뒤
에는, 나무 하나에라도 꽃이 피기만 하면 온 세상에 봄이 올 것이
오. 서 훈장 대답이 맞소이다."

"…".

"초초목목草草木木이나?"

"풀은 풀이요 나무는 나무지만… 아, 예. 그러나 풍풍風風이것지
라우."

"그래요. 풀은 도로 풀이 되고, 나무도 도로 나무가 되지만, 바람
은 그저 스쳐 지나가는 바람일 뿐이지요."

"그렇고말고요. 왜국이든 아라사든 다 지나갈 바람이었지라우."

"맞아요. 바람에는 뿌리가 없어요."

"…".

"앞으로 산하대운山河大運은 진귀차도盡歸此道가 아니겠소?"

"이 땅의 대운은 마침내 우리 도道로 돌아오고 말 것이다. 아, 그
래야지라우."

"그렇다면… 유수불식流水不息은?"

"흐르는 물이 쉬지 않는 것은? 예, 백천도회지의百川都會之意겠지라우. 백 개의 천을 모아 한군데 가려고, 물은 쉼 없이 흐르겠지라우."

귀신이 고개를 끄덕이더니 나직하게 말한다.

"남은 일이 있다면… 유공각래지 아니겠소?"

유공각래지惟恐覺來知일까, 아니면 유공각래지惟恐覺來遲일까? 전자라면 앎을 깨우치는 것만을 골똘히 생각하라는 말이고, 후자라면 깨우침이 늦게 올 것을 두려워하라는 말일 터다. 오로지 깨우치는 일에 매달리겠다고 두리뭉실하게 대답하려는데, 귀신은 이미 사라지고 없다.

『장자』의 내편 「인간세」 장에 청지이기聽之以氣라는 말이 있다. 여기서 '기'란 비워둔 상태를 뜻한다. 귀로 들을 수 있으나 귀는 소리를 듣는 데에 그칠 뿐이요, 마음으로 들을 수 있으나 마음은 외물과 부합하는 데에 그칠 뿐이므로, 다 비워둔 채로 들어야 도가 비어 있는 곳에 머문다는 것이다. 서 훈장은 마음을 비우고 들었다. 그래서 귀신의 마음이 곧 서 훈장의 마음이 되었다. '네 마음'이 곧 '내 마음'이 된 것이다. 그러나 마지막의 '각래지'에 이르러서 귀신은 두 가지를 깨닫게 하고 자취를 감추었다. 하나는 아무리 마음을 비우고 들어도 제대로 알아차릴 수 없는 차원이 있다는 사실이고, 다른 하나는 적당히 얼버무려 궁지에서 벗어나려 해서는 안 된다는 사실이다.

서 훈장은 귀신과의 대화를 곱씹는다. 지금은 풍우상설의 시대다. 천둥 번개가 요란한 가운데, 비바람에 서리와 눈까지 몰아치는 대혼란의 시대다. 병자년(1876년)에 힘에 밀려서 나라 문을 열었다. 그 뒤로 임오년(1882년)에 군란이 나더니, 갑신년(1884년)에 정변이 일어나고, 을미년(1895년)에는 국모인 민비가 시해되었다. 그야말로 선천시대가 막을 내리고 있다.

선천 시대가 끝나면 오래잖아 후천 시대가 올 것이다. 바람에 누웠던 풀은 다시 일어나고, 가지 꺾인 나무도 새 움을 틔울 것이다. 언젠가 단 한 그루의 나무에서라도 꽃이 피면, 곧 온 세상에 꽃이 만발한 봄이 올 것이다. 강자가 약자를 억누르지만, 억눌린 자는 다시 일어나고, 눌린 자들이 되레 벌판의 주인이 될 것이다. 바람은 결코 뿌리내리지 못한다. 바람은 바람일 뿐이다. 바람은 그저 스쳐 지나간다. 물 한 방울 한 방울이 모여 내를 이루듯이, 나도 멀리 보고 사람을 모아서 가르치자. 마음을 그렇게 다잡고 나자, 가슴이 벅차오른다.

서 훈장은 한껏 숨을 들이마셨다가 내쉰 뒤에 방문을 연다. 파란 가을하늘에 새털구름이 한가롭다. 천둥 번개가 치고 장대비가 쏟아진 흔적은 보이지 않는다. 마당에서 깨를 털고 있는 그의 아내에게 묻는다.

"여보, 조금 전에 비가 쏟아지지 않았소?"

"비가 쏟아지다니요?"

"천둥이 울고 번개가 치더니 비가 억수같이 쏟아졌는디….'

"내가 깨를 털었는디 깨가 많이 쏟아졌소. 그 소리 들음시로 당신이 낮 꿈을 꿨는갑소. 비는 한 방울도 안 왔소."

서 훈장은 고개를 갸웃한다. 보였는데 보일 수 없고, 들었는데 들려줄 수 없으니 답답하다. 그래. 내가 수운을 접신接神한 것이여. 아무한테도 말하지 말고 마음 깊이 간직해야 해. 얼음장 밑으로 봄이 온다지 않는가? 나는 묵묵히 내 할 일을 하면 돼.

"요즘도 세상이 어지러운디… 그 한쪽에 동학이 있다는 사실은 자네들도 알 것이네. 동학이란 것이 대체 무엇인가? 공부하는 사람들로서, 그것이 뭣인지는 알아둘 필요가 있지 않겠는가? 그러려면 으찌께 해야 쓰겄어? 동학을 창시했다는 사람의 행장도 한번 읽어보고, 동학의 내용도 쪼깐 알아봐야 쓰지 않겠는가? 행장이 뭣인지 다들 알제? 간략한 전기, 말이네. 자네들한테 베껴 쓰라고 한 것이 바로 수운 최제우의 행장이네. 먼저 그것부터 한꾼에 읽어보세."

나성대 접장은 네 권의 필사본을 두고 갔다. 그 하나가 최제우의 행장이고, 다른 셋은 동학 경전의 핵심이랄 수 있는「포덕문」과「동학론」및「수덕문」이다. 물론 네 권 모두 처음부터 끝까지 한자로 쓰인 책이다. 서 훈장은 그 책들을 서당꾼 앞에 한꺼번에 꺼내 놓지 않고 먼저 행장만 베껴 쓰게 한다. 다른 책들도 차례로 필사해서 읽게 할 예정이다. 행장을 읽자는데도 서당꾼들이 겁을 내는 것 같다. 경계심을 누그러트리기 위해 서 훈장이 보탠다.

"분명히 말해둘 것이 있네. 나는 동학도가 아니네. 물론 자네들을 동학도로 만들려고 그러는 것도 아니네. 그저 이 시대 사람으로서 동학이라는 것이 뭣인지나 알아보자, 그뿐이네."

나흘이 지나서다. 서당꾼들이 필사본 베끼기를 마친 것을 확인한 훈장은 새로운 방침을 밝힌다. 낮에 서당에서 소년들에게 한문을 가르치는 데는 변화를 주지 않겠으나, 저녁에 청장년을 대상으로 하는 글공부는 이전과 달리하겠다는 것이다.

"이제부터는 저녁 시간을 둘로 쪼개겠네. 이른 저녁에는 종전처럼 유도 경전을 읽을 것이나, 늦저녁에는 내가 베끼라고 한 글을 한꾼에 읽기로 하세. 내키지 않는 사람은 늦저녁 공부에는 안 들어와도 되네."

서 훈장이 덧붙인다.

"흔히들 과거를 볼라고 공부하지만, 그것은 참 공부가 아니네. 마음을 닦으려고, 바르게 사는 길을 찾으려고 공부하는 것이 참공부가 아니겠는가? 우리 입도조들이야말로 한결같이 그런 참공부를 하신 분들이셨네. 그분들은 세상 망가지는 꼴을 앉아서 보기 민망하셔서, 내 마음을 지키며 바르고 깨끗하게 사시고자 이 섬으로 찾아오셨네. 그런 입도조들을 생각함시로 책을 읽어야 하네."

네 권의 책이 길지 않으나 다 읽는 데는 상당한 시일이 걸릴 터다. 유도 경전은 여러 선학이 주석을 붙였지만, 동학 경전은 그렇지 않다. 그런데다 원래 서 훈장은, 서생들이 글을 해독하는 데에 그치지 않고, 글을 달달 외울 정도로 숙지하고, 궁극적으로는 글의 참뜻을 깨우치기를 바란다.

새로 시작한 동학 공부에는 청장년 서당꾼 아홉 명이 참여한다. 열두셋 가운데 나오다 말다 하는 사람을 빼고는 다 함께하는 셈이다. 늦저녁 공부 시간이 되면, 서당꾼이 모여 있는 방으로 서범규 훈장이 건너온다. 유도 경전 공부는 진도에 따라 서당꾼을 한둘씩 훈장 방으로 불러들여 가르치는데, 훈장이 서당꾼 방으로 오는 것은 전에 없던 일이다.

서당꾼들은 첫날 저녁에 읽은 행장의 머리글을 통해, 최제우가 경주 최씨이며, 호가 수운이고, 정무공 최진립 장군의 6세손이요, 어머니는 청주 한씨이고, 부인이 밀양 박씨라는 걸 안다. 서당꾼 가운데 청주 한씨인 한종수와 밀양 박씨인 박영만은 최제우의 어머니나 부인과 동성동본이라는 사실만으로 마음을 연다.

이튿날 행장의 두 번째 문단을 읽으며, 서당꾼들은 서 훈장의 실력에 내심 혀를 내두른다. 이 문단은 '가경익묘嘉慶翼廟' 네 글자로 시작되는데, 훈장에 따르면, 글을 쓴 이가 잘못을 저질렀다는 것이다.

"가경익묘라고 했는디, 이것은 최제우라는 이가 태어난 해가 가경 연간의 익묘 조에 속한다는 말이네. 가경은 청나라 황제인 인종 때의 연호네. 그런디, 인종 시대는 최제우가 태어나기 4년 전에 이미 끝났어. 또 익묘 조라는 말은 우리나라 순조 임금의 세자인 효명세자 시대라는 뜻인디, 효명세자가 순조를 대리청정하기 시작한 것은 최제우가 태어난 3년 뒤부터였어. 최제우가 갑신년(1824년)에 태어났다고 하면 그만인디, 가경익묘 넉 자를 괜히 얹은 것이네."

며칠 뒤에 비자리 청년 이준화李俊和가 서당으로 온다. 체격이 당당하다. 눈은 움푹 들어가고, 광대뼈는 나오고, 코는 뭉툭하고, 입술은 두툼하다. 늘씬하고 깔끔한 귀골의 서진하와는 달라도 무척 다르다. 동학도라는 소문이 도는 청년이다. 이준화가 훈장에게 큰절을 올리고 나서 무릎을 꿇고 앉는다.

"훈장님한테 글을 배울라고 왔구먼이라우."

이준화가 비자리 서당에서 여러 해에 걸쳐 한문 공부를 한 것으로 아는데, 왜 여기에 왔을까? 훈장은 짚이는 것이 있다. 나성대 접장이 보냈을 것이다.

"잘 왔네. 누구는 가르치고 누구는 배우는, 그런 것이 아니네. 서로 머리 맞대고 한꾼에 공부해보세."

며칠이 더 지나서다. 늦저녁 공부가 끝나 서당꾼들이 모두 돌아간다. 훈장과 몇 마디를 나누고 나온 이준화가, 마당에서 보름달을 쳐다보고 있는 진하에게 다가오더니 어깨를 툭 친다.

"나하고 이야기 쪼깐 하세."

마을을 벗어나 멀지 않은 곳에 산소가 하나 있다. 무덤 앞의 잔디밭이 제법 널찍하다. 이준화가 대뜸 말한다.

"떡 본 김에 제사 지낸다는디… 우리 둘이 여그서 씨름 한판 붙어볼까?"

뜬금없는 말이다. 그러나 진하는 그 말이 반갑다. 술을 좋아하는 사람은 술로 겨룬다. 이기고 지는 것은 다음다음 문제다. 권커니 잣거니 하며 마음을 주고받는다. 주량이 비슷하고 생각이 같으면 금세 친해진다. 씨름도 마찬가지다. 겨룰 만한 사람끼리 겨루고 나면, 씨름 한판으로도 우의를 도탑게 할 수 있다. 진하로서는 마다할 일이 아니다. 여러 해 전이긴 하나 추석을 맞아 버던뜸에서 벌어진 씨름 대회에서 이준화가 청년부 우승을 차지했을 때, 진하는 소년부에서 우승했다.

둘은 무덤 앞에서 달밤에 씨름을 벌인다. 샅바가 있을 리 없다. 한복 바짓가랑이를 붙잡고 겨루는데, 승부가 나지 않는다. 힘은 이준화가 세지만, 진하는 무척 날쌔다. 몇 번 기술을 걸었다가 되치기당한 준화가 섣불리 덤비지 못한다. 준화가 멈칫거리는 틈을 타, 진하가 배지기를 하기 위해 바지를 훅 잡아채자, 준화의 바지 솔기가 찌직 뜯긴다.

"아이고, 그만두세. 바지가 남아나지 않겠네."

이준화가 털썩 주저앉으며, 진하에게 옆자리를 권한다. 진하는 옆으로 가지 않고 준화 맞은편에 앉는다.

"자네, 몇 살인가?"

"갑신(1884년)생이고, 스물한 살이어라우."

"그래? 나하고는 다섯 살 차이가 나구마. 나는 기묘(1879년)생, 스물여섯이네."

"…"

"성은 다르지만 나하고는 이름도 비슷하고…. 내가 자네를 '동생'이라고 불러도 되겠는가?"

"그러시오. 나는 '성님'이라고 부를게라우."

"이 세상에 남남끼리 성님 동생, 하는 사람이 한둘이겠는가만, 나는 형제도 없고…. 자네를 친동생으로 알겠네."

"나도 성이 없은께, 친성님처럼 모시것구만이라우."

"고맙네. 그런디, 자네 부친, 우리 훈장님은 연세가 으찌께 되시는가?"

"임술(1862년)생으로 마흔셋이어요."

"외유내강한 참선비라고 하시듬마."

"누가 그럽디까?"

"나성대 접장께서…. 접장 어른이 소안도 서당의 훈장을 한 분 한 분 찾아뵙고 제자들한테 동학 공부를 시켜달라고 간청했는디, 다들 한 귀로 듣고 다른 귀로 흘려불드람마. 마지막으로 맹선리에 들러 훈장님을 뵈었는디, 완고한 분일 것 같아 크게 기대하지 않고 말씀드렸다고 하대. 그런디, 묵묵히 듣고 계시던 이가 불쑥, 책을 두고 가라고 하시더라는 것이여."

진하가 불쑥 묻는다.

"성님, 동학도지라우?"

"다른 사람이 물으면 딱 잡아떼는디… 동생한테까지 거짓말하면 쓰겄는가? 동학도, 맞네."

"…."

"나 같은 무지렁이가 뭣을 알겄는가? 바깥 나라들은 모조리 날강도 같은디, 나라 안은 온통 썩은 것 같고…. 이렇게 답답할 때 사람들하고 의논해감서 한꾼에 길을 찾아야겄지 않는가? 다행히 좋은 이들이 있어서, 가끔 만나고 있네."

진하는 내친김에 궁금한 것을 묻는다. 동학 봉기로 온 나라가 시끄러웠다지만, 자세한 것은 알지 못한다.

"성님, 동학란이 났었다는디… 왜 난리가 난 것이오?"

"나도 겪어보진 못하고 이야기로만 들었는디…."

이준화는 동학 봉기에 관해 설명한다. 나 접장한테 들었다고 한다.

"10년 전 일이네. 고부古阜라는 데서 민란이 터졌네. 백성들은 흉년이 들어서 입에 풀칠하기도 어려운디, 조병갑이라는 군수 놈이 저수지를 막아놓고 수세水稅를 내라고 다그쳐 7백 석을 챙겼네. 그뿐인가? 태안 군수를 지낸 지 애비의 비각을 세우겄담시로 농민들한테 1천 냥 이상을 뜯었어. 거기서 그친 것이 아니여. 무고한 사람들을 잡아들여 죄를 덮어씌워 놓고 뇌물을 가져오면 풀어줬는디, 그렇게 해서 긁어모은 돈이 2만 냥이 넘었다는 것이여.

주민들은 참다못해, 글을 아는 전창혁이라는 이를 내세워 탄원서를 냈네. 탄원서를 받아보고 노발대발한 조병갑이가 전 씨를 잡아들여 곤장으로 초주검이 되게 팼어. 결국, 그이는 집에 돌아와 끙끙 앓다가 보름 뒤에 죽고 말았네."

이준화가 묻는다.

"어야, 동생. 아부지가 억울하게 죽으면, 자식으로서 으찌께 해야 쓰겄는가?"

이준화가 스스로 답한다.

"공자님이 답을 말했네. 어느 날, 자하子夏가 스승인 공자에게 물었어. 부모의 원수를 만나면 으찌께 해야 쓰니까, 하고. 공자가 뭐라고 했는지 알아? 저잣거리에서든 조정에서든 부모 원수와 마주치면 무기를 찾으러 댕길 것도 없이 그 자리에서 당장 싸워야 하느니라, 그렇게 말씀하셨네."

"…."

"어야, 동생. 전봉준이 누군지 알아? 조병갑이한테 매 맞아 죽은 그 전창혁이란 이의 아들이네. 서당 훈장을 하는 선비인 전봉준은 동학교도들에게 통문을 돌렸어. 고부 군수 조병갑을 처단하자고. 호남의 수부인 전주성을 쳐부수자고."

"…."

"전봉준은 키가 쪼깐해서 별명이 녹두였다는디, 동학도들은 그 쪼깐한 녹두 훈장의 호소를 외면하지 않았어. 녹두 훈장은 농민군 3백여 명을 이끌고 고부 관아를 쳤어. 그렇게 해서 녹두 훈장이 졸지에 녹두 장군으로 돌변한 것이여. 녹두 장군의 동학군은 무기고를 부수어 무장하고, 창고에서 볏가마를 꺼내 백성들에게 나눠 주었어. 일이 그 지경에 이르자 조정에서 놀라 조병갑이를 문책한 뒤에, 용인 현감 박원명이란 자를 조병갑의 후임으로 임명하고, 장흥 부사 이용태라는 놈을 안핵사로 삼아 사태 수습에 나섰네. 군수 박원명이는 난민들한테 집으로 돌아가 농사에 전념하라고 타이르고 다 풀어주었어. 그런디 안핵사인 이용태란 놈은 영 딴판이었어. 안핵사가 뭣이여? 어루만질 안按 자, 조사할 핵覈 자, 부릴 사使 자가 아니여? 민란 이후의 민심을 다독이고 민란이 일어난 배경을 알아보라는 직책이여. 그런디, 그 이용태라는 놈은 되레 민심을 마구 헤집었어. 고놈은 박원명 군수가 한 일을 모두 뒤집었어. 무고한 백성을 잡아들여 곤장을 치고, 반역죄로 몰았어. 그뿐인가? 애먼 부자들한테 난리를 배후 조종했다고 덮어씌워 뇌물을 뜯었어."

"고놈, 아주 고약한 놈이네요."

"그러고말고. 성난 농민군이 2차 봉기에 나섰어. 백산에 집결한 농민군한테 녹두 장군이 4대 명의命宜를 발표했네. 첫째, 사람을 죽이지 말고, 물건을 해치지 말라. 둘째, 충효를 온전히 하여 백성을 편안케 하라. 셋째, 왜놈과 양놈을 물리쳐서 성군聖君의 도가 빛나게 하라. 넷째, 군사를 거느리고 경성으로 진격해 권세가와 귀족을 제거하라. 이것이 바로 네 가지 명령이었네.

첫째가 뭣이여? 사람을 죽이지 말라는 것이었어. 햐아, 기가 막히지 않는가? 벼슬아치 중에 조병갑이나 이용태 같은, 쳐 죽일 것들이 구더기처럼 우글우글한 세상인디, 전 장군은 사람을 죽이지 말라고 한 것이여."

"싱겁긴 한디… 그래요. 참 훌륭하구먼요."

이준화가 목소리를 높인다.

"맞아. 참말로 훌륭한 분이셨어. 녹두 장군은 농민군을 이끌어 황토현에서 관군을 깨트리고, 정읍, 흥덕, 고창 관아를 쳤어. 영광, 함평, 무안 일대를 휩쓸었어. 그것뿐이여? 마침내 전주성까지 무너뜨려부렀어."

"그래도… 져부렀잖소?"

이준화는 푸, 긴 숨을 내쉰다.

"졌지. 결국 동학란은 실패로 돌아갔어. 우리 장인어른은 굴참나무로 곡괭이 자루를 여러 개 만들어놓고도 그것들은 아까워서 마루 밑에 숨겨두고, 대나무 작대기를 낫질해 죽창을 만들어 동학군에 들어갔다는 것이여. 동학군은 그런 것으로도 관군을 이겼어. 근디, 왜놈 총에야 당할 수 있었어? 동학군이 관군한테 진 것이 아니여. 왜놈들한테 깨진 것이여. 왜놈들 총에 속수무책으로 당해부렀어. 가슴에 천불이 날 일이었제.”

“…”

“이 환장할 놈의 세상…. 그 왜놈들이 동학을 꺾어불드니, 청국도 꺾어불고, 이제 아라사를 꺾어불라고 전쟁을 일으켰다는 것이여. 왜놈들이 이길지 아라사가 이길지 모르겄네만, 전쟁에서 이긴 쪽이 조선을 삼킬라고 덤비지 않겄는가? 나라가 위태로울 때 백척간두百尺竿頭라는 말을 쓰는디, 지금 우리나라가 그 꼴이여. 나라 운명이 백 척이나 되는 간짓대 위에 올려져 있당께.”

짝지

수운 최제우의 행장을 다 읽고 나서, 서 훈장은 동학 경전의 핵심인 「포덕문」을 서당꾼들에게 베껴 쓰라고 한다. 「포덕문」을 읽은 다음에 「동학론」과 「수덕문」도 차례로 함께 읽을 작정이다.

서진하가 수운의 「포덕문」에 나오는 한자를 자전에서 찾고 있는데, 마을의 동갑내기 서당꾼 최성환이 상기된 얼굴로 서당에 들어선다.

"아따, 진하야. 나 화가 나 죽겠다."

"왜? 뭔 일로?"

그의 여동생 성순이가 어제 해 질 녘에 마을 큰샘에서 물을 긷는데, 아랫마을 일본인 청년이 성순이의 엉덩이를 툭 치고 지나갔다는 것이다. 마을 네거리에 백 년 묵은 후박나무가 서 있고, 그 아래 공동 우물이 있는데, 사람들은 그 우물을 큰샘이라고 부른다.

"그래? 그런 놈을 가만 놔두면 되겠냐?"

"그래서 아까 내가 그 자식 집에 가서 따졌더니, 되레 아우아우

아우아우, 하고 놀리는 거여. 내가 조선말을 하니까 못 알아듣겠다, 그 말인 것 같은디, 지가 지 잘못을 알지 않겠냐? 내가 다시 차분하게 말을 한께, 또 아우아우 아우아우, 함시로 히죽거리더라고. 그 말이 어버버버, 하는 우리말하고 비슷한 말인갑서. 그 자식이 잘못했다고 고개만 숙이면 간단히 끝날 일인디…. 아따, 으찌께 해야겄냐?"

진하는 둘이서 이러쿵저러쿵할 일이 아니라고 느낀다.

"야, 지금은 분을 가라앉히고, 저녁에 공부 끝나면 함께 의논하자."

맹선리 아랫마을에 일본인들이 들어온 것은 백 년도 더 지난 일이다. 서범규 훈장에 따르면, 당신의 증조할아버지 때부터 맹선리 짝지에 일본인 어부들이 간이 숙소를 지어놓고 들락거렸다는 것이다. 짝지란, 해류나 파도 때문에 모래나 자갈이 쌓인 해빈을 말한다. 원래 짝지는 수산물을 말리거나 선별하는 작업 공간으로 이용하는데, 거기에 일본 어부들이 간이 숙소 네댓 채를 지어두고 수시로 왔다 갔다 한 것이다. 맹선리 사람들은 그 숙소를 '막집'이라고 불렀다. 움막 같은 집이라는 뜻도 있고, 마구잡이로 지은 집이라는 뜻도 있었다.

막집에 사는 사람들은 대부분 일본 에히메현愛媛縣이나 후쿠오카현福岡縣 출신들이었다. 그들은 세토내해에서 돛단배를 타고 노를 저어가며 시모노세키와 대마도를 거쳐 통영에 와서 잠시 쉬고,

맹선항까지 온다고 했다. 날씨가 좋더라도 세토내해에서 통영까지 이레, 통영에서 맹선항까지 네댓새가 걸리는 먼 길이다.

짝지에 있는 막집의 주인이 정해진 것도 아니었다. 멸치 철에는 멸치잡이 어부들이, 민어 철에는 민어잡이 어부들이, 삼치 철에는 삼치잡이 어부들이 머물다 떠났다. 맹선리 사람들은 먹고살려고 발버둥 치는 그들을 안쓰럽게 여겨, 늘 채소도 주고, 감자도 주고, 고구마도 주었다.

그들 중에 일부는 여름철에 훈도시만 차고 큰샘에 나타나 물을 긷는가 하면, 바가지로 물을 퍼서 옷을 입은 채 머리에 끼얹기도 했다. 그런 꼴을 보면 맹선리 여자들은 기겁하고 자리를 피했다. 마을 어른들이 일본인 중에 나이 든 이를 찾아가 타이르기도 했으나, 별반 나아지지 않았다. 어른들은 마을 여자들에게 해가 진 뒤에는 큰샘에 가지 말라고 당부할 뿐, 짝지 일본 어민들에게 너그러웠다.

임오년(1882년) 이후에는 일본 어민들이 짝지에 상주하기 시작했다. 일본이 조선 정부를 윽박질러 조일수호조규 속약을 맺고, 조일 통상 장정을 개정해 그 부속 조항으로 속약 마흔두 개 항을 체결함으로써, 조선 해역에서 고기잡이할 수 있는 법적 근거가 마련되자, 일본 어민들이 조선 연안에 아예 눌러앉은 것이다. 그들에게 소안도에서 추자도에 이르는 바다는 그야말로 노다지 황금 어장이었다.

1880년대 중반에 이르러서는 짝지에 사는 일본인 어민이 쉰 명을 웃돌았다. 아낙들은 바닷말이나 우뭇가사리를 뜯거나 전복, 소라, 해삼, 멍게 등을 잡았고, 남정네들은 돛단배를 타고 고기잡 이를 나갔다. 어느 사이에 그들의 주거 형태도 달라졌다. 막집 대 신에 현대적인 일본식 집이 들어섰다. 술이나 간유 등을 파는 가 게가 문을 열더니, 잠시 머무는 일본 어민이 묵어가는 여각까지 생겼다. 그들은 언덕 아래에 공동 우물을 파서 물을 길었다. 여름 철에 훈도시만 차고 윗마을에 나타나는 일도 사라졌다.

1880년대 후반에 이르자 짝지는 더 달라졌다. 조선 정부가 일 본인들에게 입어세入漁稅를 받는 대신에 자유로이 조선 연안에 살 수 있도록 법으로 보장하자, 일본인 어촌에 활력이 넘쳤다. 현대 적인 일본식 집이 열예닐곱 채에 이르렀다. 그 무렵에 입어세를 징수하는 관서인 어세소가 짝지에 들어섰다. 어세소는 여섯 칸의 일본식 건물로, 외벽을 판자로 두르고 사면에 칠을 했으며, 바닥 에 다다미를 깐 최신식 건물이었다. 일본 어민의 태도도 몰라보게 달라졌다. 말쑥하게 차려입은 일본 어민이 낯익은 맹선리 노인을 만나면 서툴게나마 조선말로 ‘진지 자쑈셔쓰요?’ 하고 인사를 건 네기도 하였다.

조선 정부는 어세소 소장으로 야마다 아라지山田荒治라는 일본 인을 임용했다. 공공기관인 어세소에서 상행위를 해서는 안 되는 데, 야마다는 조선인과 일본인 점원을 두고 장사를 했다. 쌀이나

간유, 된장과 같은 식용품은 물론, 솥, 냄비, 성냥, 석탄, 석유, 석유등, 염료, 방부목 등과 같은 외래품도 팔았다.

이들 품목 가운데 석유등은 소안도 사람들의 일상생활에 놀라운 변화를 일으켰다. 전에는 해가 지면 누워 자는 게 일이었으나, 석유등을 켜놓으면 밤에도 바늘에 실을 꿰어 바느질을 할 수 있고, 그물 손질도 할 수 있었다. 밝기가 관솔불이나 아주까리 등잔불과는 비교할 바가 아니었다.

성냥도 석유등에 버금갈 만큼 생활에 이로웠다. 전에는 불이 날 우려가 있는데도, 사람들은 아궁이나 화로에 불씨를 살려두었다. 불씨를 꺼트리면 남의 집에 가서 얻어 와야 했다. 그런 집 며느리는 칠칠치 못한 여자로 금방 낙인이 찍혔다. 그러나 성냥을 사두면 불씨 걱정에서 벗어날 수 있었다. 처음에 사람들은 성냥을 도깨비불이라고 했으나, 원료인 석유황을 빨리 발음한, 성냥이란 말로 굳어졌다.

어세소는 폭리를 취했다. 일본 어민에게 상어 한 마리를 35문에 사서 조선인에게 100문에 파는가 하면, 조선인에게서 쌀 한 되를 35문에 사서 일본 어민에게 60문에 팔았다. 어세소는 외상으로 상품을 팔고 가을철에 쌀로 받기도 했다. 어세소는 더구나 밀수품도 팔았다.

어세소를 들락거리는 사람이 늘자 점원들이 위세를 떨었다. 외상으로 상품을 사 간 사람이 대금을 갚지 않으면, 폭언을 퍼붓고 폭행도 서슴지 않았다. 견디다 못해 병술년(1886년) 8월 어느 밤에 주민들이 어세소를 습격하고, 점원 집에 불을 지르기까지 했다.

이런저런 곡절을 겪었지만, 맹선리 짝지에 사는 일본인 마을과 어민의 위상은 몰라보게 달라졌다. 전에는 맹선리 사람들이 짝지의 일본 어민을 가난하고 상스러운 야만인으로 보았으나, 이제는 짝지 일본인들이 되레 조선인을 깔보며 걸핏하면 '고라 칙쇼(이놈의 짐승)'라고 욕설을 내뱉었다. 태도가 오만불손해진 일본인이 부쩍 늘더니, 드디어 짝지 청년이 최성환의 누이를 희롱한 일까지 벌어진 것이다.

"오늘 읽을 글은 수운이 지은 「포덕문」이네. 하늘의 길이 도라면, 사람이 도를 깨달아 실천하는 것을 덕이라고 할 수 있을 것이네. 그러니까 포덕문이란 사람이 도를 깨우쳐 덕을 실천하게 하는 글이라고 볼 수 있네."

서범규 훈장은 이준화에게 「포덕문」의 첫 문단을 읽고 뜻을 옮기라고 한다. 이준화는 한문 글을 읽고 나서, 떠듬떠듬 우리말로 푼다. 이준화가 말을 마치자 서 훈장이 마무리한다.

"참 잘 읽고 뜻도 잘 풀었네. 옛날 옛적부터 봄과 가을이 번갈아 찾아오고, 춘하추동 사시가 성했다가 쇠하는 변화의 주기도 바뀌지 않으니, 하늘님 조화의 자취가 뚜렷하지 않은가? 물론 춥고 덥고, 하는데 차도가 있기는 하나 궤도를 크게 벗어난 것은 아니었어. 수운은 이것이 모두 하늘의 뜻이고, 하늘의 은택이라고 본 것이네."

서 훈장은 서당꾼 가운데서 몇 사람을 지목해 한자를 제대로 찾아왔는지, 해석하지 못한 대목이 있는지를 확인한다.

수업을 끝내고 훈장은 훈장 방으로 건너갔지만, 서당꾼들은 자리에 남는다. 최성환이 큰샘에서 일어난 일에 대해 말한다. 너도 나도 제 일처럼 화를 낸다.

"성순이 말고도 그런 행패를 당한 여자가 한둘이간디?"

"그 왜놈 새끼, 가서 뒈지게 패부러야 쓰겄구마."

"패기만 하면 돼? 집구석에 불을 싸질러부러야제."

여러 말이 나오자 나이가 더 든 강창혁이 말린다.

"흥분하지 마. 그랬다가 되치기로 당해."

그가 최성식을 바라보며 권한다.

"이번에 승격한 영에 가서 정식으로 고발하소."

소안도 해안에 거주하는 일본 어민이 부쩍 늘자, 조선 정부는 갑술년(1874년)에 비자리에 소안진所安鎭을 설치한 데 이어, 연초에 소안진을 소안영所安營으로 승격시켰는데, 거기에 가서 고발하라는 것이다. 강 씨 말에 모두 고개를 젓는다. 영에 고발해봤자 오라 가라 귀찮게만 할 뿐, 소용이 없을 것이라는 게 중론이다. 모여서 떠드는 이야기를 들었는지 서 훈장이 건너온다.

"짝지 마을에도 사리를 아는 이가 있네. 시라이 사키치白井佐吉

라는 이가 있는디, 조선말을 알아듣고 떠듬떠듬 말도 하네. 자네들 몇이 그 시라이 상을 찾아가서, 내가 보냈다고 말하고 자초지종을 이야기하소. 그래도 일이 풀리지 않으면, 그때 차후 계책을 의논해도 될 것이네."

서 훈장은 전에도 비슷한 일이 났을 때, 시라이 상과 만나 대화를 통해 원만하게 해결한 적이 있다고 덧붙인다. 훈장의 권유를 무시할 수는 없다. 서당꾼들은 시라이 상을 만나는 일을 최성환과 서진하, 강창혁 세 사람에게 맡긴다.

셋은 이튿날 아랫마을에 있는 시라이 상의 집으로 간다. 훈장이 시라이를 '시라이 상'이라고 해선지, 모두 시라이 이름에 '상'을 붙여 말한다. 강 씨는, 짝지에 처음으로 제대로 된 일본식 집을 지어 정착한 이가 바로 시라이 상이라고 한다. 시라이 상은 고기잡이 어부가 아니라, 돛대를 세 개 세운 삼대선을 타고 바다로 나가 일본 어부들이 잡은 물고기를 사서 육지 상회에 파는 상인이라고도 한다.

시라이 상의 네 칸짜리 집이 깔끔하다. 판자 울타리 옆에 늘어선 남천에는 작고 빨간 열매가 조롱조롱 매달려 있다. 시라이 상이 그들을 맞는다. 이목구비가 반듯한데, 눈썹이 유난히 굵다. 회색 하카마와 검은색 바지 위에 짙은 자색 하오리를 걸쳐 입었다. 차림이 단정하다.

시라이 상이 안내한 대로 안으로 들어간다. 방에 다다미가 깔려 있다. 시라이 상이 두 손을 한데 모으고 인사를 차린다.

"반가스므니다. 저는 시라이이므니다."

훈장이 말한 대로, 발음이 서투르긴 하지만 알아듣는 데는 어려움이 없다. 저쪽에서 예로 맞으니까 이쪽에서도 예로 대한다. 세 사람도 공손히 손을 모으고 각기 이름을 댄다.

"누추하므니다마는 앉으시지요."

셋은 사람 수대로 다다미방에 깔아준 방석에 앉는다.

"무스 일로 오시어쓰므니까?"

최성환이 차분하게 큰샘에서 있었던 일을 말한다. 성환의 말을 듣고 난 시라이 상이 굳은 표정으로 고개를 떨어트린다.

"제가 죄송하다는 말쓰므 드리므니다."

정중하게 고개를 숙여 최성환에게 사과한 다음에, 시라이 상이 말을 잇는다.

"여기는 엄연한 조센 따이므니다. 우리가 조센 따에 들으와 신세르 지고 있느데, 조센인에게 핸패를 부리다니 말이 되므니까?"

시라이 상은 말썽을 일으킨 일본인 청년이 최성환의 집에 직접 찾아가 사과하도록 하겠다고 한다. 그렇다면, 서당꾼들은 더는 할 말이 없다. 아까부터 사방을 두리번거리던 강 씨가 윗목 탁자에 놓인 등을 가리키며 묻는다.

"저것이 호야등인갑네요?"

시라이 상이 자리에서 일어나 호롱불 등을 가져오더니, 셋이 보는 앞에서 성냥을 켜 등에 불을 붙여 보인다. 굵은 등불 심지가 새하얀 빛을 뿜는다. 강 씨가 너스레를 떤다.

"아따, 그것을 밤에 켜놓으면 방 안이 대낮같이 밝겠구만이라우."

서진하는 서둘러 일어선다.

"시라이 상 말씀을 믿고, 저희는 돌아가겠습니다."

이튿날 오전에 일본인 청년이 그의 아버지와 함께 최성환의 집에 다녀갔다. 부자가 성환의 가족에게 정중하게 사죄했다. 시라이 상이 시키는 대로 한 것이다. 늦저녁 공부가 끝난 뒤에 이준화가 서진하에게 묻는다.

"사과를 받아낸 것이여?"

"일본인 부자가 성환의 집으로 찾아와서 공손하게 사죄하드람마요."

"그럼 다 끝났구마."

"아니요. 끝난 것이 아니어라우."

"아니, 문제가 또 있어?"

"문제가 커요. 아따, 어젯밤에 통 잠이 안 옵디다."

"아니, 무슨 일로…?"

"성님. 나는 그것들이 사는 짝지를 천한 음지로 알고, 그동안에 그 근처에 얼씬도 하지 않았는디, 이번에 가서 본께 거그는 양지고 맹선리가 음지입디다. 짝지에는 문명이 넘치는디, 맹선리는 옛적 그대로라는 생각이 든께, 밤에 잠이 안 오드랑께요."

쌍무지개

며칠 동안 몹시 바람이 세차고 날이 춥더니, 언제 그랬냐는 듯이 따스한 햇볕이 산과 들을 포근히 감싼다. 해님이 말한다. 추웠지? 내년에 해충이 설쳐대는 걸 막자면 찬 바람을 보내야 했어. 진하는 고개를 끄덕인다. 툇마루에 앉아 한복 바지에 쏟아지는 햇볕을 손바닥으로 토닥거리는데, 홍창식이 찾아온다. 그가 툇마루에 나란히 앉더니 다짜고짜 묻는다.

"니가 우리 집에 와서 노을이를 밤에 만나게 해주라고 했을 때, 내가 그건 아니라고 딱 잘라 말했는디… 그때 너 속으로 화가 났지?"

"화가 난 것은 아니고… 쪼깐 뻘쭘했지."

"미안하다. 그런디, 너, 노을이를 으찌게 생각하냐? 노을이를 재미 삼아 만나보고 싶은 것이냐, 아니면…."

"재미 삼다니? 그건 아니지. 너나 나나 장가들 나이가 아니냐?"

"너, 노을이를 결혼 상대자로 찍은 것이냐?"

진하는 얼굴을 활짝 펴고, 「춘향가」 한 가락을 부른다.

이리 오너라 업고 놀자

사랑 사랑 사랑 내 사랑이야

"나한테 오기만 하면야 평생 업고 살았다만, 부잣집 딸 노을이 가 나 같은 놈한테 인생을 맡길라고 하겠냐?"

창식이 고개를 젓는다.

"뭔 말이냐? 사람하고 결혼하는 것이제, 재물하고 결혼하는 것이간디? 니 말을 듣고 나서 곰곰 생각해봤는디, 노을이가 너하고 참 잘 어울릴 것 같더라."

진하는 놀라 눈을 동그랗게 뜬다.

"그래? 그렇게 생각했다면, 참말로 고맙다."

"니 마음을 내가 알았은께, 다음 일은 나한테 맡기거라."

창식은 벌떡 일어선다.

"야, 이야그 좀 더 하자."

"아녀. 나, 오늘 노화도에 다녀와야 한다. 또 오마."

창식을 배웅하고 들어오자 어머니가 묻는다.

"해삼이라도 한 접시 내올라고 했는디, 으째서 오자마자 가분 다냐?"

"노화도에 가야 한담마요."

어머니가 묻는다.

"속닥속닥, 둘이 뭔 이야기를 그렇구롬 했냐?"

"비자리 처녀하고 중매를 서겄다고 하대요."

"니가 아는 처자냐?"

"얼굴 정도는 알지라우."

어머니는 이태 전에 진하의 여동생인 딸 진희를 먼저 시집보낸 뒤로 진하에게 부쩍 장가들기를 채근해왔다. 진하는 문득 어머니가 어떤 처자를 바라는지 궁금하다.

"엄니는 며느리로 어떤 처자를 원하시오?"

어머니한테는 준비된 답이 있다.

"서로 방방해야 쓴다. 부잣집 딸을 며느리로 들여놓고, 늘그막에 며느리 눈치 봄시로 살고 싶은 시에미는 없다."

아니, 어머니는 내가 눈독 들이고 있는 처자가 누군지 알고 하는 말씀인가? 묻고 말고 할 틈도 없이, 어머니가 툭 던진다.

"나는 나대로 봐둔 처자가 있니라."

"그래요?"

"미라리 처잔디, 이쁘고⋯ 길쌈도 잘하고 요리 솜씨도 좋다더라."

어머니가 잇는다.

"처가는 멀어야 쓴다. 미라리는 같은 소안도지만 질 먼 데가 아니냐? 여그는 서쪽 끝이고, 거그는 동쪽 끝이고⋯."

"그래봤자 10리 아니어요?"

"말대답하지 말거라. 방정맞게⋯."

진하는 참고 들었지만, 그쯤에서 끊기로 한다.

"비자리 친구가 나서겠다는디… 양다리 걸치는 일은 않겠구 먼요."

진하는 일어서서 작은방으로 간다. 공부 평계를 대지만, 미라리 처자에게는 관심이 가지 않는다.

한동안 서당에서는 동학 책을 감추고 『명심보감』을 군데군데 읽었다. 이준화가 낌새가 이상하다며 잠시 쉬자고 해서다. 달포도 더 지난 뒤에야 한동안 자취를 감춘 이준화가 서당에 나타나더니 동학 공부를 다시 해도 될 것 같다고 한다. 낌새가 어떤 것이었는지를 이준화는 설명하지 않는다. 굳이 묻는 사람도 없다.

그날 공부할 내용은 「포덕문」의 두 번째 문단이다. 내용을 최성환이 읽고 뜻을 풀자, 서범규 훈장이 보탠다.

"사람들은 지금이 흔히 말세라고들 해. 그러나 수운 최제우는 그렇게 생각하지 않아. 세상은 끊임없이 나아져 왔다는 것이여. 특히 황제, 전욱, 제곡, 요, 순이라는 오제五帝를 비롯해, 그 뒤로 공자, 맹자 같은 성인들이 나오셔서 천지의 이치를 밝혀냈다고 했어. 그래서 사람은 모름지기 군자 됨을 목표로 삼고, 배움을 통해 도덕을 이루고자 하니, 추구하는 것은 도로 말하면 천도요 덕으로 말하면 천덕이라는 것이여. 우리는 도를 밝히고 덕을 닦아 그것들을 내 몸속에 쌓고, 마침내 군자의 그릇을 이루어, 지극한 성인의 경지까지 도달할 수가 있다, 그렇게 말씀하셨어."

"……"

"여그서 우리는 세 가지를 유념해야 써. 첫째는 오늘날이 과거의 문명을 축적한 최상의 문명 시대라는 것이여. 세상 돌아가는 것이 움퍽짐퍽하지만, 그래도 조금씩 앞으로 나가는 것이 아니겄어? 둘째는 도나 덕을 어느 날 하늘이 툭 내려준 것이 아니라, 오제와 성인을 비롯한 여러 사람이 고민하고 궁리하고 터득해서 물려준 것이다, 그것이여. 맞는 말이고말고. 마지막으로, 성인들이 가르쳐준 도와 덕을 받들고 이으면, 우리도 스스로 성인이 될 수 있다는 것이여. 성인이 따로 있는 것이 아니고, 사람 하기 나름이다, 그 말이여. 서학에서는 하느님이 말씀을 내렸으니까, 그것을 진리라고 믿고 무조건 따르라고 하는디, 동학은 그것이 아니여. 서학에서 '나'는 종인디, 동학에서는 '나'가 주인이 될 수 있다는 것이여."

공부가 끝나자 이준화가 진하에게 눈길을 보낸다. 진하도 고개를 끄덕인다. 둘은 전에 씨름을 겨룬 산소 앞으로 간다.

"오늘 훈장님께서 동학하고 서학이 으찌께 다른지를 밝혀주셨네. 자네도 동학을 믿고 따르는 것이 으짜겠는가?"

"아따, 동학을 공부한 지 얼마나 됐다고 그러시오? 언젠가 이거다, 하고 깨닫게 되면 내가 스스로 결정할 텐께 밀어붙이지 마시오."

"그럼세. 내가 성급했네."

서진하가 화제를 바꾼다.

"나는 요새 다른 일에 온통 정신을 뺏기고 있소."

마침 이준화가 비자리 사람이어서 진하는 홍창식이 찾아온 일을 털어놓는다. 이준화가 고개를 갸우뚱한다. 진하에게는 뜻밖이다.

"아니, 노을이한테 무슨 흠이라도 있소?"

"노을이가 좋은 신붓감인 것은 맞네. 부잣집 딸이지, 미인이지, 성품 깔끔하지, 길쌈 잘하지, 거그다가 노래도 잘하고…."

"그런디요?"

"금메, 좋은 처자네만, 자네한테 맞는 짝인지는 잘 모르겠네. 노을이가 자네 어머니하고 한꾼에 밭도 매고, 식구들 거들어 바닷일도 할까? 귀한 처자 모셔 와서 평생 떠받들고 살고 싶다면 모를까…."

어머니도 상대와 서로 방방해야 쓴다고 했다. 시어머니로서야 윗사람으로서 당연한 생각이지만, 진하 생각은 다르다. 노을이가 와주기만 한다면, 평생 모시고 살더라도 행복할 것 같다. 그런데 이준화가 다시 고개를 흔든다.

"내키지 않는 것이 또 있네."

"…."

"이런 말을 해도 될지 모르겠네만… 홍 영감의 사위가 되는 것은 많이 거시기할 것 같네."

"으째서요?"

"뭣이랄까… 그 영감은 잘난 척 함시로 으스대기 좋아하고…."

"…."

"세상이 혼탁할수록 멀리 봐야 하고, 또 가리는 것도 있어야 하는디, 그 영감은…."

이준화는 말을 멈추고 생각에 잠기더니 정반대의 결론을 내린다.

"오늘 훈장님이 천도와 천덕을 말씀하셨고, 또 동학에서는 '나'가 주인이 될 수 있다고 하셨는디… 어떤 처지에서도 자네가 주인이 되어 천도와 천덕을 찾았다는 자신이 서면, 까짓것, 이것저것 따지지 말고 노을이하고 결혼하소. 벅차면 벅차지, 모자랄 것은 없는 처자네."

정월 초하룻날이다. 이른 아침에 실눈이 내리다가 금방 가는 비로 바뀌더니 그친다. 진하는 떡국을 먹고 나서 마당에 나간다. 곧 서당꾼들이 아버지 서 훈장에게 세배하러 올 것이다. 고개를 들어 하늘을 바라보다가 진하는 눈을 크게 뜬다. 하늘에 쌍무지개가 떠 있다. 서당꾼들에게 세배받고 나서 서 훈장이 쌍무지개를 들어서 덕담한다.

"정월 초하루 설날 아침에 쌍무지개가 뜬 것은 처음 보네. 예사로운 일이 아니네. 올해 을사년(1905년)에 동네일도 잘 되고, 자네들 개인사도 다 잘 풀릴 것이네."

진하는 일이 술술 풀려 노을이와 결혼하게 되기를 마음속으로 빈다.

　초이튿날에는 저녁에 함박눈이 내린다. 소안도에 눈이 자주 내리는 건 아니지만, 한번 내리면 듬뿍 내릴 때도 종종 있다. 진하는 밖으로 나간다. 산도 들도 눈에 덮여 있다. 문득 노을이 생각이 난다. 우리 집에서 노을이 집까지 눈 위에 발자국을 찍어놓을까? 그 발자국을 보고 노을이가 우리 집으로 나를 찾아올지도 모르잖아? 진하는 비자리를 향해 눈길을 걷다가 걸음을 멈춘다. 그가 금방 낸 발자국마저도 함박눈에 덮여 흔적이 흐리다. 설혹 발자국이 남아 있다고 한들 노을이가 한밤에, 그것도 혼자서, 그에게 올 리도 없다. 진하는 돌아서고 만다.

　며칠이 더 지나서다. 서당 공부가 끝나자 최성환이 진하에게 말한다.

　"짝지 시라이 상이 너를 만나고 싶다더라."

　"왜? 무슨 일로?"

　"몰라. 부탁할 일이 있담시로, 니가 자기 집에 한번 와주면 좋겠다고 하더라."

　성환은 이튿날 아랫마을에 갈 일이 있다며, 시라이 상을 만날 의사가 있다면 그 사실을 전하겠다고 한다. 시라이 상이 아버지인 서훈장과 서로 믿음이 있는 사이라서 굳이 마다할 일이 아니다.

　진하는 이틀 뒤 오후에 시라이 상의 집으로 간다. 시라이 상이 그를 반긴다. 진하는 시라이 상을 따라 안방으로 들어간다. 시라이 상은 굵은 줄무늬의 하카마 위에 검정 하오리를 걸치고 있다. 단정하면서도 기품이 있어 보인다. 진하는 시라이 상에게 반절을 올린다. 애초에는 절을 할 생각이 없었는데 차림새를 보고 나서 절을 하기로 한 것이고, 어른이니까 큰절을 올릴까 하다가 상대가 일본인이라서 반절을 한 것이다. 시라이 상도 반절로 받는다. 진하는 시라이 상이 깔아준 붉은 방석에 앉는다.

시라이 상은, 일전에 불미스러운 일이 났을 때 진하가 잘 이끌어주어 원만하게 일이 해결되었다며, 고맙다고 말한다.

"아니어라우. 시라이 상께서 여그 일본 청년과 그 부친을 잘 설득하시고, 그 부자가 정중하게 사과해서 일이 아주 깔끔하게 마무리되었지라우. 제가 감사드리겠구먼요."

시라이 상이 고개를 끄덕이고는 진하에게 말한다.

"내가 진하 상한테 부타그할 일이 있어서 보자고 해쓰요."

"무슨 부탁이신디요?"

"내 아들이 서 훈자니므 서다에서 한문을 배우고 싶어 해요."

뜻밖이다.

"아니, 아드님이 조선말을 알아듣습니까?"

"아들은 나보다 조센말 더 자르 해요. 조센 동무도 여럿 이쓰요."

"아, 다행이구먼요. 그럼 제가 아부지한테 말씀드려 보겠습니다."

"고마아요."

시라이 상이 그의 아들을 부른다. 아버지 시라이 상을 빼닮았다. 이름이 시라이 마사요시白井正善라고 한다.

아들이 인사를 마치고 나가자, 다시 스르르 문이 열린다. 열대여섯 살쯤 되어 보이는 처자가 고개를 숙인 채 받침대에 다구를 얹어 들고 안으로 사뿐히 들어선다. 시라이 상의 가족일 텐데 한복을 입고 있다. 흰 저고리와 검정 치마가 잘 어울린다. 시라이 상이 잠깐 당황한 표정을 짓더니, 밝게 표정을 바꾼다.

"내 딸이어요. 이름이 시라이 미유키白井美由紀이어요."

진하가 고개를 숙이며 이름을 말한다.

"저는 서진하구면요."

처자가 무릎을 꿇고 앉는다. 처자와 눈이 마주친 순간, 진하 콧등에 소름이 돋는다. 여자를 보고 소름이 돋은 건 진하로서는 처음 겪는 일이다. 하기야, 모르는 처자와 같은 방에 앉아본 것도 처음이다. 처자는 얼굴이 맑다. 코는 오뚝하고, 눈이 크고 깊다. 아버지 시라이 상을 닮아 눈썹이 짙다. 가는 입술을 꼭 다물고 있다. 살결이 하얀데도 여리다기보다 야무져 보인다.

"내 딸은 조센 아주 조아해요. 조센 치마저고리도 손수 지어 이보요."

"…"

"눈써미? 눈써미라는 말이 있지요?"

"예. 눈썰미."

"맞아요. 내 딸이 눈, 썰, 미가 이쓰요. 지 에미도 그래는데…."

시라이 상의 아내가 아들 마사요시를 낳은 뒤에 곧 세상을 뜬 것은 진하도 아는 사실이다. 칭찬을 들어서 인지 금세 처자 얼굴이 발그레해진다. 처자가 조그만 손으로 찻잔에 차를 따른다. 손은 도톰한데 손가락은 길다. 차를 따른 잔을 진하 앞에 놓고는 처자가 꿇어앉은 채, 허리를 곧추세우고, 고개를 살짝 숙인다. 처자는 그 뒤로는 미동도 하지 않는다. 시라이 상이 진하에게 권한다.

"오차, 드시지요."

진하는 찻잔을 들어 차를 반쯤 마신다. 그가 일본 차를 마신 것은 이번이 처음이다. 맛이 있는 것도 아니고, 없는 것도 아니다.

"내 딸은 우리 식구 가운데서 조센말 제이르 자르 해요."

처자가 다시 싱긋 웃는다. 말소리라도 듣고 싶은데 처자는 입을 열지 않는다. 진하가 잔을 다 비우지 않았는데도 차를 따르곤 한다.

진하는 집으로 돌아와, 아버지 서 훈장에게 시라이 상의 아들이 서당에 오고 싶어 한다고 말씀드린다. 아버지는 두말없이 그러라고 한다. 마음으로야 곧장 시라이 상의 집으로 달려가 알리고 싶지만, 진하는 해가 중천에서 서쪽으로 훌쩍 기운 다음에야 집을 나선다. 시라이 상의 집 앞에 이르자 미유키가 문밖에 나와 있다가 그를 보고 싱긋 웃는다. 여전히 한복을 입고 있다.

"안에 어르신 계시오?"

"아니요. 마을에 나가시었어라우."

목소리가 맑다.

"아부지한테 말씀드렸더니, 마사요시 군이 당장 내일부터 서당에 와도 좋다고 하십디다."

미유키가 두 손을 모으고 진하에게 가볍게 절한다.

"아, 그래요? 고마아요."

진하는 전할 말은 다 한 셈이다.

"어르신께 그렇게 말씀드리시오, 잉."

머뭇거리다가 돌아서려는데 미유키가 말한다.

"오차 한잔 들고 가시어요."

미유키가 뒤돌아 앞장선다. 진하는 머뭇거리다가 뒤따른다. 미유키가 안방 문을 연다. 아무도 없다. 빈방에 둘이서 있어야 하는가? 미유키는 방석을 깔아놓고 방을 나간다. 진하는 방석에 앉는다. 집 안에 있었는지, 미유키의 남동생 마사요시가 방으로 들어온다.

"우리 아부지께서, 니가 내일부터라도 서당에 와도 좋다고 하셨다."

"고마스므니다. 아침나절에 천자문 공부가 있다는디, 내일부터 가게스므니다."

곧 미유키가 들어온다. 조용히 꿇어앉아 찻잔에 차를 따른다. 미유키가 묻는다.

"이름이 서지나 상이지라우?"

"서지나가 아니고, 서, 진, 하, 여라우."

"서, 진, 하?"

"그래요. 서진하."

"서진, 하. 서, 진, 하."

미유키가 '서진하' 석 자를 분명하게 발음하고 나서 싱긋 웃는다. 진하도 웃는다. 진하는 차를 마시고 나서 자리에서 일어선다.

"차, 잘 마셨어요. 고마워요."

"안녀이 가시어요."

며칠 지나 정월 대보름날이 온다. 가학산에 가려 늦게 떠올랐으나 달이 밝다. 대보름날 밤에 일찍 잠들면 눈썹에 서캐가 낀다고 한다. 사람들은 그날만은 집 안에서 밤새 등잔불을 끄지 않는다. 진하는 누워서 아주까리 등잔에서 피어오르는 불꽃을 물끄러미 바라본다. 문득 미유키의 웃는 얼굴이 떠오른다.

옛말이 생각난다. 진하는 자리에서 벌떡 일어선다. 놋대야에 물을 담아 뒤뜰로 가져간다. 대야의 물이 흔들림을 멈춘다. 물에 보름달이 비친다. 여자 얼굴이 떠오르는가 하더니 사라진다. 대야에 뜬 얼굴은 홍 노을이 아니라 미유키의 얼굴이었다. 옛말대로라면, 내가 미유키하고 결혼하는 걸까?

그날 밤에 진하는 새벽닭이 울 때까지 뒤척인다. 두 여자 얼굴이 눈앞에 어른거린다. 설날 쌍무지개가 뜨더니, 나한테 두 여자가 나타나려고 그랬나? 홍노을은 이준화의 말을 빌리자면, 떠받

들고 살아야 할 처자다. 미유키는 어떤 처자인가? 겉으로 드러난 것 말고는 아는 바가 없다. 그래도 왠지 노을이 보다는 미유키 쪽으로 자꾸 추가 기운다.

진하는 고개를 내젓는다. 내가 찾고 있는 처자는 나의 반려로서 나와 한평생을 함께할, 그런 처자여. 서당 훈장인 아버지와 정숙한 어머니를 시부모로 모시고 며느리로서 효도할 수 있는 처자, 나와 부부가 되어 현모양처가 될 자질을 갖춘 처자라야 해. 미유키가 그런 처자인가? 나는 미유키에 대해 아는 바가 없어. 미유키는 아랫마을 짝지에 사는, 근본이 뭔지도 모르는 일본 처자여. 아내를 고르는 건 인생에서 가장 중요한 일인께, 신중해야 해. 결론은 뻔하다. 진하는 마음속에서 미유키를 몰아내기로 한다.

차인

"지금 나라꼴이 말이 아니여. 나쁜 병이 들어 곳곳에 가득 찼어. 백성이 사시사철 편안할 날이 없어. 우리는 이 모양인디, 서양은 딴판이여. 싸우면 이기고, 치면 얻어. 우리는 줄곧 중국을 하늘처럼 떠받들어 왔는디, 입술이 없어지면 이빨이 시린 법. 중국이 망하면 우리도 망해. 그럼 우리는 으찌께 해야겄어?"

"…."

"금방 내가 한 질문은, 내가 묻는 것이 아녀. 수운 선생이 던진 물음이여. 답이 뭣이여? 수운은 보국안민輔國安民할 계책을 세워야 한다고 했어."

「포덕문」 내용을 설명하는 서범규 훈장의 목소리가 힘차다.

"여그서 우리가 주목할 말이 '보국'이라는 말이여. '보국'의 '보'는 지킬 보保 자가 아니라, 도울 보輔 자여. 이 말에는 나라를 그냥 돕는 것이 아니라, 잘못된 것을 바로잡아서 돕는다는 뜻이 들어 있어. 그래서 동학의 도는 수양의 덕목에 그치는 것이 아니라, 나라를 옳게 바로잡는 광정匡正의 행동까지 품고 있는 것이여. 잘못된 것을 바로잡아 뜯어고치는 것이 보국이요, 그런 보국이 바로 동학의 정신이다, 그 말이여."

공부가 끝나자 이준화와 서진하는 늘 가는 산소 앞으로 가서 나란히 앉는다. 이른 봄의 밤공기가 상큼한데, 하늘엔 별이 촘촘하다.

"아따, 내가 훈장님 제자가 된 것이 참말로 뿌듯하네."

"오늘 아부지는 새봄 정기를 받으셨는지, 막 힘이 솟구치는 것 같드랑께요."

이준화가 고개를 흔든다.

"힘이 솟구치는지 아닌지 하는 문제가 아니고…. 오늘 훈장님 강론을 들음시로 나는 소안도 사람들이 제일 먼저 바로잡아야 할 일이 뭣인가를 생각했네."

"그래요? 그것이 뭣이라고 생각하요?"

"소안도에서 나라 땅에 농사짓는 사람은 누구나 땅세를 내는디, 땅세 내는 데에 문제가 있지 않은가? 오늘 훈장님께서 잘못된 것을 바로잡는 것이 보국이고, 보국이 바로 동학의 정신이라고 하셨는디, 무엇보다 먼저 바로잡아야 할 것이 땅세 문제라는 생각이 들었네."

소안도 사람들이 농사짓는 땅에는 특이한 이력이 붙어 있다. 오래전 일이다. 선조의 후궁인 안빈 김씨가 정숙 옹주를 낳았는데,

그 옹주는 열세 살이 되던 해에 승정원 도승지 신흠의 큰아들 익성과 결혼했다. 정숙 옹주가 결혼해서 궁 바깥으로 나가자, 왕실에서 옹주에게 소안도 땅의 도조賭租를 받아쓰게 했다. 그렇게 해서 소안도 땅은 하루아침에 궁방전宮房田이 되었다. 사람들은 도조를 '땅세'라고 했다. 궁방전의 면적은 77결이었으며, 옹주는 해마다 한 결에 백미 4석 2두씩 땅세를 받아 갔다.

옹주는 땅세를 거저 받아 쓰게 되었으나, 땅을 관리하거나 땅세를 받는 데에 애로를 느꼈다. 마침 옹주의 외손자인 김석주가 국왕 호위와 수도 방어를 맡는 금위영의 도제가 되자, 소안도의 궁방전을 금위영이 관리하는 둔전으로 바꿔놓았다. 임진왜란 이후 왜구의 침입에 대비하기 위해 소안도와 인근 섬에 군대가 주둔했는데, 소안도 궁방전을 모두 사들여 군사용 농지로 바꿔놓은 것이다. 군량軍糧이나 군비軍費를 조달하는 데 도움이 되고, 섬에 자생하는 신우대로 화살을 만들어 쓰기도 좋다는 것이 그 명분이었다. 그 덕에 정숙 옹주는 목돈을 손에 쥐었다.

소안도 농지가 궁방전에서 둔전으로 바뀌었으나, 땅세는 결당 백미 4석 2두로 달라지지 않았다. 결이란 면적의 단위로, 1결은 곡식 3백 두를 소출할 수 있는 농토를 말한다. 3백 두의 소출 가운데서 백미로 4석 2두, 벼로는 그 두 배인 8석 4두를 땅세로 가져가니까, 땅세는 소출의 2할 8푼으로, 사유지의 소작료 5할에 비하면 낮은 편이었다.

그러나 문제는 있었다. 풍작인지 흉작인지를 따지지 않고 매년 일정하게 '결당 백미 4석 2두'의 땅세를 물리는 것에 대해 농민들의 불만이 많았다. 농민들은 탈곡하는 현장에서 전체 소출의 2할 8푼을 땅세로 가져가기를 바랐으나, 관에서는 들은 척도 하지 않았다.

되질할 때 싹 깎아서 받는 것이 아니라, 되나 말에 벼나 쌀을 수북하게 쌓도록 하는 것도 불만의 소지가 되었다. 열 되가 아니라 열한 되가 넘게 부어야 고봉 한 말이 되었다.

관에 고용되어 땅세를 받는 일을 하는 사람을 차인差人이라고 하는데, 사람들은 차인의 비리나 횡포에 대해서도 넌더리를 냈다. 차인은 땅에 관한 모든 일에 간여했다. 차인은 대농한테는 굽신거리면서도 영세농에게는 못되게 굴었다. 걸핏하면 경작지를 빼앗겠다고 으름장을 놓는가 하면, 참깨나 마늘, 고춧가루 등 값이 나가는 농산물을 이런저런 이유로 뜯어 갔다.

이준화가 결론을 말한다.

"땅세를 고봉으로 받는 것은 이해할 만해. 차인이 땅세를 받아뒀다가 군영軍營에 갖다줘야 하는디 그동안에 벼가 말라서, 우리가 열한 되가 넘게 부어야 군영에서 한 말이 된다는 것이여. 그렇다면 그것은 덮어두자고. 그러나 풍흉을 가리지 않고 해마다 일률적으로 땅세를 받아가는 것은, 바로잡아야 하지 않겠어? 올해부터는 차인을 탈곡 현장으로 오라고 해서 전체 소출의 2할 8푼에 해당하는 벼를 가져가라고 해야겠어."

진하가 화답한다.

"맞는 말이요. 그러나 성님 혼자서 할 수 있는 일은 아니고… 한 꾼에 힘을 모읍시다."

그러나 두 사람의 말을 듣고 서 훈장은 고개를 젓는다.

"땅세 싸움은 근본을 건드리는 문제여. 특히 소안도에서 땅세 시비는 전에는 궁에 대드는 일이었고, 요즘은 군에 딴지를 거는 일이 아니겠어?"

"…."

"더구나 소안도 사람들은 이준화 자네가 동학꾼이라는 사실을 다 앎시로도 모른 척해주고 있는디…."

"…."

"사람은 때를 만나야 하고, 때는 사람을 만나야 하는디, 둘 다 아 닌 것 같네."

서 훈장의 말을 들은 뒤에 꾹 참고는 있으나, 이준화가 땅세 문 제나 차인의 비리에 대해 불만을 느끼고 있는데, 차인이 이준화 집으로 온다. 이준화는 지난해 가을에도 땅세를 두고 그와 크게 다툰 적이 있다. 이준화는 나라 땅 1천여 평을 짓는데, 지난해에는 극심한 가뭄으로 가재울의 다랑논 네 배미 6백여 평에서는 벼가 다섯 가마 조금 밑돌게 나오고, 다른 천수답 여섯 배미 4백여 평에

서는 두 가마가 조금 웃돌게 나왔다. 그의 논 주변에는 용두레로
물을 퍼 올릴 만한 개울도 없어, 언덕 아래 웅덩이까지 내려가서
물통에 물을 담아 바지게로 져 올려 물을 댔으나 혹심한 가뭄을
이길 수 없었다. 그런데 차인은 예년과 마찬가지로 벼 열두 말을
땅세로 내라고 했다. 전례 없는 흉년이어서 탕감해줄 법한데, 절
대로 안 된다는 것이었다. 처음에는 조금이라도 줄여달라고 사정
했으나 끄떡도 하지 않아, 이준화는 홧김에 차인의 멱살을 틀어쥐
고 을러댔다. 그러나 계속해서 나라 땅을 경작하기 위해서는 차인
이 하라는 대로 하는 수밖에 없었다.

그런데 해가 바뀌자마자 차인이 집으로 찾아온 것이다. 이준화
는 마을 사람들에게 들어서 차인이 왜 왔는지 알지만, 시치미를
뚝 떼고 그를 맞는다.

"아따, 오랜만이요. 어서 오시오."

마당에 들어선 차인이 담장 앞에 쌓아놓은 장작더미를 턱으로
가리키며 말한다.

"자넨 참 부지런한 사람이구마. 작년에 장작을 얼마나 많이 장
만해뒀는지, 아직도 만리장성이네."

차인은 이준화보다 여섯 살이 위여서 평소에도 이준화에게 말
을 낮추었다. 담장 앞에는 장작더미가 가슴 높이로 길게 담을 이
루고 있다. 계절에 대비한 것은 잘한 일이나, 금송령이 내려진 상
태라서 찔리는 일이다. 장작 가운데 대부분이 소나무를 잘라 패놓

은 것이다. 차인이 말머리를 돌린다.

"어야, 내가 자네한테 부탁할 일이 있어서 왔네."

"무슨 부탁이요?"

"장인 회갑 잔치에 가야겄는디 빈손으로 가기는 그렇고… 자네
가 참깨 한 되, 고춧가루 한 되만 줘야겄네."

이준화는 차인이 여러 집을 돌며 참깨와 고춧가루를 걷고 있다
는 걸 알고 있다. 이미 모은 것만 하더라도 참깨도 고춧가루도 각
기 한 가마가 넘을 것이다. 이준화는, 사람들이 통사정을 해가며
참깨나 고춧가루 중에서 어느 한쪽만 내거나, 참깨와 고춧가루를
반 되씩 낸다는 것도 안다. 그러나 이준화는 주려면 주고 말려면
말 일이지, 흥정하고 싶지는 않다.

이준화가 못마땅하게 생각하는 것은 차인의 그런 짓거리가 해
마다 한두 번이 아니라는 사실이다. 차인은 장인 말고도 장모, 외
숙 내외, 고모 내외, 이모 내외 등 친인척이 수두룩하다. 그들이 회
갑을 맞거나 초상을 당하면 그때마다 참깨나 고춧가루 또는 마늘
을 줘야 할 것이다. 땅세도 땅세지만 그런 비리도 근절해야 한다.
잘못된 것을 바로잡아 뜯어고치는 것이 보국이 아닌가? 이준화가
차인을 보며 말한다.

"내가 작년까지는 하라는 대로 했소만, 올해부터는 그리 못하
겄소."

말투가 단호하다. 뜻밖인지 차인이 이준화를 째려본다. 내친김

에 준화가 보탠다.

"그런 짓거리가 다 비리고 탐학이요."

차인의 얼굴이 일그러진다.

"아니, 뭣이라고?"

"내가 틀린 말 했소? 그러고… 드리고 싶어도 드릴 참깨나 고춧가루가 없소. 알다시피, 작년 여름에 가물어서 참깨 농사도 고추 농사도 다 망쳐부렀소."

차인이 장작더미를 가리키며 묻는다. 반격이다.

"자네, 저 나무는 으디서 가져왔는가?"

이준화는 고개를 숙이거나 말을 돌릴 사람이 아니다.

"뒷산에서 잘라 왔소."

"누구 산?"

"나라 산이겄지요."

"금송령이 내려졌는디, 솔을 맘대로 잘라도 돼?"

"둥치를 자른 것은 하나도 없소. 잔가지를 쳐 왔을 뿐이요."

"둥치든 잔가지든 나라 솔을 지 맘대로 잘라 와도 되냐고?"

"그럼, 사람들은 겨울에 불도 안 때고, 그냥 얼어 죽어야 한다요?"

"죽고 말고는 자네 문제고… 나라 나무를 멋대로 잘라도 돼?"

준화가 대꾸하지 않자, 차인이 을러댄다.

"벌금이 만만치 않을 것이여, 그리 알아."

거기서 끝낸 것이 아니다.

"자네가 짓고 있는 나라 땅이 솔찬헌디, 으디 보세. 그 땅을 그대로 짓게 되는지…."

땅을 빼앗겠다는 것이다. 걸핏하면 하는 말이다. 화가 치민 이준화가 반말로 쏘아붙인다.

"당신, 가리포 첨사 이상돈이 알지? 탐학질 하다가 모가지 달아난 놈 말이여. 당신도 이상돈 꼴이 나고 싶어?"

"뭣이여? 이상돈이가 으짜고 으째?"

차인은 언젠가는 꼭 이준화의 기를 꺾어놓겠다고 벼르어온 터다. 차인은 이때다 싶어 이준화에게 달려들어 먹살을 잡으려 한다. 이준화가 반사적으로 차인을 혹 밀친다. 차인이 맥없이 장작더미 쪽으로 나가떨어진다. 차인이 두 손으로 허리를 붙들고 일어선다. 허리가 삔 모양이다. 얼굴에서 피도 흐른다, 장작 날에 찔린 것이다. 그때, 안에서 이준화의 아내가 나온다. 얼굴에 순둥이라고 씌어 있는 여자다. 보자기 두 개를 들고 있다.

"참깨 한 되, 고춧가루 한 되를 따로 쌌구먼이라우. 친정에 보낼라고 감춰둔 것인디, 저이는 그걸 몰라요."

차인의 얼굴에 피가 흐르는 걸 보고 아내가 깜짝 놀란다.

"오메오메. 차인 양반 얼굴에 피가 흐르네요."

차인은 중인 중에서도 맨 아랫급 중인이다. 양반이라니? 저놈이 뭔 놈의 양반이여? 큰소리가 목구멍까지 올라오지만, 이준화는 그 말을 꾹 삼킨다. 아내가 안에서 수건을 들고나온다. 이준화는 성질 같아서는 차인 얼굴에 고춧가루를 확 뿌려버리고 싶다.
낌새를 알아차리고 아내가 수건을 내밀며 조바심을 낸다.

"아따, 얼른 피를 닦아드리지, 뭣 하시오?"

이준화는 아내한테서 수건을 낚아채, 차인 얼굴에 묻은 피를 닦
는다. 상처가 생각보다 깊다. 수건으로 상처를 꾹 눌러 지혈한다.
그러다 보니 미안한 생각이 든다.

"얼결에 그만… 내가 너무 씨게 밀쳤소. 미안하요."

차인은 아무 대꾸도 하지 않는다.

"허리는 으짜요?"

차인은 말이 없다. 지혈을 마치자 차인은 이준화의 처가 내미는
보자기 두 개를 받아 든다. 이준화는 이상돈을 들먹인 것도 지나
쳤다고 느낀다.

"차인을 이상돈한테 빗댄 것은 과했소. 그것도 미안하요."

이상돈 사건은 완도를 들었다 났다 한 큰 사건이다. 계미년(1883
년)에 가리포진(완도진) 첨사 이상돈은 당인리 주민들에게 봉산
의 황장목을 베어 오게 했다. 봉산이란 나무 베는 것을 나라에서
금한 산을, 황장목이란 연륜이 오랜 소나무를 말한다. 마을 사람
들은 첨사의 명에 따라 당인리 뒷산에 들어찬 굵은 소나무를 베어
배 세 척에 싣고 가리포진으로 가다가 돌풍을 만났다. 배가 모두
뒤집혀 나무들이 떠내려가고 말았다. 돌풍도 돌풍이지만, 나무를
너무 가득가득 실은 것이 탈이었다. 배에 탄 사람들은 온 힘을 다

해 뭍으로 헤엄쳐 나왔다. 다행히 죽은 사람은 없었지만, 두 사람은 물 밖으로 나와 실신했다.

첨사는 아랑곳하지 않고, 기한 내에 황장목을 갖다 바치라고 다그쳤다. 화가 난 마을 사람들은 모두 두건을 두르고 석장리 모래밭에 모였다. 몽둥이를 추켜들고 가리포진으로 몰려갔다. 첨사 이상돈을 불러내, 주민을 강제 동원해 봉산에서 수십 년 된 황장목을 벌목하게 한 사실, 봉산 황장목은 왕의 관을 짜거나 군선을 만드는 데 써야 하는데 그러지 않고 상인들에게 팔아넘기려 한 사실, 주민들이 생산한 목화와 옷감을 빼앗은 사실 등을 추궁했다. 이 일로 주동자 허사겸이 처형당했지만, 첨사 이상돈 역시 부임한지 11개월 만에 목이 달아났다.

이준화는 차인이 다친 것을 대수롭지 않게 여겼으나, 일이 묘하게 꼬여간다. 며칠 지나지 않아서다. 제주 목사를 마치고 경성으로 올라가는 홍종우洪鍾宇가 맹선항에 왔다. 여각에 들어간 그는, 풍랑이 심해 배에서 혼이 났다며 며칠 쉬어 가겠다고 한다.

홍종우가 누구인가? 마음만 먹으면, 거리낄 것이 없는 사람이다. 갑신정변의 주역 김옥균을 중국 상하이에서 암살한 자가 바로 그다. 그의 암살 계획은 주도면밀했다. 그는 조선 주재 청나라 공사 위안스카이袁世凱를 부추겨 김옥균을 청나라로 초청하게 했다. 김옥균은 위안스카이의 청을 받아들여 상하이로 갔다. 홍종우가 위안스카이의 추천을 받아 김옥균을 수행했다. 일행은 상하이의 미국 조계에 있는 뚱허양행東和洋行 2층에 숙소를 정했다. 김옥균은 시내 관광을 위해 마차를 빌려두고 잠깐 쉬려고 침대에 누웠다. 때를 놓치지 않고 홍종우가 방에 들어가 권총으로 김옥균을 쏘았다. 김옥균은 그 자리에서 숨졌다. 갑오년(1894년) 3월 28일 오후 2시였다.

홍종우는 일본 동경이나 법국 파리에도 가본 사람으로, 나라의 개화가 절실하다는 걸 알고 있었다. 그럼 개화를 어떻게 추진해야 할까? 그는 일본이 왕권을 신격화하면서 유신을 밀고 나가는 걸 알고 탄복했다. 그는 외세가 우리 주권을 넘보는 상황에서, 모든 변화는 국왕의 주도하에 점진적으로 추진해야 한다고 믿었다. 그는 국왕의 권위를 흔드는 일이라면 한사코 반대했다. 갑신년(1884년)에 급진 개화파가 일본을 업고 정변을 일으키자, 그는 개화파를 증오하게 되었다.

홍종우는 특히 정변의 주범인 김옥균을 싫어했다. 그와 남양 홍씨 일문인 홍영식은 정변이 실패로 돌아간 뒤에도 경성에 머물다 낭사했다. 홍영식의 아버지 홍순목은 자결했고, 그의 일가는 멸문지화滅門之禍에 가까운 참화를 겪었다. 그런데 김옥균은 일본 배를 얻어 타고 도망쳤다. 홍종우 눈으로 보기에 김옥균은 비겁하기 짝이 없는 반역자였다. 김옥균 일당은 앞으로도 일본을 업고 역모를 꾸밀 것이 틀림없었다. 그래서 홍종우는 김옥균을 척결한 것이다.

홍종우는 현장에서 체포되었으나, 조선 정부의 석방 교섭으로 금방 풀려났다. 그가 귀국하자 고종이 버선발로 뛰어나와 맞았다는 소문이 돌았다. 그럴 만도 했다. 정변 직후 김옥균의 기세가 하늘을 찌를 때였다. 내관이 고종에게 어선御膳을 바치려 하자, 김옥균은 지금이 어느 때라고 한가롭게 수라를 올리느냐며 상을 걷어찼다. 고종은 그때의 모멸감을 결코 잊을 수 없었다.

홍종우는 고종의 총애를 받아 의정부 총무국장, 중추원 의관 등의 요직에 올랐으나 관운은 짧았다. 일본이 세력을 키우자, 홍종우는 밀리기 시작했다. 계묘년(1903년)에는 제주 목사로 좌천되었다가, 2년도 채우지 못하고 그 직에서 쫓겨났다. 그래서 이제 경성으로 돌아가는 중이었다.

홍종우는 완도와 인연이 깊다. 유년 시절에 그는 완도 고금도의 외가에서 자랐다. 그 무렵에 외가는 쌀뜨물이나 쑥물을 버리는 것조차 아까워할 만큼 곤궁했다. 고금도가 지척인 소안도에 온 홍종우는 가슴이 미어질 것 같았다. 외가에 도움 한 푼 주지 못했는데 벼슬이 끊겨서였다. 홍종우는 고종 황제가 결코 그를 잊지 못하고 있다는 사실을 알고 있었다. 홍종우는 황제가 어느 날인가는 반드시 그를 다시 부를 것이라고 믿었다.

홍종우는 전에 그가 제주 목사로 부임할 때 맹선항에서 그를 수발한 차인을 찾는다. 이준화에게 떠밀려 얼굴에 상처가 난 차인이 홍종우 앞에 허리를 굽힌다. 홍종우는 차인 얼굴을 살피더니, 웬 상처인지 묻는다. 차인은 동학도한테 행패를 당했다고 대답한다.

"그래? 그놈 이름이 뭔가?"

"이준화라는 놈인디…."

이름을 대지만, 차인은 굳이 일을 키울 생각이 없다. 자신에게도 켕기는 것이 있어서다.

"그자가 저한테 잘못했다고 사죄해서 용서해부렀구먼요."

홍종우 생각은 다르다.

"이준화… 그놈이 동학도라면 그렇게 끝낼 일이 아니네."

홍종우는 고개를 끄덕거리고 나서, 제주도에서 배를 타고 나올 때 멀미 때문에 토사곽란이 심했다며, 소안도에 의원이 있는지 묻는다.

"의서를 독학해서, 침도 놔주고 환약도 지어주는 이가 있지요. 여그서는 용하다고 소문이 났지라우."

이튿날, 비자리의 홍동연 영감이 홍종우 앞에 선다.

"성함이 어찌 되시오."

"홍동연입니다요."

"그래요? 본이 어디시오?"

"남양이구먼요."

"나도 남홍이요."

남홍이란 남양 홍씨의 줄임말이다. 이름에 연演 자가 들어간 것으로 미루어 영감이 홍종우의 조카뻘이다. 그렇다고 초면에 말을 내릴 수는 없다. 홍종우가 잇는다.

"여기 사신 지는 오래되었소?"

"예. 예전에 남인이 득세했을 적에 고조할아버지께서 세상을 피해 이리 내려오셨지라우."

홍종우는 홍동연이 동성동본인 데다 같은 노론 계열이라는 사실을 알고, 믿어도 될 사람이라고 느낀다. 홍종우는 홍 영감에게 몸을 맡긴다. 홍 영감은 몇 군데 침을 놓고, 환약도 지어 올린다.

사흘 뒤에 홍종우가 홍 영감을 부른다.

"말끔히 잘 나았소. 덕분이외다."

홍종우는 등받이 보료에 몸을 기대고 앉아 홍 영감에게 묻는다.

"여기 차인이 동학도한테 행패를 당했다는데, 그 사실을 아시오?"

"알고말고요. 그 동학도 놈이 성깔이 포악하지라우."

"알았소. 그자는 내가 조치할 것이고… 그런데, 여기에 아직도 동학도가 많소?"

그 무렵에 소안도에 동학도가 많거나 드러나게 설치는 것은 아니었다. 그러나 홍 영감은 홍종우가 기대할 법한 답을 말한다.

"많고, 패악도 심하지라우."

"자세히 말해보시오."

홍 영감은 당황한다. 현황에 대해 자세히 아는 바가 없어서다. 그는 그동안의 일을 정리해서 말한다.

"장흥 석대들 전투에서 동학도가 궤멸당하자, 동학 접주 나성대란 자가 동학군을 이끌고 소안도로 들어왔지라우. 그자는 동학 포교에 나섰을 뿐만 아니라, 한때 사람을 모아 군사훈련까지 시켰어라우. 또, 소안도에 사는 이강욱이나 나민홍, 이순칙이라는 자들도 장흥의 동학도와 선을 대고 포교를 했고요. 그 무렵에 극심한 가뭄이 들어 농민들은 물웅덩이를 파느라 구슬땀을 흘리고 있었는디, 그 와중에도 열댓 명이 동학에 호응했지라우. 관군은 그런 사실을 파악하고 동학도 일곱 명을 붙잡아 청산도로 끌고 가, 마을 사람들이 지켜보는 가운데 이강욱과 나민홍, 이순칙, 그 세 사람을 처형했지라우."

뚜렷한 죄목이 있어서 죽인 것이 아니다. 그 무렵에 관군은 동학도를 붙잡으면 걸핏하면 목을 쳤다. 소안도에서 죽은 이강욱 등 세 사람도 동학도로서 마을 사람들에게 동학을 포교한 것은 사실이나, 다른 죄를 범한 것은 아니었다. 관군에게 죽임을 당한 사람은 셋이지만, 박경삼 등 네 사람은 사경을 헤맬 만큼 곤장을 맞고 풀려났다. 홍 영감이 말을 잇는다.

"병신년(1896년)에도 가리포진에 있던 관군이 장정 쉰여 명을 무장시켜 군선을 타고 소안도에 출동했어라우. 관군은 들이나 마을에 있는 남자들을 예순 명 넘게 잡아들였지라우. 그 가운데서 여섯을 추려 강진 병영으로 잡아갔고요."

듣다 보니 홍 영감은 동학도가 어떻게 설치는가를 말하는 것이 아니라, 관군이 어떻게 동학도를 징벌했는지를 말하고 있다. 홍종우가 묻는다.

"요즘 일을 말해보시오. 과거에 관군이 동학도를 어떻게 다스렸는지를 이야기하지 말고, 요즘 동학도의 동향을 말해보시오."

홍 영감은 들은 바를 대답한다.

"요즘도 나성대라는 자가 소안도에 숨어 삶시로 암약하고 있다듬마요. 그자가 포섭한 이준화란 놈이 새로 사람을 모으고 있다고 하고요. 차인 얼굴에 상처를 낸 자가 바로 이준화인디, 지 입으로는 동학도가 아니고 사람을 모으지도 않는다고 잡아뗀다지만, 알 만한 사람은 다 아는 사실이지라우."

"그자는 내가 반드시 대가를 치르게 할 것이고… 또 아는 바는 없소?"

홍 영감은 머뭇거리다가 말한다.

"맹선리에 서당이 있는디, 그 서당에서 서범규라는 훈장이 서당꾼들한테 동학 경전을 가르친다고 들었구먼요."

사실 서 훈장은 책만 보면 아무 책이나 닥치는 대로 읽는다는 걸 홍 영감도 잘 안다. 서 훈장이 천주학에 관한 책까지도 여러 권을 읽었다고 들었다. 그런 서 훈장이 천주쟁이가 되었다는 소리는 들은 적이 없다. 동학 책도 동학꾼이 되기 위해 읽는 것은 아닐지 모른다. 그러나 홍 영감은 그런 말을 덧붙이지 않는다. 홍종우가 듣길 바라는 바가 아닐 것이어서다.

홍종우가 눈을 크게 뜬다.

"아니, 서당에서 유도 경전이 아니라, 동학 경전을 가르친다고요?"

"그렇다고 들었구먼요. 차인한테 행패를 부린 바로 그놈도 그 서당에 댕기고 있어라우."

홍종우가 보료에 기대고 있다가 윗몸을 일으킨다.

"아니, 뭐라고요? 그러니까… 훈장이 서당에서 동학 경전을 가르치고, 그 훈장의 제자가 동학꾼을 모으고 다닌다, 그 말이오?"

"그렇습지요."

홍종우는 이 일은 문제를 키울 소지가 충분하다고 느낀다. 사실은, 동학란이 난 무렵부터 전라도의 여러 서당에서 동학 경전을 가르쳤다. 과거제도가 문란해지고 매관매직이 판을 친 데다, 향교의 권위가 땅에 떨어져서 일어난 일이다. 홍종우는 혀를 끌끌 차더니 또 묻는다.

"각처에서 동학도들이 의병들하고 힘을 합쳐 소란을 피우는데 여긴 어떻소?"

소안도에서 그런 동향은 아직 드러나지 않았다. 그러나 그렇게 말할 수는 없다. 홍 영감은 살짝 비켜선다.

"현황에 대해 자세히 듣고 싶으시다면… 비자리에 영이 있고, 그 영에 별장이 있는디, 그자를 이리 부를까요?"

홍종우는 고개를 젓는다.

"별장이라야 고작 종9품에 지나지 않을 것이 아니오? 그자를 부를 필요는 없고…. 그 일은 내가 따로 알아보리다."

홍동연 영감은 홍종우를 만나고 돌아온 뒤, 사람들에게 홍종우가 집안의 가까운 아저씨가 된다고 부풀린다. 홍 영감의 아버지이름이 홍종우와 비슷한 홍종호여서 사람들도 그렇겠거니 한다. 홍 영감은 소안영의 별장을 불러, 홍종우가 앞으로 더 높은 벼슬에 오를 것이라며, 그럴 경우, 별장한테도 좋은 일이 생길 것이라고 허세를 떤다.

홍 영감은 앞으로 자신의 위세가 한층 커질 것이라는 소문이 돌기를 바라지만, 다른 소문이 더 빨리 퍼진다. 사람들은 홍 영감이소안도에서 동학도가 설쳐댄다고 홍종우에게 고했기 때문에, 관군이 또다시 동학도 토벌에 나설 것이라고 수군거린다. 특히 서당에서 동학 경전을 가르치는 서범규 훈장이나, 차인을 혼낸 이준화는 무사하지 못할 것이라고들 한다.

홍종우가 맹선항을 떠난 그날 저녁에 이준화가 서 훈장을 찾아온다. 진하도 함께 있는 자리에서 이준화가 말한다.

"훈장님. 그동안 맹선리 여각에 전 제주 목사 홍종우가 머물고있었다는디, 비자리 홍동연 영감이 그 목사를 만나, 맹선리 훈장이 서당에서 동학 경전을 가르치고, 제자인 제가 동학도를 모으고댕긴다고 고자질했답니다."

"그래?"

"저는 오늘 밤에 섬을 나갈랍니다. 훈장님도 피신하셔야 할 것 같은디…."

서 훈장은 지그시 눈을 감는다. 동학 경전을 가르치기로 작심한 때부터 예상한 일이다. 닥칠 것이 닥쳤을 따름이다. 서 훈장은 눈을 뜨고 조용히 말한다.

"나는… 그냥 집에 있겠네."

"아니, 으짜실라고요?"

서 훈장은 빙긋 웃을 뿐, 아무 대꾸도 하지 않는다. 이준화가 떠난 뒤에 서 훈장은 아들 진하더러 이른다.

"서당에서 동학 공부를 해온 사람들한테 피할 사람은 피하라고 알리거라."

봄꿈

홍창식이 큰댁으로 간다. 노을이가 마당에 나와 있다가 그를 반긴다. 창식은 노을이에게 빨리 방으로 들어가라고 손짓한다. 사촌 오빠와 짜고 일을 꾸미고 있다는 사실을 부모가 알면 일이 꼬일지 모른다. 노을이가 상긋 웃고는 서둘러 건넌방으로 들어간다.

"백모님, 저 창식이가 왔구면요."

안방 문이 열린다.

"오냐. 어서 들어오니라."

창식은 큰어머니 앞에 무릎을 꿇고 앉는다.

"편히 앉거라."

창식은 고쳐 앉는다.

"오늘은 중요한 문제로 백모님을 뵈러 왔구면이라우."

"그래? 무슨 일이냐?"

"노을이 말인디, 좋은 혼처가 생각났어라우."

큰어머니가 반색한다.

"그래? 으디 사는 누구냐?"

"맹선리 서범규 훈장님의 아들이 제 친군디…."

큰어머니 얼굴에 실망의 빛이 스친다. 창식은 큰어머니가 왜 시큰둥해하는지 안다. 맹선리는 동네도 작고 큰 부자도 없다.

"맹선리 총각이라서 내키지 않으실 것이구먼요. 그런디, 곰곰 생각해본께, 사는 동네나 재산을 보고 결혼 상대를 고르면 되겄냐, 뭐니 뭐니 해도 사람을 봐야겄지 않느냐, 노을이를 진정으로 아끼고 사랑해줄 사람을 찾아야겄지 않느냐, 그렇다면 소안도에 그만한 신랑감이 있겄냐, 그런 생각이 들고, 절대로 놓쳐서는 안 된다는 생각도 들고…."

진하를 고른 이유를 말하려다 보니 말이 늘어진다. 큰어머니가 말을 자른다.

"총각 나이가 몇이냐?"

"저하고 동갑이어요. 스물한 살. 노을이하고는 네 살 차이여요. 네 살 차이는 궁합을 맞춰볼 필요도 없다듬마요."

"나이는 알맞다만…."

"인물 좋고, 글공부도 많이 했고… 무엇보다도 사람됨이 훌륭해요. 소안도에 그 친구하고 견줄 만한 총각은 없어라우."

큰어머니가 소리를 낮추어 묻는다.

"아야, 노을이도 그 총각을 아냐?"

"전에 그 친구가 우리 집에 놀러 왔는디, 그때 노을이가 내 친구를 봤지라우."

"노을이한테 귀띔이라도 해봤냐?"

"그럼요."

"눈치가 으짜드냐?"

그때 마침 대문 열리는 소리가 나더니 큰아버지 홍동연 영감이 들어선다. 창식은 얼른 방에서 나가 흙마루에 서서 인사를 올린다.

"백부님, 돌아오시오? 저 왔습니다요."

큰어머니가 나선다.

"창식이가 그러는디, 가까운 데에 노을이 좋은 혼처가 있담마요."

뜻밖에도 홍 영감이 마뜩잖은 표정을 짓는다.

"그 일은 니가 나설 일이 아니다."

창식이 당황하자 홍 영감이 금방 표정을 바꾸어 온화한 얼굴로 말한다.

"자, 안으로 들어가자."

안방에서 홍 영감이 창식에게 묻는다.

"좋은 혼처라니… 으디 사는 누구냐?"

창식은 맹선리 서 훈장의 아들 진하에 관해 설명한다. 홍 영감이 이내 창식의 말을 자른다.

"내가 아는 분인디, 해남에 참의 벼슬을 지낸 어르신이 계시다. 벼슬도 벼슬이지만, 천석꾼 대지주다. 그 어른이 손자 며느릿감을 찾는디, 이미 사람을 보내 노을이를 두 번이나 몰래 보고 간 모양이다."

창식이 보다는 큰어머니가 더 놀란다.

"아니, 두 번이나 보고 갔다고요? 나한테는 아직 한 말씀도…."

홍 영감은 부인의 말도 자르고, 창식을 보며 말한다.

"안 그래도 이 일을 니 백모한테 말할라고 했는디, 니가 왔다. 같이 듣거라."

홍 영감이 아내에게 말한다.

"노을이를 그쪽에서 두 번 보고 간 일은, 나도 중간에 선 사람한테서 그저께야 들었소. 당신도 알겠지만, 생년월일과 생시를 써서 사주를 보내면 서로 사주를 맞춰보고 혼삿날을 정하지 않소? 저쪽에서 곧 사주단자를 보낼 것 같소. 감히 넘볼 수 없는 자리요. 우리 노을이가 복이 많은갑소."

창식의 아버지는 시난고난 속병을 앓다 여러 해 전에 숨졌다. 아비 없이 자란 창식을 안쓰러워해, 홍 영감은 조카인 창식을 친자식처럼 아꼈다. 창식은 근자에 들어 홍 영감의 논농사는 물론 미역밭인 곽전藿田도 빈틈없이 관리해주고 있어 이만저만 고마운 것이 아니다. 그래서 노을이 혼사 문제를 그에게도 털어놓은 것이다. 홍 영감이 아내를 보며 말을 잇는다.

"사윗감은 지금 경성에서 의숙義塾에 댕기고 있답디다. 참의 어른은 신여성을 손부로 맞아들이지 않겠다는 생각이 확고하시다고 들었소. 우리 노을이가 그 집에 들어가면 3년 동안 해남에서 시댁 어른을 모시고 살게 하고, 그 뒤에 경성으로 보낼 것이라고 합디다."

"사윗감이 의숙에 댕긴다고라우?"

"그렇소. 의숙에서는 여름과 겨울에 한 달씩 방학을 한다는디, 경성으로 가마를 보내면 열이틀 걸려서 해남까지 오고, 다시 가마를 타고 열이틀 걸려 경성까지 간답디다."

창식이 끼어든다.

"그럼 대엿새 쉴라고 먼 데까지 오네요."

"쉴라고 오는 것이 아니것제. 조부님과 부모님한테 문안 인사 올릴라고 오지 않것냐?"

"아, 예. 으쨌든 엄청난 사위를 보시겠네요. 우리 집안에 경사가 났구먼요."

창식은 진하를 노을이 신랑감으로 천거한 사실도 잊고, 제 일처럼 좋아한다. 홍 영감이 마무리한다.

"아직 확정된 것이 아니고…. 니 백모하고 너한테만 알려준 것인께, 노을이 혼사 문제에 대해서는 당분간 함구하고 있거라."

"예, 입 딱 다물고 있것구먼이라우. 제 친구한테도 더는 허튼 생각 말라고 하겠고요."

사실 창식은 소안도의 청년들을 마을별로 하나하나 따져보고 나서, 맹선리 서진하를 노을이 남편감으로 꼽았다. 그러나 그가 느끼기에 큰아버지는 소안도라는 울타리를 훌쩍 뛰어넘는 분이다. 큰아버지가 말한 상대방은 그에게는 별천지 사람이다.

　홍종우가 나주에 도착해 여각에 머물자, 나주 부사가 인사차 들른다. 홍종우가 제주 목사 자리에서 물러났다고 하나, 고종 임금이 자별한 관심을 기울이는 이라는 걸 부사는 안다. 홍종우가 부사에게 말한다.

　"소안도에서 며칠 머물렀는데 듣자 하니, 서당에서 훈장이 유도 경전이 아니라 동학 경전을 가르치는가 하면, 그 서당에 다니는 서생이 동학도를 모으러 다닌다고 하더군요. 나라 기강이 이래서야 말이 되겠소이까?"

　홍종우는 소안도에 동학도가 창궐한다고 말한다. 창궐이라는 말이 터무니가 없다는 걸 알면서도 부사가 맞장구를 친다.

　"소직도 알고 있소이다. 염려 마시씨오. 차제에 소인이 소안도 동학패를 궤멸시켜 놓겠소이다."

　하고 싶은 말을 홍종우가 끼워 넣는다.

　"조정에서도 관심을 가질 만한 일이오."

　부사는 홍종우가 무엇을 기대하는지 금방 알아차린다.

　"이 일을 깔끔하게 처리하고 나서, 목사님 말씀에 따랐다고 조정에 꼭 보고하겠습니다."

　며칠 뒤, 부사는 소안영이 아니라 인근의 청산영에 기별을 보내, 관군을 출동하게 한다. 청산영에서 스무여 명의 병사로 별포군을 편성한다. 그들은 군선을 타고 소안도로 간다. 병사들은 우선 맹선리 서당 서범규 훈장과 비자리의 동학도 이준화를 찾는다. 이준화는 달아나고 없지만, 서 훈장은 서당에 앉아 있다가 소안영으로 끌려간다.

진하는 바다에서 낚은 농어 두 마리를 들고 마을로 들어가다가 아버지가 별포군 병사들에게 잡혀간 사실을 알게 된다. 어떻게 할까? 영에 쳐들어가 아버지를 빼낼까? 진하는 병사 서넛쯤은 해치울 자신이 있다. 그러나 그렇게 해서 아버지를 구한들, 아버지와 함께 오랫동안 도피 생활을 할 수는 없는 노릇이다. 그렇다고 수수방관할 수는 더더욱 없다. 만약 아버지가 소안영에서 풀려나지 못하고 청산영까지 끌려가면, 총살을 당할지도 모를 일이다.

이준화가 서당에 찾아와 아버지 서 훈장에게 한 말이 생각난다. 비자리 홍동연 영감이 짝지의 여각에서 홍종우를 만나, '맹선리 훈장이 서당에서 동학 경전을 가르치고, 그 제자가 동학도를 모으고 댕긴다'고 고자질했다는 것이다. 홍 영감의 그 말 때문에 아버지가 잡혀간 것이 틀림없다. 그렇다면, 아버지 문제를 풀 사람은 홍 영감뿐이라는 생각이 든다.

진하가 홍 영감을 직접 만나서 하소연한들 홍 영감이 아버지 구하는 일에 나설 것 같지 않다. 아버지의 목숨이 걸린 문제인데도 홍 영감이 홍종우 전 목사에게 그런 고자질을 했다면, 그건 홍 영감이 서 훈장을 하찮게 여긴다는 방증이다. 하찮은 사람을 구하기 위해 홍 영감이 채신을 구길 리가 없다. 그럼 어떻게 해야 홍 영감이 움직이게 할 수 있을까? 진하는 홍 영감의 조카인 창식에게 그 문제를 떠안길 수밖에 없다고 느낀다.

서진하는 사람들의 눈길을 피해 산길을 타고 비자리 쪽으로 간다. 늘 가는 길이지만, 진하 눈에는 오가는 사람이 모두 관군의 염탐꾼인 것만 같다. 사람이 눈에 띄기만 하면 진하는 덤불이나 나무 뒤로 몸을 숨긴다.

진하는 가학리 뒷산에 이른다. 여기저기 철쭉꽃이 많이 피어 있다. 창식의 집이 있는 비자리로 가야 하는데, 가학리와 비자리 사이에 넓은 버던뜽이 있어 몸을 숨겨 지나갈 수 없을 것 같다. 어떻게 할까? 마침 누군가가 산으로 올라온다. 가학리에 사는 친구의 동생이다.

"너, 웬일이냐?"

"어머니 머리에 부스럼이 나서 철쭉꽃을 따러 왔어라우."

진하도 철쭉꽃이 부스럼에 특효가 있다는 걸 안다. 전에 어머니 머리에 부스럼이 났을 때, 철쭉꽃을 따서 짓이겨 머리에 붙여드린 적이 있다. 진하는 친구 동생이 꽃잎 따는 걸 돕고 나서 그에게 부탁한다.

"아야, 비자리 홍창식한테 가서, 내가 이리 오란다고 전해줘야겠다."

친구 동생은 머리를 끄덕이고 산에서 내려간다.

문득, 전에 노을이 이야기가 나왔을 때 이준화가 고개를 갸웃거린 일이 생각난다. 그는 홍 영감의 사위가 되는 것은 '거시기한 데가 있다'고 했다. 그 말의 숨은 뜻을 이제야 알 것 같다. 만약 아버지한테 불행한 일이 닥친다면, 홍 영감은 그에게 원수가 될 것이다. 생각이 거기에 이르자, 진하는 단안을 내린다. 홍 영감은 아부지를 우습게 보고, 생사의 갈림길로 내몰았어. 그런 이의 딸을 내가 아내로 맞이할 수는 없어. 그래. 이제 노을이에 대한 감정은 싹 털어버려야 해. 모든 게 한낱 봄꿈이었어.

　창식이 산으로 온다.

　"야, 큰일 났다. 청산영 병사들이 아부지를 붙들어 갔다."

　"나도 이미 그 소식 들었어야."

　"니가 좀 도와줘야겠다."

　"내가 으찌께 하면 되겠냐?"

　"이 일을 풀 수 있는 분은 니 큰아부지뿐이다."

　창식은 걸리는 것이 있다. 우선 노을이의 혼사 문제부터 말한다.

　"야, 그건 그렇고… 나는 통 모르고 있었는디, 노을이 혼처가 곧 정해질 것 같다. 상대가 해남의 참의 어른 손자라고 하는디, 그 신랑감이 경성에서 무슨 의숙인가 하는, 신식 학교를 댕기는갑다."

　진하는 화급하게 손을 내젓는다.

　"야, 지금이 혼사 문제를 말할 때냐? 만약 우리 아부지가 청산영까지 끌려가면 목숨을 잃을 수도 있는 일이 아니냐? 만약 그렇게

90

되면, 니 큰아부지는 내 원수가 된다."

창식이 화들짝 놀란다.

"아니, 뭐? 뭔 소리냐? 우리 백부님이 니 원수가 된다니?"

"다 소문난 일인디 너는 모르는 모양이구나. 전 제주 목사 홍종우가 맹선항에 머물 때, 우리 아부지가 서당에서 동학 경전을 가르치고, 제자가 동학도를 모으고 댕긴다고 고자질한 사람이 바로 니 큰아부지다. 그래서 이번에 이런 소동이 난 것이다."

진하는 내친김에 창식에게 묻는다. 오래전에 이준화가 그에게 던진 물음이다.

"아부지가 억울하게 돌아가시면, 자식으로서 으찌께 해야겄냐?"

창식은 말없이 진하를 바라본다. 진하가 스스로 답한다.

"어느 날, 자하가 스승인 공자한테 물었다더라. 부모의 원수를 만나면 으찌께 해야 쓰냐, 하고. 공자님이 뭐라고 대답한 지 아냐? 부모 원수와 마주치면 무기를 찾을라고 허둥댈 것도 없이 그 자리에서 당장 싸워야 하느니라, 그렇게 말씀하셨다고 들었다."

진하가 잇는다.

"니 큰아부지가 좋은 사윗감을 구한 모양이다만, 나도 생각이 달라졌다. 울 아부지를 이 지경으로 내몬 니 큰아부지를 장인으로 모실 수는 없는 일이다. 그동안 니가 애썼다만, 노을이 문제는 다 끝났다."

"…"

"분명히 말하겄다만, 니 큰아부지가 우리 아부지 문제를 해결하지 않으면, 그래서 우리 아부지가 큰 화를 당하시면, 나로서도 결단코 니 큰아부지를 가만둘 수가 없다."

진하의 눈살이 매섭다. 창식은 어안이 벙벙할 따름이다. 진하가 맺는다.

"나, 긴말 않겄다. 결자해지結者解之라는 말이 있잖냐? 니 큰아부지가 일을 꼬이게 했은께, 니 큰아부지가 매듭을 풀어야겄다. 이 말을 니 큰아부지한테 확실하게 말씀드리거라."

진하는 대답도 듣지 않고 싹 돌아선다. 그는 자신에게 묻는다. 정말로 노을이와는 끝난 것인가? 다시 생각해도 그게 답이다. 아버지가 총살당한다면 홍 영감한테 보복해야 하는가? 물론 그래야 한다. 그게 답이다. 홍창식에게 숙제를 안긴 것은? 그것도 옳다. 그게 답이다. 홍 영감을 움직일 사람은 홍창식 말고는 없다.

창식은 물끄러미 진하의 뒷모습을 바라본다. 진하는 뭐든 한다면 할 사람이라는 걸 누구보다 창식이 잘 안다. 창식은 곧바로 큰댁으로 간다. 마침 큰아버지 홍 영감이 툇마루에 앉아 있다.

"백부님, 드릴 말씀이 있구먼이라우."

"말하거라."

"방 안으로 들어가십시다요. 밖에서 말씀드리기는 쪼깐…."

"그래? 그럼 들어가자."

홍 영감이 방으로 들어간다. 창식은 큰아버지 앞에 꿇어앉아 서범규 훈장이 영에 붙들려 간 사실을 말한다.

"제 둘도 없는 친구 일인디… 백부님이 힘을 써주셔야겠구먼요."

"…."

"제 친구는 백부님이 홍종우 목사한테 '훈장이 서당에서 동학 경전을 가르치고, 제자가 동학꾼을 모으고 댕긴다'고 말하는 통에 자기 아부지가 붙들려 간 것으로 믿고 있어라우. 듣기 민망하시겠 지만, 제 친구는 지 아부지 일이 잘못되면, 백부님을 원수로 알고 복수하겠다는 것이어요."

"그것, 참. 내가 거짓말을 한 것도 아닌디…."

홍창식은 서진하의 결연한 의지를 큰아버지에게 확실히 전해 야겠다고 느낀다.

"서 훈장님이 청산영까지 끌려가면 총살당할 수도 있고… 만약 일이 그렇게 되면, 그 친구가 길길이 날뛸 것이어요. 노을이하고 연을 맺고 싶어 했는디, 그 소망마저 깨져부러서 노을이한테 앙심 을 품고 해코지할 수도 있고요. 백부님이 이 문제를 반드시 풀어 주셔야겠는디요."

홍 영감은 마음이 흔들린다. 혹시라도 서범규 훈장이 목숨까지 잃는다면 그건 부담스러운 일이다. 서 훈장의 아들이 복수한답시 고 덤비면 그것도 골치 아플 것이고, 혹시라도 노을이 혼사에 끼 어들어 막무가내로 말썽을 부린다면 그것은 더욱 견디기 어려울 것 같다.

홍 영감 머리를 스치는 것이 있다. 홍종우 전 목사에게 한 말 때문에 일이 벌어졌다면, 홍종우를 역으로 이용할 수 있을 것이다. 홍동연 영감은 서둘러 소안영으로 가서 별장에게 묻는다.

"맹선리 서 훈장이 아직 여그 있는가?"

"예, 여그 있지라우."

홍 영감이 다짜고짜 큰소리로 다그친다.

"그 훈장을 당장 풀어줘."

부탁이 아니다. 명령에 가깝다. 별장은 홍 영감 뒤에 홍종우가 있다는 걸 누구보다 잘 안다. 홍종우가 제주 목사를 그만두었다고 하나, 고종의 홍종우에 대한 애정은 여전하다는 소문도 들었다. 홍 영감이 풀어주라고 하면, 그 말을 따라야 할 것이다. 그러나 별장은 서 훈장을 잡아 온 청산영 별포군의 눈치도 살펴야 한다. 별장이 머뭇거리자 홍 영감의 목소리가 커진다.

"내 말이 안 들리는가? 잡아들일 사람을 잡아들여야제, 서 훈장을 잡아들이면 쓰겠어?"

"우리가 잡아들인 것이 아니어요. 청산영 별포군이 붙잡아 왔어라우."

"그자들이 여그 사정을 뭣을 알겄어? 자네가 얼른 풀어줘."

서 훈장이 곤혹스러운 처지에 몰린 것은 홍종우의 고자질 때문이다. 그런데, 홍 영감이 나서서 훈장을 풀어주라고 하다니 알다가도 모를 일이다. 별장으로서야 소안도에서 신망이 도타운 서 훈장과 척지지 않아도 되므로 나쁠 게 없다. 별장은 그래도 혹시 모를 후환에 대비해 말을 보탠다.

"서 훈장이 처신에 신중치 못해서 이번에 쓴맛을 보여줄라고 했는디…. 영감님 말씀을 따르겠습니다. 그러나 뒤에 문제가 나면 그 책임은 영감님이 지셔야 합니다."

"뒷감당은 염려 말고, 당장 풀어줘."

서범규 훈장은 이튿날 풀려난다. 난감해진 것은 별포군이다. 동학도를 색출하는 이번 소동은 사실상 서범규 훈장과 이준화를 겨냥한 것인데, 이준화는 미리 달아나 잡지 못했고, 주된 표적이랄 수 있는 서 훈장을 소안영 별장이 풀어주어, 청산영 별포군으로서는 닭 쫓던 개가 된 꼴이다. 일을 그렇게 비틀어놓은 장본인인 홍 영감이 전 제주 목사 홍종우의 조카라니까 일개 영의 별포군으로서는 어찌할 도리가 없다. 그렇다고 빈손으로 돌아갈 수도 없다.

별포군은 다른 사냥감을 찾아 나선다. 그들은 소안도 이 마을 저 마을을 뒤져 동학도 열여 명을 붙잡아 청산영으로 데려간다. 별포군은 '흉포한 소안도 동학 괴수들'이라며, 청산도 사람들 앞에서 이순보와 이강락을 총살한다. 두 사람이 동학도이긴 하나, 관에 대든 적도 없고 다른 이에게 행패를 부린 적도 없다. 그 둘은 남달리 허우대가 클 뿐이다. 붙잡혀간 다른 사람들은 초주검이 되도록 곤장을 맞고 나서 풀려난다.

대통

저녁상을 물린 뒤에 서 훈장이 아들 진하에게 말한다. 소안영에서 풀려난 지 사흘이 지나서다.

"니가 나를 살렸더구나."

"…."

"오늘 낮에야 낙영 씨한테 들었다."

진하의 친구 최성환의 아버지가 낙영 씨다.

"나는 니가 성환이한테 이야기해서, 성환이가 낙영 씨한테 말한 줄 알았는디, 그것도 아니더구나."

"저는 누구한테도 아버지께서 풀려나신 경위를 이야기한 적이 없어라우. 아마 성환이가 홍창식이한테 직접 들었을지 모르겠네요."

"니가 입이 무거운 것은 좋다만, 그래도 애비한테는 귀뜸이라도 해줬어야 하지 않겠냐?"

결과로 보면, 창식이 나섰기에 아버지 서 훈장이 풀려났으니까 진하로서는 창식을 찾아가 고맙다고 말해야 한다. 그러나 진하는 아직 그러지 않았다. 홍 영감의 태도가 고까워서다.

"홍동연 영감은 자기가 아부지를 살렸다고 떠들고 다니는 모양이대요."

"나도 들었다."

"그 영감한테는 쪼깐 그렇고… 창식이한테는 조만간에 만나서 고맙다고 말하겠구먼이라우."

진하는 일어서서 마당으로 나온다. 왠지 이준화와 노을이의 얼굴이 동시에 떠오른다. 마치 이준화가 '노을이는 으찌께 할 것이여?' 하고 묻는 것 같다. 다 끝났소. 그쪽에서 좋은 혼처를 찾은 모양인디, 나도 홍 영감의 사위가 될 생각은 없소. 진하는 쓴웃음을 짓는다.

진하는 하늘을 쳐다본다. 구름 속에서 달이 빠져나온다. 달에 미유키 얼굴이 들어 있다. 미유키가 싱긋 웃는다. 진하는 웃으려다 말고, 굳은 얼굴로 천천히 고개를 젓는다. 미유키는 내 마음속에서 몰아내야 하는 처자여. 근본이 뭔지도 모르는 짝지 처자를 가슴에 품고 있을 수는 없어.

최성환이 서당으로 찾아와 훈장을 위로한다. 서 훈장은 언제 서당을 다시 여는 것이 좋을지 묻는다.

"훈장님, 저녁 서당을 여는 것은 서두르지 않는 것이 좋을 것 같은디요."

오전의 소년 반은 아무 때나 열어도 되지만, 저녁에 하는 청장년 반은 좀 더 기다려야 한다는 것이다. 동학도를 색출하는 소동이 지나가긴 했으나, 성환에 따르면, 바깥 시선이 아직 날카롭고, 서당꾼들도 다들 마음이 차분히 가라앉은 것이 아니라고 한다.

"그래. 소년 반 서당은 곧 열기로 하고, 저녁 반은….'

말을 멈추고 눈을 지그시 감고 있다가 서 훈장이 묻는다.

"저녁 반은 언제쯤 여는 것이 좋겠는가?"

서 훈장은 성환이 여러 사람의 의견을 듣고 일을 조율하는 능력이 뛰어나다는 것을 안다. 그래서 성환에게 며칠쯤 시간을 주면 서당을 다시 열 여건을 조성할 수 있는지를 물은 것이다.

"스무 날쯤은 지나야겠지 않습니까? 물론 그때 가서 다시 여건을 살펴야겠지만요."

"그럼 그 문제는 그쯤 가서 다시 이야기하세. 그땐 서당을 다시 열 것인지, 연다면 무슨 공부를 할 것이지… 그야말로 원점에서 의견을 나눠보기로 하세."

이튿날 서범규 훈장은 소년 반 서당을 연다. 열두 명이 모두 출석한다. 물론 시라이 상의 아들 마사요시도 서당에 온다. 그들을 대상으로 서 훈장은 이전과 마찬가지로 초급자에게는 천자문을, 중급자에게는 『사자소학』을 가르친다. 소년 학동들은 건넌방에서 진도에 따라 공부하다가 서 훈장이 부르면 훈장 방으로 들어가 가르침을 받는다.

저녁 서당을 열 날을 기다리고 있는데, 마을에서 엉뚱한 일이 터진다. 서당에 나오다 말다 하다가 발길을 끊은 강명륜이 자기 어머니를 밀쳐 다치게 했다는 것이다.

강명륜의 아버지 강수장은 심성 착하고 인물 좋고 노래 잘하는 한량이었는데, 바람기가 탈이었다. 고기잡이 나갔다 돌아오지 못한 이의 아낙을 범해, 마을 사람들한테 멍석에 말아 몽둥이로 두들겨 패는 멍석말이를 당하고 쫓겨났다. 그는 처가가 있는 맹선리로 옮겼으나, 골병을 이기지 못해 이듬해에 저세상으로 갔다.

그런데 이번에는 그의 아들인 명륜이가 일본인 여각에 있는 접대부를 꼬여 집으로 데려왔다. 그에게는 결혼한 지 두 해가 지나지 않은 아내가 있다. 새댁은 얼굴이 예쁘다고 소문난 여자다. 며느리가 예뻐야 아들이 바람을 피우지 않을 것이라며, 명륜의 어머니가 고르고 또 골랐다고 했다. 그런데 명륜이 타고난 바람기를 누르지 못한 것이다.

명륜의 어머니는 가만있지 않았다. 아래채 작은방에 들어앉은 여자의 머리채를 끌고 내쫓으려 했다. 그걸 본 명륜은 두 사람을 떼어놓으려다 어머니를 넘어트렸다. 보다 못해 마을 아낙들이 달려들어 여자를 쫓아냈다. 명륜의 어머니는 자리에 눕더니 열흘이 지나도 일어나지 못했다. 아버지 수장壽長이 이름과는 달리 일찍 삶을 마치더니, 아들 명륜明倫은 이름에 담긴 아비의 간절한 소망을 저버리고 패륜을 저지른 것이다.

서 훈장이 강창혁과 최성환을 서당으로 부른다.

"나는 작고한 강수장 씨하고 동갑내기 죽마고우였네. 그 사람이 죽기 전에 나한테 명륜이를 친자식으로 여기고 사람을 만들어달라고 신신당부했어. 자네 둘이서 명륜이를 잘 타일러 서당에 다시 나오게 해보소."

항렬로 강명륜의 아저씨뻘인 강창혁이 고개를 흔든다.

"그놈은 사람 되기 글렀어라우. 앞으로도 못된 짓을 골라감시로 할 것이구먼요. 다시 서당에 나올 리도 없고요. 지랄병에는 목침이 약이라는디… 그놈은 누가 뒈지게 두들겨 패놔야 정신을 차릴 것이어요."

최성환이 나선다.

"제가 만나서 이야기를 해보겠구먼이라우."

소년 반을 연 뒤 열이레가 지났다. 성환이 서당으로 와서 훈장 앞에 꿇어앉는다.

"명륜이를 만났는디, 당장은 면목이 없어서 서당에 나오지 못하겠답니다. 날이 조금 지나면 오겠다고 했구먼요."

보고할 것은 또 있다.

"서당꾼들한테 사흘 뒤인 글피 저녁에 모두 여그 서당으로 오라고 했어라우. 전에 훈장님께서 말씀하셨듯이, 그날 모여서 저녁 서당을 다시 열 것인지, 연다면 어떤 공부를 할 것인지 원점에서 의논하자고 했구먼이라우."

사흘이 지나자 서당꾼들이 서당으로 온다. 진하까지 포함해 여섯 명이다. 이준화는 없다. 아직 소안도로 돌아오지 않았다고 한다. 이준화 말고도 서당꾼 두어 명이 보이지 않는다.

"탈 없이 자네들을 만나게 되어 반갑네. 오늘은 저녁 서당을 으찌께 할 것인지, 아무 거리낌 없이 의논했으면 하네. 나는 자네들 중의를 따르겠네."

먼저 한종수가 입을 연다.

"아따, 서당을 닫아분께 겁나게 심심하고 답답하듭마요. 그동안 공부를 게을리했는디, 인자부터는 열심히 하겠구만이라우."

저마다 보탠다.

"공부도 인이 박이는지, 저녁이 되면 다른 일이 손에 잡히지 않드랑께요."

"대처에는 신식 학교가 들어서는 모양인디, 여그는 그런 것도 없고… 서당이라도 다녀야 앞가림을 할 것 아니어요?"

다른 의견을 말하는 사람이 없다. 서 훈장이 마무리하고, 다음 질문을 던진다.

"그럼, 서당은 다시 열기로 하세. 그런디 서당에서 무엇을 공부하면 좋겠는가? 그 문제에 대해서도 거리낌 없이 말해보소."

이번에는 조병구가 나선다. 맹선리는 창녕 조씨가 첫 번째 입도조인데, 조병구는 그 집안의 종손이다.

"저는 『논어』를 마치고 『중용』을 공부하고 있는디, 이런 유도 경전에는 더 이상 매달리고 싶지 않구면요. 뭣이든지 간에 새로운 공부를 했으면 좋겠어요. 이번에 여그저그 돌아댕겨 봤는디, 세상이 확 달라진 것 같듬마요."

뜻밖이다. 그런데 한종수도, 최성환도, 박영만도 동조한다. 단지, 강창혁만이 서 훈장을 빤히 바라보며 고개를 가웃거린다. 서 훈장이 정리한다.

"앞으로 유도 경전을 계속 공부하고 싶은 사람은 틈날 때마다 나한테 오소. 나하고 함께 공부하세."

두 번째 문제가 마무리되자, 기다렸다는 듯이 다시 조병구가 나선다.

"동학 공부는 계속했으면 쓰겠어요. 그동안 우리가 동학 책을 읽었는디 딱히 이것은 아니다, 하는 내용도 없듬마요. 우리가 동학도가 되자는 것도 아니고… 동학이 뭣인지 쪼깐 더 알아봤으면 좋겠구만이요."

박영만이 거든다.

"저도 생각이 같어라우. 서학을 믿으면 잡아가던 시절이 있었는디, 이제는 옛말이지라우. 동학도 곧 마찬가지가 되지 않었어요?"

조병구나 박영만은 여간 조심스러운 사람들이 아니다. 그들은 처음에 동학 공부에 겁을 냈다. 그러나 유도에 뿌리를 두고 있으면서도 유도와 완연히 달라지는 동학에 점차 빠져든 것이다. 서진하는 아무 말도 하지 않지만, 서로 생각이 다르지 않다는 사실을 알아 내심 흐뭇하다. 조병구가 보탠다.

"훈장님께서 별포군에 붙들려 갔다가 풀려나셨는디, 홍동연 영감이 도와서 나오셨다고는 하나, 훈장님께서 동학도와 어울리신 것도 아니고, 그저 동학이 뭣인지 알아보는 중이라는 사실을 영에서 참작했을 것이라고 하듭마요."

논의가 일사천리다. 서 훈장은 최성환이 서당꾼들을 미리 만나 조율한 결과라고 믿는다. 그런 사실을 확인하고 싶지만, 최성환이 틈을 주지 않는다.

"오늘 우리는 서당 공부를 계속할 것인지, 한다면 어떤 공부를 할 것인지를 자유로이 의논해서 결론을 얻었구먼요. 정리하자면, 저녁 서당은 계속한다, 유도 공부는 그만하되, 원하는 이는 훈장님을 따로 뵙고 공부한다, 동학 공부는 계속한다, 이 세 가지로 요약할 수 있겠네요. 우리들의 이런 의견을 훈장님께서 참작해주시면 좋겠구먼이라우."

서 훈장은 최성환을 물끄러미 바라본다. 내가 자네 마음을 아네. 자네는 나를 수동적인 위치에 놓음으로써 혹시 모를 위험으로부터 나를 지켜주고 싶은 것이 아닌가? 평상시에야 누구나 그럴 수 있지. 그러나 지금은 위험이 따를 수도 있는데…. 그저 고마울 따름이네.

닷새가 더 지난다. 서범규 훈장이 최제우의 「동학론」을 강론하고 있는데 이준화가 서당으로 들어온다. 동학도를 잡아들이기 직전에 섬을 나갔다가 오랜만에 돌아온 것이다. 훈장이 놀란다.

"지금 귀신 하나가 들어왔네."

서당꾼들이 모두 웃는다. 이준화가 고개를 갸우뚱거리고는 자리에 앉는다. 서 훈장이 이준화에게 말한다.

"자네는 아직 새 책을 베끼지 않았을 텐께, 옆에 있는 박영만 군 책을 함께 보소. 중간쯤에 방금 읽은 구절이 있네. 미리 공부를 해오지 않았어도 자네는 읽을 수 있을 것이네. 읽고 뜻을 풀어보소."

읽을 곳을 박영만이 손가락으로 짚어준다. 모르는 글자는 없다.

"오심즉여심야吾心卽汝心也, 인하지지人何知之 지천지知天地 이무지귀신而無知鬼神. 귀신자鬼神者 오야吾也. 내 마음이 곧 니 마음이니라. 사람들이 으찌께 알겠느냐. 천지는 알아도 귀신은 알지 못한다. 귀신은 바로 나니라."

이준화가 읽고 풀기를 마치자 훈장이 묻는다.

"내가 귀신 하나가 들어왔다고 했는디, 틀린 말인가?"

"맞는 말이구먼요."

서 훈장이 마무리한다.

"서학에서는 귀신이 하나 뿐이여. 야소耶蘇만이 귀신이고 만물은 그 피조물이여. 야소만이 주인 주主 자, 주님이고 사람들은 모두 종이여. 그런디, 수운 최제우는 뭐라고 했어? 귀신이 나고, 또한 내가 귀신이라고 했어. 사람이 곧 하늘이라는 것이여. '나'라는 인간의 마음이 곧 하느님 마음이 될 수 있어. 동학의 정신은 바로 여기서 출발해. 정말로 수운이 새롭고도 놀라운 도를 만들어낸 것이여."

서당 공부가 끝나자 이준화가 서진하에게 다가온다.

"어야, 동생. 서당에서 동학 공부를 계속하기로 한 것은 참 잘한 일이네. 오늘 강론을 듣고 새삼 깨달았구마."

"동학을 바로 아는 것은 좋은 일이지만, 겁이 나기도 하요. 동학 공부를 하다가 또 당하지 않을지…."

"이제 그런 일은 없을 것이네. 이번에 홍종우라는 자가 일을 만들었다는디, 알고 본께 그자는 일수거사듬마."

"일수거사라니요?"

"한 일一, 물 수水, 갈 거去, 선비 사士, 일수거사. 훈독을 해보소."

"한, 물, 간, 선비?"

"그래. 한물간 사람. 그자는 이미 관운이 끝났듬마. 경성에 올라갔으나, 대궐에는 들어가지도 못하고, 여그저그 기웃거리다가 고향으로 내려가고 말았다는 것이여."

이준화가 잇는다.

"서당 공부가 그리워서 집에도 안 들어가고 바로 이리 왔는디… 어야, 동생. 오늘은 이만 집에 가봐야겠네."

서진하가 손을 내젓는다.

"아부지는 운 좋게 풀려나셨지만, 별포군 놈들이 성님을 잡을라고 눈에 불을 켜고 있었소. 성님이 이번에 붙잡혀서 청산영으로 끌려갔으면 이순보나 이강락 맨키로 총 맞아 죽었을 것이오. 성님이 집에 들어가도 괜찮을랑가 모르겠소."

"나도 알아. 그런디… 오늘이 아부지 제삿날이란 말이시."

"아, 그래요? 그럼 얼른 집으로 가시오. 제사는 모셔야겠지라우."

이준화는 세상을 등진 지 오래인 아버지를 떠올린다. 아버지는 힘이 장사였다. 차인의 행패를 두고 보지 못해 두들겨 팼다가 가리포진(완도)에 잡혀가 죽도록 곤장을 맞고 한 달이 지나서야 풀려났다. 그 뒤로, 아버지는 다른 사람과 절대로 힘으로 맞서지 않았다. 함부로 힘을 쓰면 호되게 되치기당할 수 있다는 경험칙을 마음 깊이 새기고 살았다.

그 대신에 아버지는 걸핏하면 집에서 어머니를 때렸다. 만취해서 들어오는 날이면 마치 작정한 듯이 어머니를 두들겨 패놓고, 술이 깨면 땅이 꺼지게 한숨을 내쉬며, 우두둑우두둑 손마디를 꺾었다. 한번은 어머니가 집 밖으로 피하자 어린 준화를 때렸다. 그 일이 있고 나서 어머니는 결코 다른 데로 피신하지 않았다. 그런 아버지여서 모른 척할까 하다가, 위험을 무릅쓰고 제사를 지내러 온 것이다.

한밤에 집에 들어간 이준화는 깜짝 놀란다. 제사상을 차려놓고 아내가 그를 기다리고 있다. 평소에 아예 날짜를 모르고 사는 것 같던 아내가 제사 준비를 해놓다니 뜻밖이다.

이준화는 제사를 지낸 뒤에, 상을 거두는 철상도 하지 않은 채 꼬박 잠이 든다. 쌓인 피로 때문이다. 이준화는 한참을 잠에 빠져 있다가 아내가 훌쩍이는 소리를 듣고 눈을 뜬다. 캄캄한 방에 누워 아내는 왜 울까? 남편인 내가 오랫동안 도망 다닌 일 때문인가?

"어야, 자네한테 내가 미안하네."

아내가 들릴 듯 말 듯 작은 소리로 대꾸한다.

"당신 땜시 운 것이 아니오."

"그럼 으째서 우는가?"

"죽은 엄니가 생각나서 우요."

훌쩍거리다가 아내가 말을 잇는다.

"아부지가 동학 난리 때 장흥 석대들에서 총 맞아 돌아가시고 난께, 온갖 못된 것들이 엄니한테 집적댔소. 못난 남편이라도 있는 것이 을마나 소중한지 알겄담시로 엄니는 늘 나를 보듬고 울었소."

"…"

"시아부지가 당신 때렸다고 미워하는 것 같은디, 너무 그러지 마시오. 마음에 미움을 담고 있으면, 그 사람도 미운 사람이 된답디다."

"알겠네. 자네가 좋은 말을 했네. 아부지를 더는 미워하지 않음세."

"…"

"그러고… 나는 일찍 죽지는 않을 것인께 그 걱정은 말소."

이튿날 이준화는 일찍 자리에서 일어난다. 마당을 깨끗이 쓴다. 가정생활에 충실해야겠다고 다짐한다. 별일 없이 이틀이 더 지났는데, 이른 아침에 차인이 찾아온다.

"별장이 자네 돌아왔다는 소문이 돈답시로, 참말인지 알아보라고 하대. 내가 여그 왔다는 말은 아무한테도 하지 말고… 두어 달쯤 더 딴 데서 지내고 오소."

차인이 이준화에게 호의를 베푸는 데는 이유가 있다. 이준화가 영에 붙잡혀 가기만 하면 차인의 비리를 낱낱이 고할까 봐 두려워한다고 들었다. 그나저나 사람을 달고 와서 잡아가지 않은 것만 해도 고마운 일이다.

저녁 서당을 열 시간이 다가오는데, 시라이 상이 서범규 훈장을 찾아온다. 호야등 두 개를 들고 있다.

"제 아들 마사요시가 서다에 다니는 재미에 푹 빠져쓰요. 한문 공부도 재미있고, 동무들하고 어울리는 것도 신난다고 해쓰요. 오전반을 가르치실 때는 없어도 되게지마는 저녁 서다에는 필요할 것 같아서 등을 가져와쓰요."

앞으로 호야등에 들어가는 석유는 수시로 채워놓겠다고 한다.

서 훈장은 기꺼이 등을 받는다. 그 대신에 마사요시에게는 학채學債를 받지 않겠다고 한다. 학채라야 보리 철에 보리 한 말, 쌀 철에 쌀 한 말을 받는 것이 고작이다. 서 훈장은 집안이 어려운 서당꾼에게는 그마저 받지 않는다. 진하는 호야등 하나는 훈장 방에, 다른 하나는 서당꾼 방에 건다. 등을 밝히자, 방 안은 등잔불을 켰을 때와는 비교할 수 없을 만큼 밝다.

며칠 뒤, 진산리 동진 마을에 있는 오래된 서당인 일신재의 김양목 훈장한테서 서 훈장에게 기별이 온다. 사흘 뒤에 김 훈장 자택에서 점심을 함께하자는 것이다. 일신재는 마을 한가운데에 별채로 따로 있다. 김 훈장은 끼니때가 되면 자택으로 왔다가 서당으로 가고, 늦저녁에 서당이 끝나면 자택으로 돌아온다. 서 훈장을 자택으로 부른 것은 할 말이 있다는 뜻이다. 서 훈장은 김 훈장이 무슨 말을 하려는지 안다.

김 훈장은 서 훈장의 은사다. 정미(1847년)생으로 서 훈장보다 열다섯 살이 위다. 서 훈장은 소년 시절에 맹선리 서당에서 천자문 공부를 마친 다음에, 10리 산길을 걸어 일신재로 가서『소학』에 이어『대학』,『논어』,『맹자』,『중용』의 사서를 공부했다.『중용』공부를 마치자 김 훈장은 서 훈장더러 동진 마을로 이사 와서 일신재 훈장을 맡으라고 했다. 그렇다고, 거북선의 노꾼이었던 서종구 할아버지가 노후에 식솔을 이끌고 와서 정착한 맹선리를 떠날 수는 없었다.

서범규 훈장은 두루마기를 입고 갓을 써 의관을 갖추고, 김 훈장이 오라는 날 동진 마을로 간다. 미라리 서당 관해재의 신한경 훈장도 와 있다. 신 훈장은 서 훈장보다 세 살이 위다. 그 역시 김 훈장의 제자다. 셋이 사랑채 큰방에 앉아 있는데, 마을 청년이 인사를 겸해 말한다.

"소안도 삼현이 모이셨네요."

언제부턴가, 말하기 좋아하는 사람들은 세 훈장을 '소안所安 삼현三賢'으로 꼽았다. 김 훈장이 서 훈장에게 위로의 말부터 건넨다.

"서 훈장이 소안영에 붙들려 갔다는디, 나는 서 훈장이 풀려난 뒤에야 소식을 들었네. 고생 많았네."

"심려를 끼쳐드려 선생님께 죄송하구먼요."

곧 하인들이 점심상을 가져온다. 세 훈장은 청주를 곁들여 점심을 함께한다. 김 훈장댁 음식은 여전히 깔끔하면서도 맛이 깊다. 상을 물리고 나서 김 훈장이 말문을 연다.

"세상이 급변하다 본께 생각을 달리하는 사람들이 많아진 것 같네. 자네들 생각은 어떤지 알고 싶어서 불렀네. 먼저, 신 훈장은 요즘 무슨 생각을 하고 있는지 말씀해보소."

신한경 훈장은 고개를 숙이고 있다가 스승인 김 훈장을 똑바로 바라보며 말한다.

"저는 최근에 무안에 사는 일가를 통해 직강直講 박기종朴淇鍾 선생이 올렸다는 상소문 필사본을 구해 읽었구먼요. 갑술년(1874년) 9월에 올린 상소니까 오래전의 것인디, 내용을 읽고 많은 것을 느꼈구먼요."

"무슨 내용의 상소였는가?"

"예, 서양의 교敎는 멀리하되 그 기기器機는 이용후생에 도움이 된다면 받아들여야 한다는 소疏였어요. 특히 농사나 양잠, 의약, 무기, 선박 등의 기술은 서양이 많이 앞서기 때문에 배척해서는 안 된다고 역설했듬마요."

성리학에 충실한 지식인들은 서양의 도道나 교敎는 물론 새로운 기기나 기술을 받아들이는 것에 대해서도 부정적이다. 김 훈장 역시 선진 과학기술일지라도 서양에서 온 것은 절대로 받아들여서는 안 된다는 생각이 굳다. 신 훈장의 말을 듣고 김 훈장이 눈을 치켜뜨고 반문한다.

"아니, 신 훈장도 그런 주장에 공감한단 말인가?"

김 훈장은 서 훈장이 서당에서 동학 경전을 가르친 죄로 영에 붙들려 갔다는 말을 듣고, 서 훈장을 불러 야단칠 요량이었다. 그러나 서 훈장만 부를 수 없어 신 훈장까지 불렀는데, 신 훈장이 기대와 다른 말을 하자 당황한 것이다. 아랑곳하지 않고 신 훈장이 한 걸음 더 나간다.

"긴가민가 함시로 다른 이의 글도 구해 읽었구먼요."

"누구의 무슨 글을 읽었단 말인가?"

"아예 멀리 거슬러 올라가서 혜강惠岡 최한기崔漢綺 선생의 추측록推測錄을 읽었지라우. 그이는 꽤 오래전에, 서양 과학기술 가운데 일상생활에 도움이 되는 것은 능동적으로 받아들여야 한담시로, 그런 기술을 터득했거나 기계를 만드는 사람을 나라에서 중용

해야 한다고 주장했듬마요.”

혜강 최한기라면, 서양의 신진 기술을 적극적으로 받아들여야 한다는 채서론採西論의 원조로 꼽을 만하다. 김 훈장은 할 말을 잃고 장죽의 대통에 담배를 꾹꾹 눌러 넣는다. 김 훈장이 성냥을 켜 장죽에 불을 붙인다. 김 훈장이 장죽을 깊이 빨아들였다가 후우 연기를 내뿜고는 조용조용 말한다.

“신 훈장도 잘 알겠지만, 우리는 오랫동안 중화를 사대해왔네. 중화가 힘이 있다고 해서 사대한 것이 아니네. 중화의 유도에 사람됨과 나라 됨의 길이 있어, 그 길을 따른 것이네. 여진족이 청나라를 세워 명나라를 밀어냈을 때, 우리는 청나라에 힘이 있었으나 그 청에 사대하기를 거부했네. 중화의 정통성은 명나라에 있고, 그 명나라가 재기해 중화를 다시 지배할 날이 오기를 기다린 것이네. 병자호란 이후에 어찌할 도리가 없어 청을 사대하게 되었으나, 우리의 꿈은 한족이 중화를 부활시키기를 기다리면서, 우리 스스로 소중화小中華가 되어 유도를 다져가는 것이네.”

소중화론은 명나라의 복원을 기대하면서 조선에서 중화 문화의 정통성을 지키고 강화함으로써 조선이 작은 중화가 되어야 한다는 주장이다. 소중화론은 노론의 영수인 우암尤庵 송시열宋時烈이 이끌었다. 그는 중화 문명의 정통성을 계승할 나라는 청나라가 아니라 조선이라고 믿었다. 점차 소중화론은 조선 선비들의 집단 신념으로 굳어졌다.

김 훈장이 다시 뻐끔뻐끔 장죽을 빨고는 말을 잇는다.

"서양 세력이 물밀듯이 동양으로 밀려오는 서세동점西勢東漸의 시대를 만나 동양의 도 자체가 크게 흔들리고 있는디, 이때 우리가 온 힘을 다해서 서세를 막을 궁리를 해야지, 대문을 열어놓고 서양의 기器를 받아들이자니 말이나 되는가?"

"······."

"일찍이 화서華西 이항로李恒老 선생께서는 서양이 동양의 도를 어지럽히는 것을 개탄하시고는, 천지간에 한 줄기 빛이 동방 조선에 있다고 하셨네. 그이는, 우리가 마음을 단단히 먹고, 불을 끄는 심정으로 유도를 밝혀야 한담시로, 국지존망國之存亡 유시제이사猶是第二事라, 나라의 존망은 오히려 두 번째 일이라고 하셨네. 나라의 존망에 못지않게 유도를 바로 세우는 일이 중요하다는 말씀이네. 자네는 이런 현자의 말씀에 귀를 막고 있단 말인가?"

김 훈장은 쐐기를 박아두겠다는 듯이 마무리한다.

"오래전에 율곡栗谷 이이李珥 선생께서 말씀하시기를, 이理는 형이상形而上이요 기氣는 형이하形而下라고 편의상 나누지만, 실제로는 그 둘은 떼려야 뗄 수가 없는 것이라고 하셨네. 도道와 기器 역시 마찬가지가 아니겠는가? 기를 받아들이자는 것은 우리 도를 버리자는 말이나 다를 바 없네."

묵묵히 듣고 있던 신 훈장이 고개를 든다.

"저도 물론 서양의 기를 받아들이다 보면 동양의 도마저 흔들리지 않겠느냐고 우려했지라우. 그런디, 요즘은 생각을 달리하고 있구먼요. 새로운 기술을 도입한다 해서 흔들리는 도라면, 도 자체에 문제가 있는 것이 아니냐…."

신 훈장의 말을 듣다 말고, 김 훈장이 장죽을 쇠 재떨이에 탕탕 내려친다. 재를 털어내자는 것이겠지만, 마치 회초리나 죽비를 치는 것 같다. 신 훈장은 말을 멈춘다. 김 훈장이 쐐기를 박는다.

"도 자체에 문제가 있는 것이 아니네. 삿된 사람들이 도를 흔들어서 세상이 이 꼴이 난 것이네. 제대로 알고 말을 하소."

김양목 훈장은 장죽에 다시 담배를 채운다. 신 훈장은 더 이상 대들지 않고, 성냥불을 켜서 김 훈장 장죽의 대통에 댄다. 김 훈장은 몇 번 빨아 연기를 후 내뿜고 나서 서범규 훈장에게 시선을 돌린다.

"그래, 서 훈장은 요새 무슨 책을 읽고 있는가?"

서 훈장이 예상한 물음이다. 서 훈장은 10리 산길을 걸어 동진 마을로 오면서 숨기거나 에두르지 않고, 당당하게 말씀드리기로 작정했다. 마음이 가볍다. 허리를 세우고 담담하게 말한다.

"들으셨겠습니다만, 저는 수운 최제우 선생의 글을 얻어 서당 제자들하고 함께 읽고 있구먼이라우."

"소문을 들었네만… 그것이 사실이란 말인가?"

"예. 그렇구먼요."

"그런 책을 으디서 구했는가?"

"나성대라는 동학도가 가지고 왔길래 두고 가라고 했지라우."

김 훈장이 서 훈장을 노려본다.

"내가 전에 말했잖은가? 그자가 오면 내쫓으라고…. 그자가 가져왔다는 책이라고 해야 금서가 아니겠는가? 자네 같은 선비가 불한당이나 진배없는 자한테 불온서적을 구해 읽고, 제자들한테까지 가르친다는 것이 말이나 되는가?"

김 훈장이 더 큰소리로 나무란다.

"오래전 일이네 만, 자네는 그저 아무 책이나 책만 보면 읽었어. 그래서 나한테 수도 없이 야단을 맞지 않았는가? 세 살 버릇 여든까지 간다더니… 그 버릇을 아직도 고치지 못했단 말인가?"

서 훈장은 제자들에게 동학 경전을 가르치겠다는 생각을 하고 나서, 꿈에 수운 최제우 귀신을 만났다. 그 접신을 통해 수운의 마음이 서 훈장의 마음이 되었다. '네 마음'이 '내 마음'이 된 것이다. 그러나 그 일은 죽을 때까지 마음 깊은 곳에 묻어두어야 한다. 그 말은 빼고, 서 훈장이 마음을 가다듬고 대답한다.

"제가 먼저 책을 읽어보고 나서, 제자들과 함께 읽고 토론할 필요가 있겠다고 판단했구먼요."

"시방 뭣이라고 했는가?"

"동학은 바탕에 유도를 깔고 있듭마요. 수운 최제우 선생께서는 황제, 전욱, 제곡, 요, 순이라는 오제를 비롯해, 공자와 맹자 같은 성인들이 계셔서 오늘날 우리가 도리를 알게 되었담시로…."

김 훈장이 장죽을 재떨이에 땅땅 내려쳐 재를 턴다. 서 훈장은 말을 멈춘다.

"최제우 선생. 최제우 선생…. 최제우가 선생이라고? 듣자 듣자 하니까…."

김 훈장이 쯧쯧 혀를 차고 나서, 잇는다.

"무릇 세상에는 바른 것이 있고 삿된 것이 있네. 선비란, 바른 것과 삿된 것을 가리는 일부터 제대로 해야 쓰지 않겠는가? 나는 동학에 대해서는 입에 담고 싶지도 않네."

서 훈장은 재를 넘어올 때 다짐한 대로, 하고 싶은 말은 하기로 한다.

"선생님, 저도 줄곧 중화를 숭상해왔는디, 중화가 패망의 길을 걷는 것을 봄시로, 중화의 유도가 누천년을 굴러오면서 이미 쓸모가 다한 것이 아니겠느냐, 중화의 도에 문제나 한계가 있는 것이 아니겠느냐, 또한 우리에게는 우리의 도가 따로 있지 않겠느냐…."

김 훈장이 다시 재떨이에 장죽을 탕탕 내려친다. 이미 재를 다 털어내 대통이 비어 있고, 그래선지 이전보다 소리가 크다. 서 훈장은 말을 멈춘다. 김 훈장은 말없이 대통에 담배를 채운다. 서 훈장이 성냥을 켜려 하자, 김 훈장이 성냥을 빼앗더니 스스로 켜 담배에 불을 붙인다. 김 훈장은 장죽을 몇 번 빨고는 담배 연기를 길게 내뿜는다.

"내가 말문이 막혀 무슨 말을 해야 할지 모르겠네. 그동안 세상이 변했다고는 하나… 내가 자네들을 자주 부르지 못한 잘못이 크네."

김 훈장은 지그시 눈을 감는다. 두 제자는 아무 대꾸도 하지 않는다. 김 훈장이 조용히 맺는다.

"오늘은 이만 헤어지고… 또 만나서 생각을 나눠보기로 하세."

헤어지자는 말은 가라는 말이고, 또 만나자는 말은 생각을 돌이킬 시간을 주겠다는 말이다. 두 제자는 자리에서 일어선다.

겨울 허수아비

이준화는 친구 배를 얻어 타고 보길도와 넙도를 지나 죽굴도로 간다. 그는 피신할 일이 있을 때마다, 가까운 친구가 사는 조그만 외딴섬을 찾곤 했는데, 다음에 또 그럴 일이 생기면 그때는 육지로 가야 한다. 숨어 지내기 좋고 친한 친구도 있는 외딴섬이 더는 없기 때문이다.

죽굴도는 왕대나무가 많아 원래 이름이 죽도였는데, 그 섬에서 굴이 많이 난다고 해서 이름이 죽굴도로 바뀌었다. 이웃 섬의 사람들은 죽굴도를 죽을도라고 놀리지만, 섬 주변에 먹고살 것이 널려 있는 살기 좋은 섬이다.

동갑내기 털보 김석우가 이준화를 덥석 끌어안는다.

"아이고, 자네. 반갑네."

"어야, 내가 두어 달 쉬어 갈라고 왔네."

말은 쉬어 가겠다고 하나, 이준화는 쉬고 있을 사람이 아니다. 그 섬에 굴도 많지만, 바닷가 바위에 돌김이 풍성하다. 이준화는 두 달 꼬박 돌김 채취하는 걸 돕고 나서 소안도로 돌아온다. 집에 들어서자 아내가 활짝 웃으며 반긴다.

"오메, 집 나가서 얼마나 고생이 많았으까, 잉."

이준화는 툇마루에 걸터앉는다. 아내가 부엌으로 가 물을 가득 채운 대야를 들고 온다. 나무판을 둥글게 두른 나무 대야다.

"여그 발 담그시오. 내가 씻어드릴게라우."

이전에 아내는 남편인 이준화가 무섭다며, 똑바로 바라보지도 못했다. 그런 아내가 살갑게 맞으며 대야에 물을 떠 와서 발을 씻겨주겠다니 놀랍다. 이준화는 말없이 아내에게 발을 맡긴다.

이준화는 저녁을 먹고 나서 이불을 펴고 자리에 눕는다. 아내가 부엌에서 들어와 등잔불을 켜고는 남편 곁에 엎드리더니, 윗몸을 세워 준화 얼굴을 찬찬히 내려다본다.

"눈이 마주치기라도 하면 번개같이 피하더니… 어야, 자네. 내 마누라 맞는가?"

"내가 당신 마누라지, 누구 마누라겠소?"

"…."

"당신, 보면 볼수록 잘생겼소."

아내가 생긋 웃고는, 한술 더 뜬다.

"내가 당신 얼굴을 쪼깐 더듬어봐도 되겠소?"

대답을 듣지도 않고 손으로 준화의 얼굴을 만진다. 눈도 만지고 코도 만지고 입도 만지고는, 준화 귀에 입을 대고 소곤댄다.

"애기가 당신을 탁했으면 좋겠소."

아내가 잇는다.

"내가 당신 애기를 뱄는갑소."

준화는 벌떡 윗몸을 일으킨다.

"아니, 시방 뭔 말이여?"

"…."

"어디 배 좀 만져보세."

이준화는 아내의 치마를 들치고 배를 만진다. 아직은 임신한 티가 느껴지지 않는다. 배에 귀를 갖다 댄다. 아무 소리도 들리지 않는다. 준화는 다시 벌렁 드러눕는다.

"어야, 이제 힘든 일은 제쳐두고, 몸을 잘 돌보소, 잉."

한동안 말없이 누워 있던 준화가 아내의 옷소매를 잡아끈다.

"이리 오소."

아내가 이준화에게 다가오면서 넘겨짚는다.

"애기한테 괜찮을랑가 모르겠소."

"그럼 그냥 자세."

이준화는 짐짓 돌아눕는다. 아내가 이준화 등 뒤로 바짝 파고 든다.

"아따, 오라고 해놓고는…."

이준화가 피식 웃는다.

"애기한테는 암시랑토 않을 것이네. 아직 싹도 안 텄을 것인께…."

준화가 옷을 벗는다. 아내도 따른다. 전에는 치마만 벗으려 하더니 이번에는 저고리부터 속곳까지 다 벗는다. 준화가 아내를 품는다. 아내 몸이 유난히 따스하다. 나한테 자식이 생긴다? 이준화는 두 어깨가 묵직해진다. 준화는 속으로 아기에게 말한다. 아가야, 무럭무럭 자라거라, 잉. 아들이면 씩씩해야 쓰고, 딸이면 순해야 쓴다. 아니지, 아니여. 이 세상 살아가는 것이 만만간디? 딸이면 겉으로만 순한 척하고, 속으로는 당차야 쓴다. 뭐, 어려운 일도 아니다. 아들이면 나를 닮고, 딸이면 니 에미를 닮으면 되겠다. 니 에미가 겉으로는 순둥이지만 속으로는 영판 당차니라.

이준화가 아기에게 진지하게 말하고 있는데, 아내는 벌써 가쁜 숨을 몰아쉰다. 어야, 참소. 우리는 파도가 몰아닥쳐도 타고 넘어야 하네. 타고 넘는 걸 재미로 알고, 넘고 또 넘어야 하네. 파도야 어서 오너라. 웅, 그래. 파도야, 오고 또 오너라, 우리가 다 넘어주마. 이렇게 앞뒤로도 넘어주고… 또 이렇게 오른쪽으로도 넘어주고… 이렇게 왼쪽으로도 넘어주마. 우리는 그런 마음가짐으로 세상을 살아가야 하네. 이준화는 그 밤에 겹겹으로 밀려오는 파도를 아내와 함께 타고 넘고, 타고 넘고, 또 타고 넘었다.

이튿날 이른 아침이다. 이준화는 부엌을 살핀다. 솔가리가 바닥을 드러내고 있다. 준화는 아침을 먹은 뒤, 뒷산에 가서 솔가리를 긁어 한 바지게 지고 온다. 한 달 불쏘시개로 모자람이 없을 것이다. 준화는 담장 곁에 쌓아둔 장작을 한 아름 부엌으로 옮겨 와 자

귀로 쪼갠다. 이제 불이 쉽게 붙을 것이다.

일을 마치고 툇마루에 걸터앉아 있는데, 차인이 마당으로 들어선다. 왠지 불길하다. 그가 다시 집으로 찾아온 까닭은 무엇일까?

"멀쩡한 놈이 두어 달이나 비렁뱅이맹키로 떠돌다 돌아왔는디, 또 나가라고 하지는 않겄지라우?"

"그건 아니고…."

그럼 무슨 일이지? 차인이 변죽부터 울린다.

"어야, 으짜까?"

뭔가 궂은일이 기다리고 있는 것이 틀림없다.

"왜요? 뭔 일이 있소?"

"자네가 농사짓는 땅을 내년에도 지어야 쓸 것인디…."

"…."

"영에서 안 된다고 그런단 말이시."

그건 어느 정도 예상한 일이다. 차인이 뜸을 들인다.

"묘수가 있을 것 같네만…."

"묘수라니요?"

"내 생각으로는 자네가 홍동연 영감을 찾아가 부탁드리면, 영감이 별장한테 말해 논밭을 내년에도 벌게 해줄 것 같네."

차인의 개인적인 생각일 수도 있으나, 홍 영감이 차인 뒤에 숨어 수를 부리고 있을지도 모른다. 어느 쪽이든 이준화는 관심이 없다.

"허리 굽히고 빌고 해서 나라 땅에 농사지어도, 땅세 내고 남는 것으로는 먹고살기도 벅찰 것이고…. 나, 이제 그 짓 그만둘라요."

즉흥적으로 하는 말이 아니다. 그는 죽굴도에 있는 동안에 생각을 정리했다. 땅세나 차인 문제를 바로잡는 일에 매달릴 생각도 했으나, 서 훈장의 말씀마따나, 그럴 때도 아니고, 동학도라는 이유로 걸핏하면 쫓겨 다니는 처지에 놓인 그가 덤빌 일도 아니었다. 그래서 그는 차라리 나라 땅 경작을 그만두고, 품팔이를 하면서 동학 공부에 전념하기로 했다.

이준화는 일손이 필요한 마을 사람들을 찾아가, 놉을 사려면 자기를 불러달라고 부탁한다. 이준화가 부지런하고 힘이 좋은 것을 알기 때문에, 사람들은 흔쾌히 그러겠다고 한다. 마을 사람들로서야 이준화 같은 상일꾼이 자기 집에 일을 오지 않을까 봐 걱정이다.

이준화는 아버지 생각이 난다. 아버지는 전에 궁방전 소작이 끊기자 차인 앞에 무릎을 꿇고 땅을 벌게 해달라고 빌었다. 그래도 거절당하자 아버지는 밤에 집에 들어오지 않았다. 어머니가 한밤에 마을 사랑방을 다 뒤졌으나 아버지를 찾을 수 없었다. 아버지는 더는 벌 수 없게 된 논의 논둑 아래 고꾸라져 잠들어 있었다. 술 냄새가 코를 찌르더라고 했다.

아버지는 그 뒤로 비자리 지주의 소작인이 되었다. 겨우 논 다섯 마지기를 경작했는데, 소출의 반을 지주에게 주고 나면 세 식구 식량조차 감당하기 어려웠다. 사는 게 어려워지자 아버지의 폭행은 더 심해졌다. '가슴에피'라는, 심한 역류성 식도염을 앓던 어머니는 아버지에게 두들겨 맞아 골병까지 겹쳐 나이 서른둘에 하늘나라로 갔다.

그 뒤로 아버지는 현실의 팍팍함을 폭음으로 잊고자 했다. 물론 그렇게 하여 잊을 수 있는 것도, 이길 수 있는 것도 아니었다. 이준화가 여덟 살 때였다. 어느 날 아버지는 준화를 불러 막걸리 사발을 건네며 마시라고 했다. 아버지 눈빛이 묘했다. 준화는 머뭇거리다가 사발을 내동댕이치고 내빼고 말았다. 아버지는 양잿물을 탄 막걸리를 혼자서 마시고 세상을 떴다. 어린 준화는 다짐했다. 결코 아버지처럼 살 수는 없었다. 그래서 어린 그는 먹을 것, 입을 것이 없어도 악착같이 마을 서당인 침벽재를 다녔다.

마을 사람들 집을 돌며 일거리 줄 사람을 충분히 확보한 이준화에게는 할 일이 하나 남아 있다. 그는 홍동연 영감이 사는 골목 어귀로 간다. 마을 사람을 만나 이야기를 나누고 있는데, 때마침 홍영감이 골목을 걸어 나온다. 이준화는 내심 쾌재를 부르며 골목을 거슬러 올라간다. 홍 영감이 그를 보자 멈칫하더니 먼저 말을 건넨다.

"자네, 오랜만이네. 요즘 통 안 보이든디, 어디 먼 데 댕겨왔는가?"

이준화가 치받는다.

"뭣이라고요? 누구 땜시 내가 여그저그 떠돌아 댕긴지 모르고 하는 소리요? 댕겨온 데를 대면, 또 관가에다 찔러불라고 물으시오?"

머쓱한 표정으로 홍 영감이 이준화를 노려보더니, 지나치려 한다. 이준화가 길을 가로막는다.

"길 비키소."

"뭣이라고라우?"

"길을 비키랑께."

"못 비키겠소. 내 말에 대답부터 하시오. 또 관청에다 찔러불 것이냐고요?"

홍 영감이 잔뜩 미간을 찌푸리고 그를 째려본다. 이준화가 벽력같이 소리 지른다.

"눈깔 내리시오."

"뭣이라고?"

이준화가 손가락으로 홍 영감의 눈을 가리키며 소리친다.

"눈깔 내리랑께요."

금방 검지로 눈을 찌를 태세다. 홍 영감이 이준화의 기세를 감당할 수는 없다. 자신의 위세는 등 뒤에 있지만, 이준화의 주먹은 바로 눈앞에 있다. 홍 영감은 시선을 깐다. 준화는 거기서 그치지 않는다.

"나, 지나가야 한께, 한쪽으로 비켜서시오."

홍 영감이 길가 쪽으로 비킨다.

"쪼깐 물러나시오."

영감이 말을 잘 듣는다. 두어 발자국 물러선다. 준화는 두 팔을 한껏 벌려 휘저으며 팔자걸음으로 골목을 올라간다.

그날 저녁에 홍 영감의 조카 홍창식이 이준화의 집으로 온다. 준화가 기다린 바다.

"피신 댕기느라고 고생 많았지라우?"

"쪼깐 고생했네. 잡혀가면 총살당할지도 모를 일이어서…"

"성님은 우리 백부님 때문에 고생한 것으로 아는 것 같은디, 잘못 알고 있소. 그것이 아니오."

전 제주 목사 홍종우가 단단히 벼르고 있어서, 홍 영감이 말릴 수 없었다는 게 창식의 변명이다. 그가 덧붙인다.

"성님이 화를 푸시오. 우리 백부님도 여러모로 성님 도울 생각을 하고 계시오."

준화가 예상한 말이다.

"자네 큰아부지는 내가 오늘 쪼깐 심했다고 생각할 것이네. 그래서라도 내가 분이 반쯤은 풀렸은께 이전 일은 다 잊어불겠네."

"잘 생각했소."

"내가 자네 큰아부지한테 도움받을 일은 하낫도 없네. 나는 날품 팔아 먹고살기로 작정했네. 단, 한 가지는 분명히 해두겠네. 만약 또 누가 나를 관에 찌르거나, 나를 잡으러 오게 하거나, 날품 파는 것조차 훼방 놓으면, 그때는 내가 누구든 가만두지 않을 것이네. 이 말을 자네 큰아부지한테 꼭 전하소."

이준화는 작심한 바를 단정적으로 말하고자 할 때, '하나도'를

'하낫도'라고 말하는 버릇이 있다.

아라사와 일본이 벌인 노일전쟁은 9월에 일본 승리로 막을 내렸다. 멀리 떨어진 소안도에도 10월 중순이 되자, 그 소문이 돈다. 오래전부터 사람들은 시베리아 철도가 놓이기만 하면 한·청·일 동양 삼국이 모두 아라사의 손아귀에 떨어지지 않겠느냐고 걱정했는데, 그토록 위협적이던 큰 나라 아라사를 섬나라 일본이 이기다니 도무지 믿을 수 없는 일이다.

일본은 아라사를 이긴 데서 그칠 것이 아니다. 이제 아라사가 아니라 일본이 조선과 청나라를 삼키려고 덤빌 것이다. 그럼 종국에는 일본을 사대해야 하는 시대가 오는 것인가?

역사는 우려한 방향으로 흘러간다. 11월 17일에 일본의 압력에 따라 이른바 보호조약이 체결된다. 보호조약이라는 말은 그야말로 말장난이다, 사탕발림이다. 그것은 조선의 국권을 빼앗기 위한 단계적 조치에 지나지 않는다.

조약을 체결했다는 소문은 민영환閔泳煥 대감이 자결했다는 소식과 함께 12월 중순이 되어서야 소안도에 퍼진다. 어느 날 서당꾼들을 앞에 두고 서범규 훈장이 사실을 확인한다.

"지난달에 일본과 보호조약을 체결했다고 하네. 말이 보호조약이지, 우리가 외교권을 빼앗긴 것이네. 거기서 그치겠는가? 오랫동안 우리가 여진족의 청나라를 사대해왔는디, 앞으로는 섬나라 왜국을 섬겨야 할지 모르겠네. 참말로 기가 막히는 일이 아닐 수 없네."

"…"

"그렇게 되니까 민영환 대감이 자진하셨다고 하네. 조약이 체결되자, 민 대감은 조병세趙秉世 대감과 함께 백관을 이끌고 대궐에 들어가 반대했는디, 왜국 헌병들이 끌어냈다고 하네. 일행이 다시 상소를 올리는 방안을 논의하고 있는디, 민 대감은 양력으로 11월 30일, 대세가 기운 것을 깨닫고 서양 면도칼로 목을 갈라 자결하셨다는 것이네."

서 훈장은 말을 잇지 못하고 고개를 떨군다. 진하는 정월 초하루 설날 아침에 하늘에 쌍무지개가 떠서 길조라고 좋아한 일이 생각난다. 그날 아버지인 서 훈장은 서당꾼들에게 개인사도 잘 풀리고 동네일도 다 잘될 것이라고 덕담했다. 그러나 철쭉꽃이 한창일 무렵에 노을이에 대한 사랑이 하나의 봄꿈이 되더니, 해가 끝날 무렵에 나라가 왜국의 꼭두각시로 전락하고, 충신이 분을 이기지 못해 스스로 목숨을 끊은 것이다. 참으로 허망하고도 참담한 한 해다.

뒤에 알았으나, 민 대감만 목숨을 버린 것이 아니었다. 민 대감이 숨진 다음 날인 12월 1일, 조병세 전 의정대신이 미리 유서를 써두고 78세의 노구를 이끌고 집을 나섰다. 궐에 들어가 조약 철회를 촉구하려 했으나 왜군이 입궐조차 막았다. 가마를 돌린 조대감은 가마 안에서 조용히 독을 마시고 저세상으로 갔다.

이들에 앞서 전 참판 홍만식洪萬植이 11월 28일 자택에서 목숨을 끊었다. 홍만식은 갑신정변의 주역인 우정국 초대 총판 홍영식洪英植의 친형이다. 갑신정변으로 나이 서른에 우의정에 오른 홍영식은 정변이 실패로 돌아가자 성난 군졸들에게 살해당했다. 홍영식의 아버지로, 영의정을 지낸 홍순목洪淳穆은 '내가 역적을 키운 셈이니 나라에 큰 죄를 지었다'며 음독자살했다. 그의 일가 스무여 명도 뒤를 따랐다. 홍만식은 그때 자결하려다 미수에 그쳐 옥에 갇혔다가 복권되었는데, 이른바 보호조약이 체결되자 미련 없이 목숨을 버린 것이다.

대사헌을 지낸 송병선宋秉璿도 조약이 체결된 소식을 듣고 자결했다. 그는 아편을 마시고 누웠으나 죽지 않자 벌떡 일어나 한 숟갈을 더 삼키고 누웠다. 그는 한나절 내내 손과 발을 떨다 숨을 거두었다.

말직에 있던 평양 진위대의 상등병 김봉학金奉學도 스스로 목숨을 끊었다. 그는 민영환, 조병세 두 대감이 자결했다는 소식을 듣고 통곡하며 외쳤다.

"나라가 망했는데 병사로서 결사 투쟁 한번 하지 못하다니 말이 되는가?"

그는 입에 칼을 물고 높은 데에 올라 훌쩍 뛰어 거꾸로 떨어졌다. 칼이 목을 뚫었다.

밤새워 등성이를 넘어오느라 숨이 찼을까? 새벽달이 구름 속에서 가물거린다. 겨울이면 대체로 사흘 추우면 나흘 따스한데, 며칠째 혹한이 이어진다. 바다에 나갈 채비를 하는 아들을 보고 서범규 훈장이 말한다.

"이렇게 추운디, 더 기다리지 않고서….”

"이미 그물이 찼을 것 같은디요."

나라가 갯벌에 빠지든 시궁창에 박히든, 민초는 먹고살아야 하니까 일해야 한다. 서진하는 맹선항으로 간다. 서로 품앗이해가며 바닷일을 하는데, 이날은 진하의 배를 타고 나가 멸치 그물을 끌어 올리는 날이다. 바람이 불지 않은데 몹시 추우면 '맹그롬하니 춥다'고 하는데, 이날이 그런 날이다.

품앗이꾼은 서진하와 최성환, 박영만, 강동철 넷이다. 모두 서범규 훈장의 제자들이지만, 강동철은 천자문을 뗀 뒤로 서당을 그만두었다. 두 사람씩 교대로 노를 저어 예작도를 지나 좌지도 앞으로 간다. 진하가 물속에 그물을 쳐두었는데, 그물에 멸치가 가득하다. 네 사람은 어써야 어써야, 소리를 맞추어 그물을 끌어 올린다. 운 좋게 삼치도 여러 마리 들어 있다. 멸치 떼를 만나 포식하다가 그물에 걸린 것이다.

부흥산 너머로 동이 튼다. 이제 맹선항으로 돌아가야 한다. 중간쯤 가면 교대하기로 하고, 두 명이 노를 젓는다. 서진하가 노 저을 때 부르는 놋소리를 시작한다. 진하가 앞소리를 메기면, 다른 이들이 함께 '어서어서 어영차'로 받는다.

세월 네월 가지 마라
어서어서 어영차
아까운 청춘 다 늙는다
어서어서 어영차
명사십리 해당화
어서어서 어영차
꽃 진다고 서러 마라
어서어서 어영차
꽃이 져야 열매 맺지
어서어서 어영차

돌아오는 길이 반쯤 지나자 노꾼을 교대한다. 새 놋소리가 시작
된다. 만선이어서 모두가 절로 힘이 솟는다. 받는소리는 이제 '어
기하 어야여차'로 바뀐다. 놋소리가 아침 바다를 흔든다.

무정세월아 가지 마라
어기하 아야여-차
인간 청춘이 다 늙는다
어기하 아야여-차

장보고 대사 바다를 열고

어기하 아야여—차

충무공은 바다를 지키고

어기하 어야여—차

유왕님은 어장을 내고

어기하 아야여—차

우리는 고기를 잡네

어기하 아야여—차

가자 가자 어서 가자

어기하 아야여—차

어딜 가느냐 집으로 간다

어기하 아야여—차

우리 각시 기다린다

어기하 아야여—차

박영만이 짓궂게 앞소리를 가로챈다.

장가 안 간 서진하야

어기하 아야여—차

집에 간들 각시나 있냐

어기하 아야여—차

얼렁 서둘러 장가들거라

　　어기하 아야여-차

　　장가들어야 살림도 는다

　　어기하 어야여-차

모두 배를 움켜쥐고 웃는다.

　포구가 가까워지자 뒤와 양옆에서 고깃배 세 척이 다가온다. 다들 만선인 듯하다. 품앗이꾼 네 조, 모두 합해 열여섯 명이 함께 놋소리를 부른다. 앞소리는 서진하 몫이다. 놋소리로 맹선항 앞바다가 쩡쩡 울린다.

　　장보고 대사 누구더냐

　　어기하 어야여-차

　　완도 사람 아니더냐

　　어기하 어야여-차

　　부흥산 돋는 햇살

　　어기하 어야여-차

　　청해바다 푸른 물결

　　어기하 어야여-차

　　멸치도 만선이요

　　어기하 어야여-차

마음도 부자로다
어기하 어야여—차

　배가 맹선항 포구에 닿는다. 그렇다고 뿔뿔이 흩어지는 것은 아
니다. 멸치를 나눠야 한다. 전체의 절반이 품앗이 유사인 진하의
차지이고, 나머지를 세 '짓'으로 나누어 세 품앗이꾼이 한 짓씩 차
지한다. 사람 수대로 나누어 한 사람이 가져가는 몫을 한 '짓'이라
고 한다. 삼치가 다섯 마리여서 넷이서 한 마리씩 차지하고, 남은
한 마리는 조부모를 모시고 3대가 함께 사는 강동철에게 안긴다.
멸치를 말리거나 젓갈을 담가놓으면 완도 상인이 사 갈 것이다.

　섣달이 서진하에게 유난히 길다. 위례 백제가 망하고 또 부여 백
제까지 망하자, 일본으로 건너간 백제 왕족들이 도래씨족渡來氏族
을 이루어 야마토, 즉 왜국을 문명 세계로 이끌었다고 했다. 그런
데 야마토의 후예들이 배은망덕하게도 임진년과 정유년에 조선
에 쳐들어와 온 나라를 쑥대밭으로 만들어놓더니, 3백여 년이 지
나자 다시 조선에 건너와 군대를 해산하고 임금을 꼭두각시로 만
든 뒤에 친일 매국노를 앞세워 이른바 보호 통치를 하다니, 참으로
기가 막히는 일이다.
　나라가 처한 곤경은 서진하 마음에 또 다른 파장을 불러일으킨
다. 진하는 일본의 국권 침탈에 의분을 느끼면서도, 다른 한편으

로 당혹스러움을 떨칠 수 없다. 미유키 때문이다. 비자리 홍 영감
이 전 제주 목사 홍종우에게 고자질해 아버지 서 훈장이 관가에
잡혀가자, 진하는 마음속에서 노을이를 내보냈는데, 그 뒤로 미유
키가 진하 마음속에 들어와 자리를 잡았다.

　서진하는 자신에게 묻는다. 일본이 나라를 삼키려는 판에 일본
여자인 미유키를 마음에 품어도 되는가? 진하는 고개를 젓는다.
일본이 적이라면 미유키도 적이 아닐까? 적이든 아니든, 일본 여
자를 마음에 담고 있는 것은 온당한 일이 아니라고 느낀다. 그는
다짐한다. 빗자루로 쓸 듯이 미유키도 마음속에서 쓸어내자.

　미유키를 잊기로 마음을 정하자 허탈해진다. 엎친 데 덮친 격으
로, 다른 일이 진하를 더 깊은 허탈의 늪으로 밀어 넣는다. 섣달 보
름이 눈앞에 다가온 어느 날이다. 저녁에 서당꾼들이 서당에 모이
자, 조병구가 말한다.

　"비자리 홍동연 영감 가족이 오후에 해남으로 건너가듬마. 창식
이도 끼어 있어서 물어봤드니, 노을이가 해남으로 시집을 간다는
것이여. 해남에서 하룻밤 자고, 내일 신랑 집에서 혼례를 치른다
고 하드랑께."

　간다, 안 간다, 소문만 끌더니 드디어 노을이가 시집을 가는 모
양이다. 최성환이 나선다.

　"아니, 신랑이 신부 댁으로 장가오고, 그런 다음에 신부가 신랑
집으로 시집가는 것이 올바른 가례 절차가 아니여?"

"신랑이 배 타는 것을 싫어해서, 여그 소안도에는 안 오겄다고 한다여."

"그 친구, 참 별꼴이네."

진하가 끼어든다.

"아, 그럴 수도 있제. 남의 혼사에 웬 따따부따여."

사실이야 그렇다. 그럴 수 있는 일이다. 남들이 따따부따할 일도 아니다. 그건 노을이의 일이고 홍 영감 가족의 일이다. 말은 그렇게 하지만, 진하는 가슴이 뻥 뚫린 것 같은 공허감을 떨칠 수 없다. 노을이는 돌아올 수 없는 곳으로 멀리 가고, 미유키는 비록 가까운 곳에 있지만 거들떠보지도 말아야 한다.

이튿날 해 질 녘에 진하는 혼자서 들로 나간다. 이열치열이란 말이 있듯이, 쓸쓸함은 쓸쓸함으로 다스릴 수 있다. 진하는 전에도 마음이 쓸쓸할 때면 텅 빈 들녘에 나가, 해가 바뀌면 그 들에 다시 봄이 온다는 사실을 되새기곤 했다. 문득 한곳에 진하의 시선이 머문다. 허허벌판에 겨울 허수아비 하나가 남루한 차림으로 찬바람에 떨고 있다. 진하 눈에 눈물이 핑 돈다.

간장 한 종지

밤에 함박눈이 쏟아졌다. 아침에 일어나 보니 산하가 다 하얗다. 바깥세상은 모든 것이 멈춘 것 같다. 사람은 방 안에 머물고, 배는 닻에 묶여 있고, 어디서 쉬는지 물새 한 마리도 날지 않는다. 단지 이 집 저 집 굴뚝에서 가는 연기가 피어오를 뿐이다. 이튿날도 그 이튿날도 쨤쨤이 눈이 내린다. 그렇게 눈 속에서 병오년(1906년)이 온다.

구정을 지나 초이렛날, 훈장은 다시 서당을 연다. 이준화가 다른 사람보다 먼저 와서 서진하와 마주 앉는다.

"어야, 동생. 내가 어젯밤에 묘한 꿈을 꿨네."

"무슨 꿈인디요?"

"자네가 독사하고 결혼하는 꿈이었네."

진하가 결혼식을 올리는데, 독사 한 마리가 똬리를 틀고 있다가 여자로 둔갑하더니 신부 자리에 서더라고 한다. 진하가 아하하, 크게 웃는다. 이준화가 보탠다.

"사실은 어제 내가 자네 토정비결을 봤는디, 자네한테 올해 음양
화합의 수가 들어 있었네. 아, 진하 동생이 장가를 들겠구나, 그런
생각을 하고 잠들었는디… 그래서 내가 그런 꿈을 꾼 것 같네."

"용이 아니고 독사입디까?"

"용은 아니었네. 무지렁이 뱀도 아니고… 독사였어."

"그 신부가 이쁘긴 합디까?"

"겁나게 이쁘듬마."

문득 미유키 생각이 난다. 독사가 미유키로 변해 연지곤지 바르
고 신부 자리에 서는 상상을 한다.

"신부가 겁나게 이쁘드랑께 좋소. 으쨌든 나도 장가 좀 갔으면
좋겠소."

이준화가 말머리를 돌린다.

"그런디, 나는 괘사卦辭에 '횡액가신橫厄可慎 흉사조문凶事照門'이
라고 써 있드란 말이시. 횡액을 당할 수 있은께 조심해라, 흉한 일
이 문에 비친다, 그것이여. 아따, 정초에 맥이 탁 풀려불드랑께."

"괘사라니요?"

"1년 점괘를 여덟 자로 풀어주는 글 말이네. 내 1년 괘사가 횡액
가신 흉사조문, 그 여덟 글자네."

"…"

"중간중간에도 우환이 있을 것이라느니, 관재수官災數를 조심
하라느니… 기분 나쁜 소리가 많드란 말이시."

"에이. 토정비결은 거꾸로 간답디다. 대길이면 대흉이고, 대흉이면 대길이고…."

"자네는 옳게 가고, 나는 거꾸로 갔으면 좋겠네만은…."

　

이날 서당에서 서범규 훈장은 그동안 읽은 「동학론」을 마무리하는 강론을 한다.

"우리가 수운이 쓴 글을 읽고 있는디, 동학은 서학하고는 많이 달라. 서학에서는 하라는 것이 많아. 성경을 읽어야 하고, 성경 말씀이라면 거짓말 같아도 무조건 참말이라고 믿어야 하고, 맨날 기도를 올려야 하고, 예배당에 가야하고, 십일조를 바쳐야 하고…. 그런디, 수운 선생이 뭣이라고 했어? 도道는 무위이화無爲而化라고 했어. 함이 없이도 도가 이루어진다는 것이여. 억지를 안 부려도 자연스레 이루어진다, 그것이여. 으찌께 해서 그럴 수 있지? 마음을 지키고, 기를 바르게 하고, 사람 마음속에 들어 있는 본성을 따르고, 도덕적 교훈을 받아들이면, 우리 도는 스스로 그러한 가운데서 마음속으로부터 우러나와 세상과 하나가 된다, 그것이여."

"…."

"하느님이 도를 만들었고, 사람은 그것을 따르기만 하면 된다는 서학하고는 영판 달라. 동학에서는, 내 마음을 깨끗이 해두면 내 마음이 절로 천도가 될 수 있다는 것이여. 곰곰 생각해봐. 내 마음이 천도가 될 수 있다…. 이거, 놀라운 말이여."

"…"

"우리는 이전에 도를 만들어본 적이 없어. 그저 중국의 도를 따르면 되었어. 그들이 불도佛道를 믿으면 우리도 불도를 믿고, 그들이 유도를 따르면 우리도 유도를 따랐어. 그런디, 수운 선생은 새로운 도를 만들어낸 것이여. 핵심이 뭣이여? 서학에서는 하느님이 주인이고 나는 종이여. 하느님 말씀을 무조건 믿어야 해. 유도에서는 군주가 주인이고 나는 신하여. 군주가 명령하면 신하는 복종해야 해. 그런디, 동학에서 주인은 바로 '나'여. 수운은 '나'를 중심에 놓는 새 도를 내놨어. 참말로 천하에 그 누구도 생각하지 못한, 새로운 도를 만든 것이여."

강론이 끝나자 이준화는 진하더러 자기를 따라오라고 한다. 날씨가 추운데도 그것도 밤에, 둘은 5리 산길을 걸어 물치기미까지 간다. 다행히 달이 밝다. 달빛을 받아 윤슬이 일렁이는 바다가 마치 바람결에 흔들리는 메밀밭 같다.

물치기미는 소안도의 부속 도서인 좌지도左只島가 가장 잘 보이는 곳이다. 서범규 훈장에 따르면, 남쪽에서 태풍이 올라오다가 왼쪽 섬에 부딪혀 그친다고 해서 좌지도라는 이름이 붙었다. 그렇다면, 좌지도는 소안도 사람들의 간절한 소망이 어린 섬이다. 소안도에는 매년 네댓 번 태풍이 올라온다.

언젠가 서 훈장은, 좌지도에서 태풍이 멈추는 것은 지형 때문이

기도 하지만, 그보다는 그 섬의 신령스러운 기운, 즉 영기靈氣 덕분이라고 했다. 좌지도의 지세가 바람을 소안도의 건너편에 있는 넙도 쪽으로 흘려보내게 되어 있기도 하지만, 그 섬의 영기가 강해 나쁜 바람이 함부로 덤비지 못한다는 것이다. 서 훈장은, 통일신라 시대에 청해진이 설치되었을 때, 오가는 선박이 꼭 그 섬 앞에서 무사 안녕을 기원하는 제를 올린 것도, 선원들이 그 섬의 영기가 강하다는 걸 알았기 때문이라고 했다.

그 섬의 영기 덕분에 그 섬에서 큰 인물이 나올 것이라는 소문도 돌았다. 오래전에 서 훈장이 말했다.

"까마득한 옛날부터, 그 섬에서 천하를 다스릴 임금이 나올 것이라는 말이 돌았네. 남쪽에서 보면 섬이 임금 왕王 자를 흘려 쓴 형세인데, 그 섬에서 중국까지 다스릴 임금이 태어날까 두려워, 당나라 도인이 왕명을 받아 좌지도까지 와서 지세의 길혈에 해당하는 곳을 깎아내고, 거기에 절을 세웠다고 하네. 그 시대에 중국을 다스린다는 것은 천하를 다스린다는 의미가 아니었는가?"

서 훈장은, 언제부턴가 사람들이 그 섬의 이름을 비틀어놓았다고도 했다. 『신증 동국여지승람』에 분명히 적혀 있는 좌지도라는 이름을 두고, 사람들이 그 섬을 자지도者只島라고 불렀는데, 중국에 겁을 먹고 일부러 이름을 속되게 바꿨을 것이라고 했다. 그 섬에 사는 사람들은 그나마 '자' 자를 짧게 발음하지만, 먼 데 사람들은 길게 말해 섬을 우스갯거리로 만들었다.

그런데 일본이 조선을 기웃거리면서부터는 전혀 다른 이름을 붙여 그 섬을 능멸했다. 좌지도가 맹선항 입구에 있다고 해서, 일본인들이 좌지도를 항문도港門島라고 바꿔 부른 것이다. 섬이 항구 입구에 있어 이름이 그럴싸하나, 항문도肛門島로 잘못 들을 수 있어 문제였다. 그래서 인근 사람들은 아무도 항문도라고 부르지 않는데, 일본 사람들이 항문도라고 하니까, 차츰 관공서에서 항문도라고 쓰기 시작했다.

어떤 이는 예전에 그 섬에 당나라 절이 있었으므로 섬 이름을 당사도唐寺島로 바꾸기를 바란다는데, 서 훈장은 고개를 내저었다. 그 섬에서 천하를 다스릴 왕이 나오지 못하도록 당나라 도인이 지혈을 파내고 절을 세웠다면, 굳이 그런 사실을 빌려 섬 이름을 지을 필요가 없다는 것이다. 서 훈장한테 그 말을 들은 서당꾼들은 그 섬을 꼭 좌지도라고 불렀으나, 다른 사람들은 편한 대로 자지도라고 했다.

추운 날 밤에 이준화가 서진하를 좌지도가 보이는 곳으로 이끈 데는 이유가 있다. 그가 진하에게 질문을 던진다.

"내 친구 하나가 저 좌지도에 사네. 그 친구가 나한테 곽암 두어 개를 주겠담시로, 좌지도로 건너오라고 하네. 큰 바위 하나에 붙은 미역만 낫으로 베어서 팔아도, 논 한두 마지기 농사보다 벌이가 낫다는 것이여. 내가 가야 쓰겄는가, 안 가야 쓰겄는가?"

섬사람들은 미역바위라는 말을 두고, 미역 곽藿 자, 바위 암巖 자를 써서 곽암이라고 한다. 곽암이 여러 개 모여 있으면, 미역밭이라는 말을 두고 곽전藿田이라고 한다. 소안도에서는 곽암을 비싼 값에 사고파는데, 친구가 거저 준다면 예사로 고마운 일이 아니다.

"아따, 뭘 머뭇거리요? 얼른 가시오."

서진하가 대뜸 말하나, 이준화는 고개를 흔든다.

"나는 오늘 훈장님 강론을 듣고 마음을 정해부렀네. 안 가기로 말이여."

"아니, 뭔 소리요?"

"내가 좌지도로 가불면, 오늘 같은 강론을 들을 수 있었어?"

"…."

"내가 이 밤에 자네를 여그까지 끌고 온 것은, 자네 아부지인 우리 훈장님의 가르침이 쩌그 좌지도 곽암 몇 개보다 더 값지다는 것을 말해주고 싶어서네."

"…."

"자네는 훈장님 아들임시로도 아부지가 얼마나 큰 스승인지를 몰라. 나는 알지. 우리 훈장님을 만난 것이야말로 나한테는 엄청 난 행운이 아닐 수 없네."

"…."

"나는 속 편하게 품 팔아먹고 삶시로, 서당에서 동학 공부나 열심히 할 생각이네."

미역은 오래전부터 갯가 사람들에게 흔하디흔한 찬거리였다.

물에 불려 국도 끓이고 초무침도 했다. 그러나 미역으로 돈을 버는 데는 문제가 있었다. 미역을 따서 지게에 지거나 머리에 이고 육지로 가져가 팔 수도 있지만, 가격이 싼데 길은 멀어, 이것저것 제하면 남는 것이 없었다.

그러나 고산孤山 윤선도尹善道가 보길도로 옮겨 온 뒤로 사정이 달라졌다. 고산은 노복들한테 미역을 따게 해서, 배나 수레에 신고 대처로 가져가 팔게 했다. 물량 작전이었다. 미역이 산모에 좋다고 소문나자, 대처의 시전市廛에서 쟁탈전을 벌였다. 고산의 후손들이 업을 이었다. 미역은 오래지 않아 논농사보다 더 벌이가 나은 작목이 되었다. 미역이 자라는 큰 바위 하나가 논 한 마지기 값에 팔렸다.

소안도와 보길도 바닷가의 바위에도 미역이 자라지만, 좌지도에서는 미역이 더 잘 자란다. 일찍이 좌지도에 들어가 곽전을 일군 친구가 이준화더러 미역바위를 주겠다며 좌지도로 오라고 하는데, 이준화는 동학 공부를 하기 위해 사양하기로 한 것이다.

문득 왕범지王梵志의 시가 생각난다. 진하가 이준화에게 묻는다.

"성님, 왕범지라는 당나라 시인을 아시오?"

"몰라."

"승려 시인이어요. 구어체로 시를 썼어라우."

"다 처음 듣는 말이네. 경전 공부는 쪼깐 했네만, 나는 시는 하나도 모르네."

"나는 가끔 아부지 방에 들어가 필사본 시집을 꺼내 읽기도 하요. 전에는 책에 손도 못 대게 하시드니, 내 나이 열여덟이 넘은 뒤로는 아무 책이나 마음대로 보라고 하십디다."

"그래? 그 시인의 시 가운데 자네 마음에 드는 것이 있는가?"

"있고말고요."

"뭔 시여? 한번 읊어봐."

진하는 왕범지의 무제시無題詩 가운데 들어 있는 네 구를 읊고 푼다.

녹포삼사조鹿脯三四條　사슴 육포 서너 조각 있고
석염오륙과石鹽五六課　돌소금 대여섯 덩이 있소
간객지녕형看客只寧馨　여보시오, 길손. 그저 이렇소
종니통소아從你痛笑我　비웃을라요? 그러시구려

시를 듣고 이준화가 손뼉을 치며 좋아한다.

"아따, 그 시가 내 맘에도 쏙 드네."

서진하가 맺는다.

"성님, 좌지도에는 가도 좋고, 안 가도 좋소. 마음 편한 대로 하시오. 산다는 것이 뭐 별것이겠소? 사슴 육포는 사치스럽소. 바다에서 쏨뱅이 몇 마리 잡아 오고, 집에 간장 한 종지 있으면 되는 것 아니겠소?"

진하가 바닷일을 마치고 집에 들어가자 어머니가 바짝 다가앉는다.

"아야. 미라리 처자 집에서 중매쟁이를 보내왔다. 아까 나를 만나고 갔다."

"엄니가 가만히 있는디, 그쪽에서 매파를 보냈다고라우?"

"어렸을 적에 친하게 지낸 내 동무가 그 마을에 시집가서 산다. 오래전부터 나한테 그 처자 자랑을 했는디, 말만 하지 말고 쓱 나서라고 했다."

"…."

"전에도 그 동무가 하도 자랑을 하길래, 내가 비자리에 가서 몰래 처자 모녀를 훔쳐보기도 했다. 그 딸도 어메도 내 맘에 쏙 들더라."

정초에 이준화의 꿈 이야기를 듣고 나서, 독사가 미유키로 둔갑해 신부가 되는 상상을 한 일이 생각난다. 그날 이후로 미유키는 한 마리 독사가 되어 진하의 마음속에 똬리를 틀었다. 진하는 미유키를 마음에 담아두고 미라리 처자와 사주를 맞춰볼 수는 없다고 느낀다. 그렇다고 미유키 이야기를 어머니한테 털어놓을 수도 없다. 마침 방바닥에 장판을 깔 생각을 하던 차라, 얼른 둘러댄다.

"엄니, 내 방은 아직 바닥이 죽석이요. 대자리란 말이요. 걸을 때마다 방바닥에서 먼지가 풀썩풀썩 올라오요. 그런 방에다 신부를 들여놓자고라우?"

"…."

"고기잡이도 열심히 하고 논밭 일도 힘써서, 방에 장판도 깔고, 책 읽을 방도 따로 한 칸 들여놓고, 그다음에나 장가들겠구먼이라우."

남녀 간에도 서로 좋다면, 쏨뱅이 몇 마리와 간장 한 종지만 있으면 될 일이다. 대자리건 장판이건, 굳이 따질 일이 아니다. 진하의 생각이 그렇다. 그러나 어머니를 돌려세우기 위해 조건을 늘어놓은 것이다. 진하의 속을 알 길 없는 어머니가 할 말을 잃고 묵묵히 앉아 있다가 정색한다.

"뭔 말인지 알겠다만, 너는 미라리 처자가 누군지, 이름이 뭣인지 궁금하지도 않냐?"

"마음의 준비가 안 되어 있은께요."

어머니는 금세 장가보내기는 어렵겠다고 느끼면서도 미련을 버리지 않는다.

"그 처자 이름이 신순심이다. 평산 신씨로, 그 마을 유지인 신정남 어른의 맏딸이다. 놓쳐서는 안 될 자리다."

미라리의 평산 신씨라면 소안도에서 첫손에 꼽는 명문이다. 며칠 뒤에 진하는 서당에 온 이준화에게 묻는다.

"성님, 미라리에도 일하러 가봤소?"

"수없이 갔제."

그 무렵에 이준화는 소안도에서 상일꾼 중에서도 상일꾼으로 소문이 났다. 힘이 세고 부지런한 데다, 인부들을 잘 이끌기 때문에 너도나도 그를 불렀다. 그는 10리가 넘는 진산리나 부상 마을까지는 안 가지만, 어지간한 곳은 마다하지 않고 갔다.

"그 동네 신정남 어른을 아시오?"

"알고말고. 미라리 터줏대감이여. 전답도 많고, 곽암도 몇 개 있고, 인심도 후하고…. 아주 덕인이여. 그 마을에서는 택호로 '도암 양반'이라고 불러. 그이 부인이 강진 도암에서 시집왔을 것이여."

"그 집 만딸도 아시고요?"

"알아. 이름이 순심일 것이여. 이름처럼 마음도 순하고… 참 수말스러워."

착하고 다소곳하면 수말스럽다고 하는데, 나이가 찬 처자에게는 더없는 찬사다. 이준화가 얼굴을 활짝 펴고 묻는다.

"그 처자하고 혼담이 오가는가?"

"엄니가 며느릿감으로 꼽아둔 지 오래요."

"동생 생각은 으짠가?"

"아직 장가갈 준비가 안 되었어라우. 집도 손봐야겠고…."

물론, 미유키 이야기를 할 수 없어 갖다 댄 말이다.

"산다는 것이 쏨뱅이 몇 마리에 간장 한 종지만 있으면 되는 것이람시로…. 어지간하면 장가 들소. 그 처자를 마다한다면, 딴 데 장가들기가 어려울 것이네."

대답을 듣지도 않고 이준화가 말머리를 돌린다.

"그런디, 노을이 소식은 들었는가?"

"아니요. 뭔 일이 있답디까?"

"결혼을 잘못한 것 같듬마. 신랑이 오래전부터 경성에서 신여성 하고 살림을 차렸다는 말이 돌드랑께."

"…"

"참의 어른은 도시 신여성을 손자며느리로 맞이하기는 싫고… 그 래서 아무 소문도 듣지 못하는 섬에서 손자며느리를 골랐든갑서."

"…"

"으쨌든, 홍 영감이 하나뿐인 딸을 각시 자리가 아니라 생과부 자리로 보낸 것이여."

남쪽 하늘에서 기러기 떼가 날아온다. 갈 지之 자를 쓰고 오다 가, 한 줄을 이루어 한 일一 자로 바꾸더니, 이윽고 줄 한가운데 있 던 두 마리가 끼룩끼룩 큰 소리를 내며 앞으로 나선다. 이내 기러 기들이 들 입入 자를 쓴다. 쉴 곳을 찾아 어디론가 들어갈 모양이 다. 보길도를 넘어가려던 해가 고개를 돌려 기러기 떼에게 남은 햇빛을 쏟아준다.

기러기들은 소안도 북섬 어디쯤에서 하룻밤을 쉴까? 몇 해 전 에 돌아가셨지만, 비쩍 마른 데다 키가 무척 커서 '간짓대 하네'라 는 별명이 붙은 할아버지가 마을에 살았다. 그 할아버지는 기러기 들이 초겨울에는 소안도의 진산 갯가에서 하룻밤을 쉬었다가 제 주로 내려가고, 초봄에는 가학리 조금나루 갯가에서 하룻밤을 자 고 완도로 올라간다고 했다. 진하는 어느 초봄에 동갑내기 마을 동무 대여섯과 더불어 잠자는 기러기 떼를 찾으러 조금나루 물기슭을 쏘다녔다가 호되게 감기를 앓은 적이 있다. 함께 갔다가 감기에 걸린 동무는 자기 할아버지한테 들었다며, 기러기들이 비자리 갯가에서 자고 완도로 간다고 했다. 그 뒤로 동무들은 기러기들이 조금나루 갯가에서 잔다는 패와 비자리 갯가에서 잔다는 패로 갈렸다.

기러기 떼는 가학리 갯가에서도 자고, 비자리 갯가에서도 잘 것이다. 마음속으로 두 바닷가를 견주어보는데, 문득 비자리 이준화 성님의 부인 얼굴이 떠오른다. 곧 아기를 낳을 것이라고 했는데, 며칠 전에 본 그 형수의 얼굴에 부기가 심했다. 농어가 올라오기에는 이른가? 아직 떠나지 않은 돔이 있겠지. 내일은 추자도 앞바다에 나가서 농어든 돔이든 몇 마리 낚아 형수에게 갖다줘야겠구먼.

이튿날이다. 경칩이 지났는데도 날씨가 꽤 쌀쌀하다. 진하가 바다에 나갈 채비를 하고 있는데, 뜬금없는 비보가 들려온다. 이준화의 아내가 아기를 낳다가 숨졌다는 것이다. 진하는 머리가 핑돈다. 이준화의 그해 토정비결에 횡액이 들어 있다고 했는데, 횡액치고는 너무 가혹하다.

진하는 비자리로 달려간다. 이준화의 집 마당에 차일이 쳐져 있다. 마당에 들어서는데 두 아낙이 울음 가득한 목소리로 주고받는다.

"오메, 어메만 죽은 것이 아니라 아그도 죽었담시로요."

"아그가 아들이었답디다. 아따, 이것이 뭔 일이다요?"

이준화가 3대 독자인데 그의 귀한 아들은 세상 밖으로 나와 울음도 터트리지 못하고, 엄마와 함께 저세상으로 간 것이다.

이준화는 장례를 마치기까지 눈물 한 방울 흘리지 않는다. 이준화는, 아들이 울어보지도 못하고 죽었는데 그 아비가 울면 되느냐고 한다. 진하는 줄곧 상가를 지킨다. 장사를 지내고 집으로 돌아왔다가 그다음 날 이른 아침에 다시 이준화의 집으로 간다. 이준화는 목이 잠겨 말이 나오지 않는다. 아내와 아들을 함께 묻었는데, 깜깜한 밤에 혼자서 무덤에 찾아가 참았던 울음을 밤새도록 토해낸 것이다.

삼우제를 마치기까지 진하는 줄곧 이준화 집에서 함께 지낸다. 진하가 밥을 지어 상을 차려줘도 이준화는 거들떠보지 않는다. 물에 밥을 풀어 끓여주어도 고개를 젓는다. 진하가 서둘러 맹선리 바닷가로 가서 전복 세 마리를 잡아 와 전복죽을 쑤어 떠먹인다. 준화가 울먹이며 몇 숟갈 받아먹는다.

"어야, 동생. 자네 정성이 참말로 고맙네."

이준화는 앞으로 손수 챙겨 먹겠다며, 진하더러 집으로 돌아가라고 한다. 진하는 집에 가서 옷을 갈아입고, 다음 날 다시 이준화의 집으로 간다. 안방에 제사상이 놓여 있다.

"앞으로 3년간 하루도 안 빼놓고 죽은 마누라 제상에 상식을 할 참이네."

그날 아침에도 손수 밥을 지어 제상에 올리고 절을 두 번 한 뒤에 밥을 먹었다는 것이다.

"어야, 동생. 내가 말을 하면 마누라 귀신이 꼬박꼬박 대답하네. 오늘은 그 사람 제상에 밥을 올림시로 '자네 살았을 때, 내가 너무 무심했네.' 하고 말했더니 '내가 당신 맘을 다 아요.' 하고 대답하대. '당신같이 맘씨 따스운 사람이 으디 있다요.'라고도 하고. 분명히 그 말을 들었네. 사방을 둘러봐도 아무도 없는디…. 그 귀신이 내 눈에는 안 보이지만, 내 곁을 맴도는 것이 틀림없네."

이준화 눈에 눈물이 핑 돈다. 내가 당신 맘을 다 아요, 당신같이 맘씨 따스운 사람이 으디 있다요, 하는 말은 이준화의 아내가 살아생전에 늘 하던 말이다.

대서가 가까워지자 날이 뜨겁다. 진하는 추자도 앞바다까지 가서 낚은 큰 민어 한 마리를 들고 비자리로 간다. 이준화가 기력을 되찾는 데 민어가 도움이 될 것이다.

이준화는 나라 땅인 뒷산 언덕을 개간해 더덕을 심고 싶다고 한다. 진하는 이준화가 큰 불행을 겪고도 생각보다 빨리 마음을 다잡고 새 출발 하려 한다는 사실이 마냥 기쁘다. 함께 뒷산에 가서 보니 경사가 완만하고 큰 나무나 바위도 없어 밭으로 일굴 만하다.

"나라 땅에 손을 대면, 차인이 잔소리를 안 할랑가 모르겄소."

"저번에 차인을 만나서 단단히 을러놨네."

"뭣이라고 을렀소?"

"날 죽일라고 하면 내가 먼저 죽일 것이고, 날 살려줄라고 하면 내가 먼저 떠받들겠다고 해뒀네."

"으르기만 한 것이 아니구마."

"그래. 으르기도 했고 어르기도 했네."

"…."

"사람들은 차인을 오뉴월에 등짝에 들어간 보리 가시랭이처럼 껄끄러워하는디, 나한테는 요새 초봄 보리 새싹처럼 보드랍네. 차인 걱정은 안 해도 될 것 같네."

"그래요? 그럼, 성님 밭 옆에다 내 밭도 쪼깐 만듭시다. 성님만 더덕 잡숫는 꼴은 내가 못 보겠소."

"좋은 생각이네. 여그서 한꾼에 밭갈이하자면, 우리 둘이 자주 만날 수 있었구마."

더위가 덜한 날, 이준화와 서진하는 빈 언덕에 함께 밭을 일군다. 이준화가 쟁기로 땅을 갈아엎으면, 진하는 돌을 주워 바지게에 담아 밭 바깥으로 져 나른다. 진하는 가끔 바지게를 벗어두고 이준화의 일하는 모습을 물끄러미 바라본다. 이준화는 소를 부리는 것이 아니다. 소한테 매질 한 번, 큰소리 한 번 하지 않는다. 이준화와 소와 쟁기가 한데 어울려 마치 흥겹게 놀이를 하는 것 같다.

쟁기질이 끝나자 이준화가 아예 웃통을 벗는다. 밭 가에 무릎 높이로 돌담을 쌓겠다고 한다. 그렇게 일을 만들어 끝장을 보는 성미라서, 놉이 필요한 사람들이 다투어 이준화를 부를 것이다. 진하도 웃통을 벗는다. 진하가 돌을 나르면 이준화가 마치 장난감 다루듯이 돌의 아귀를 맞춰가며 담을 쌓는다.

그 이튿날 해 질 녘에 담쌓기가 끝나자, 이준화가 쟁기질로 밭 둑을 만들어 밭을 둘로 나눈다.

"아니, 왜 밭을 똑같이 둘로 나누요?"

"동생이 더 많이 갖고 싶은가?"

"아니요. 성님이 많이 가져야지라우. 나한테는 심심치 않을 만 큼만 떼어 주시오."

"동생은 부모가 계시고, 나는 나 하나 아닌가, 이 사람아."

서진하 고집도 소문난 고집이지만, 이준화의 고집을 꺾을 수는 없다.

쉽게 생각하고 밭을 만들었으나 이게 화근이 된다. 며칠이 지나 차인이 이준화를 찾아온다.

"어야, 자네를 영으로 데려오라고 하대."

"소안영으로요?"

"잉. 맹선리 서당 훈장 아들이랑 한꾼에."

"아니, 으째서요?"

"둘이서 산을 쟁기로 갈아엎어 밭을 만들지 않았는가?"

"그것 땜시요? 땅세를 내면 될 것 아니오?"

"아니여. 나도 모르고 있었는디, 나라에서 뭔 조치를 새로 내렸다는 것이여."

조선 정부는 일본의 압력에 못 이겨, 그해 병오년(1906년) 7월에 궁방전 개간을 금하는 훈령을 내렸다. 소안도 땅은 오래전에 궁방전에서 군사용 둔전으로 바뀌었으나 개간을 금하기는 마찬가지다. 그건 소안도 사람들이 기왕에 벌고 있는 논밭에 금줄을 쳐놓고, 그 바깥으로는 한 발짝도 나가지 못하게 하는 것이나 마찬가지다.

붙들려 간 이준화와 서진하에게 낯모르는 관인이 곤장을 친다. 차인은 슬그머니 뒤로 빠진 모양이다. 관에서 사람을 부르면 엉덩이나 허벅지에 매타작하는 것은 오랜 관행이다. 영에서는 두 사람에게 벌금을 물릴 것이라고도 한다. 사흘이 지나서야 두 사람은 풀려난다. 영 밖으로 나오자 이준화가 서진하를 돌아보며 말한다.

"올해 내 토정비결에 관재수가 두 번 들었는디… 나머지 한 번은 또 언제 당할지 모르겠구마."

진하가 고개를 흔든다.

"내가 이번에 당해줬은께, 성님 관재수는 그것으로 다 끝났소."

물옷

저물녘에 집에 돌아간 서진하는 깜짝 놀란다. 어머니가 자식 걱
정에 몸져누운 것이다. 어머니는 아들 진하가 갇혀 있는 동안, 밥
한 숟가락 입에 넣지 않았다고 한다.

이튿날 오전에 진하는 바닷가로 간다. 바위에 붙어 있는 전복이
라도 몇 마리 잡아 어머니께 드리기 위해서다. 엉덩이와 허벅지에
곤장을 맞아 생긴 피멍이 풀리지 않았으나, 그런 일로 미적거릴
수는 없다.

바위가 병풍처럼 늘어선 바닷가로 가면, 바닷물에 잠긴 바위에
전복이 붙어 있다. 전복이 좋아하는 다시마나 미역이 바위에 붙어
자라기 때문에, 전복이 바위를 찾는 건 당연하다. 물에 잠긴 바위
에 전복이 있지만, 바위 타기나 수영이 서툰 사람에게 전복은 그
림의 떡이다. 파도치는 바위 벼랑을 깔보았다가는 목숨을 잃을 수
도 있다.

옷을 홀랑 벗은 뒤 바다에 뛰어들려다 말고, 진하는 우두커니

선다. 누군가 물속에서 솟구쳐 오른다. 여자다. 미유키다. 옷을 벗은 줄 알았는데 찬찬히 보니, 팔이 없고 다리가 짧은 누런색 물옷을 입고 있다.

여자가 있는데 옷을 모두 벗고 바다에 뛰어들 수는 없다. 진하는 바위 뒤로 몸을 숨긴다. 미유키가 물 밖으로 나오더니 헐망이라는 망태기에 뭔가를 넣고 다시 물속으로 들어간다. 잠시 후에 물 위로 솟구쳐 오른 미유키가 물속에서 잡은 것을 헐망에 넣고 바위 위로 올라선다.

"서, 진, 하, 상."

미유키가 진하를 부른다. 진하가 오는 걸 이미 본 모양이다. 미유키가 부르는 소리를 듣는 순간, 진하 몸에 소름이 스친다. 시라이 상의 집 안방에서 눈길이 마주쳤을 때도 그랬다. 미유키가 잇는다.

"아직 나오지 마시어요. 나, 물옷만 입었어요."

진하는 옷을 모두 벗은 상태라서 나갈 수도 없다.

"여기 전복, 어머니 드리시어요."

아니, 어머니가 몸져누운 사실을 어떻게 알지? 궁금증은 곧 풀린다.

"내 동생 마짱한테서 어머니 편찮으시다고 들었어라우."

마짱이란 마사요시를 두고 하는 말일 터다. 진하는 한동안 바위 뒤에, 그것도 뒤로 돌아 엉거주춤 웅크리고 있다가 아무 소리도 나지 않아 바위 앞으로 나간다. 미유키는 옷을 갈아입고 마을로 돌아가고 있다. 진하는 숲 사이로 멀어져가는 미유키의 뒷모습을 물끄러미 바라본다. 한 번쯤 돌아볼 법도 한데 미유키는 총총히 시야에서 사라진다. 고맙다는 말 한마디 하지 못해 안타깝다. 헐망에는 굵은 전복 네 마리가 들어 있다.

집에 돌아와 전복 헐망을 어머니에게 건네자 어머니가 얼굴을 활짝 편다.

"아니, 니가 바다에 나가 이 전복을 잡아 왔단 말이냐?"

머뭇거리다가 진하는 사실대로 말한다.

"아니어라우. 서당 댕기는 마사요시의 누나가 주길래 받아 왔구먼이라우."

"그래? 마사요시한테 누나가 있다고는 들었다만….."

"……"

"그 처자하고 알고 지내는 사이냐?"

"그건 아니어라우. 전복을 따러 바다에 갔는디, 그 처자가 저를 보고는 어머니께 갖다드리람시로 주길래 받아 왔구먼요."

진하는 얼른 돌아선다. 뒤통수에 어머니 시선이 꽂히는 걸 느끼지만 더는 할 말이 없다.

이튿날 진하는 마당을 서성거리며 마사요시가 오기를 기다린다. 그 무렵에 서당에서는 마사요시를 정선이라고들 불렀다. 서훈장이 마사요시를 한자음대로 '정선正善'이라고 부르자, 다들 따랐다. 마사요시도 그 이름을 매우 좋아했다. 마사요시가 마당에 들어서자 진하가 묻는다.

"정선아, 니가 우리 엄니 누우셨다고 누나한테 말했지?"

"아, 예."

궁금한 것은 또 있다.

"집에 가면 니가 누나한테 조선 말을 가르치냐?"

정선이가 된 마사요시가 고개를 끄덕이고는 곧장 서당으로 달아난다. 바닷가에서 느꼈지만, 미유키 역시 조선 말이 무척 는 것이 사실이다.

그날 오후에 진하는 다시 바다로 간다. 은근히 기대했는데, 미유키가 이미 바다에 와 있다. 진하를 본 미유키가 바다에 둥둥 떠서 싱긋 웃더니, 손으로 바위 위를 가리킨다. 누런 물옷이 보인다. 진하는 손짓으로 내 것이냐고 묻는다. 미유키가 고개를 끄덕이고는 물속으로 자맥질한다. 물옷을 보니 삼베로 지은 것이다. 옷에 끈을 달아 몸통이나 다리를 동여맬 수 있게 했다.

진하는 전복을 잡으러 물속에 들어갈 때 속옷을 입은 적이 없다. 맹선리의 다른 청년들도 마찬가지다. 다들 맨몸으로 바다에 들어간다. 진하는 옷을 벗고, 미유키가 지어준 물옷을 입는다. 옷이 몸에 좀 끼는 듯하나 입을 만하다. 진하는 전복 껍데기 하나만 손에 들고, 바위에서 바다로 뛰어든다.

인근 사람들은 물속에 깊이 들어가 헤엄쳐가는 걸 '물속을 뀀다'고 한다. 진하는 물속을 뀌어 바위 벽으로 다가간다. 미유키가 바위에 붙은 전복을 따고 있다. 오른손에 끌 같이 생긴 쇠붙이를 들고 있다. 물속에서 눈이 마주친다. 진하가 웃자 미유키도 싱긋 웃는다. 아, 인어가 저렇게 아름다울까? 그러나 한순간이다. 전복을 바위에서 떼어낸 미유키가 물 위로 솟구쳐 오른다. 진하도 바위에서 제법 큰 전복을 찾아낸다. 전복 껍데기로 전복을 떼어내 물 위로 올라간다.

미유키가 옷가지를 들고 바위 뒤로 간다. 평상복으로 갈아입고 나오겠거니 생각했으나 그게 아니다. 둘러보니, 미유키가 이미 바위를 돌아 마을 쪽으로 가고 있다. 손에 든 것이 없다. 진하는 미유키가 준 물옷을 살핀다. 오른쪽 허벅지 옆에 연장을 넣을 수 있는 조그만 주머니가 달려 있다. 아하, 미유키는 여기에 끌을 넣었구나.

발가벗고 물에 들어가는 것보다야 물옷을 입는 게 낫고, 물옷에 조그만 주머니를 단다면 쓸모가 있으리라는 것쯤은 조금만 생각해도 알 수 있는 일이다. 또한, 전복 껍데기로 전복을 따는 것보다는 쇠붙이로 따는 게 훨씬 쉬울 것이다. 아, 우리는 할 수 있는 걸하지 않는데, 저들은 하는구나. 진하는 미유키가 두고 간 혈망을 살핀다. 이번에도 전복이 네 마리 들어 있다.

그날 밤이다. 한밤에 진하의 방문이 소리 없이 열린다. 미유키가 물옷만 입고 까치발로 들어오더니 물옷을 벗고 요 위에 반듯이 눕는다. 몽실한 두 젖가슴이 잘 익은 수밀도 같다. 진하는 미유키

160

를 품고, 수밀도를 움켜쥔다. 수밀도가 으깨지며 물이 튄다. 진하는 전율한다. 지진처럼 여진이 이어진다. 진하는 방 안을 둘러본다. 진하 말고는 아무도 없다. 꿈을 꾼 것이다. 속옷은 물론 요까지 젖어 있다.

입추 무렵에는 벼가 쑥쑥 자란다. 그래서 입추 때는 벼 자라는 소리를 듣고 개가 짖는다는 말도 있다. 벼만 자라는 것이 아니다. 그 무렵이면 바다에서 민어나 쏨뱅이도 쑥쑥 큰다.

진하는 최성환과 더불어 이른 아침에 좌지도 앞바다로 낚시를 간다. 점심때가 되기도 전에 쏨뱅이를 여러 마리 낚는다. 사람들이 첫손가락에 꼽는 횟감이 쏨뱅이다. 몸통이 산호처럼 붉다. 우럭보다 살이 탱탱하다. 미감도, 식감도 그만이다. 배에서 먹기에는 쌀밥보다 꽁보리밥이 제격이다. 두 사람은 바다 한가운데서 쏨뱅이 회를 떠서 초장에 찍어 입에 넣고, 꽁보리밥과 함께 씹는다. 눈이 마주치자 성환이 씽긋 웃는다. 진하가 따라 웃고는 불쑥 묻는다.

"야, 천하의 중심이 으디겄냐?"

"북극성이겄지. 오만 별들이 다 북극성을 바라보고 돈다더라."

"아니다. 여그 이 바다가 천하의 중심이다. 사방을 둘러봐라. 여그가 중심이 아니냐?"

"그래, 맞다."

"바다에 나와서 수없이 봤잖냐? 해도 여그를 보고 떴다고 지고, 달도 여그를 보고 떴다가 진다. 삼태성 북두칠성 북극성마저도 다 여그를 보고 돈다."

"너하고 나하고 여그 이 바다에 있응께, 우리가 천하의 중심 중에서도 그 한복판에 있는 것이냐?"

"그렇지, 그렇고말고. 우리 둘이 천하의 복판에 있는 것이다."

성환이 외친다.

"여그가 천하의 중심이다!"

진하가 소리친다.

"천하가 다 우리 것이다."

해가 서녁으로 훌쩍 기울었을 때, 추자도 하늘에서 시커먼 먹구름이 밀려온다. 성환이 크게 웃는다.

"야, 아까 우리가 쪼깐 건방졌는갑다. 우릴 혼내줄라고 먹구름이 몰려온다."

진하가 구름을 향해 소리친다.

"아따, 구름 어르신, 화는 내지 마시오. 우리 한두 번 본 사이가 아니잖소?"

두 사람은 낚싯대를 거두고 돛을 올린다. 노를 저을 필요는 없다. 마파람이 세차 배가 물살을 가른다.

그날 저녁에도 서당에서는 「동학론」을 공부한다. 이제 거의 막

바지에 이르렀다. 그날 내용은 동학에 들어갔다가 중도에 도를 배반하고 떠나는 사람에 관한 내용이다. 훈장이 말한다.

"오늘 내용은 동학을 믿다가 그만둔 배덕자에 관한 이야기라서, 동학도가 아닌 사람한테는 상관이 없을 수 있네. 그러나 이 방에 있는 모든 사람에게 상관이 있을지도 모르겠네. 누구나 마음속으로는 그동안 몇 번씩 동학도가 되었다가 빠져나왔다가 했을 것이 아닌가?"

서당꾼들이 고개를 끄덕인다. 훈장이 이준화에게 묻는다.

"오늘 수운이 뭐라고 했는가? 자네가 설명해보소."

"수운 선생께서는 배덕자에 대해 아예 아무 말도 하지 말라고 하셨지라우. 왜 그러냐고 묻자, 그냥 경이원지하라고만 하셨어라우. 재미있는 것은 '말이을 이而' 자를 쓴 경이원지敬而遠之가 아니라, '써 이以' 자를 쓴 경이원지敬以遠之라는 사실이어요. 공자는 『논어』에서 귀신에 대해 '말이을 이而' 자를 써서 경이원지敬而遠之하라고 했는디, 수운 선생께서는 배덕자에 대해 '써 이以' 자를 써서 경이원지하라고 하신 것이어요. 공자의 '경이원지'를 '공경은 하되 멀리하라'로 풀 수 있다면, 수운 선생의 '경이원지'는 '공경함으로써 멀리하라'로 해석할 수 있겠지라우. 저는 수운 선생의 써 이以 자, 경이원지하라는 말씀이 참 깊고 따뜻한 말씀이 아닌가, 그런 생각이 드는구먼이라우."

서 훈장이 빙긋 웃는다.

"나는 '말이을 이而' 자를 써야 하는디 '써 이以' 자로 잘못 쓴 것이 아닌가 하네. 실수야 있을 수 있는 것이 아니겠는가? 으쨌든 자네가 잘 읽고 뜻도 잘 풀었네."

이준화가 고개를 끄덕인다. 서 훈장이 그에게 묻는다.

"그런디, 자네한테 공자는 그냥 '공자'고, 수운은 '수운 선생'인가?"

"아, 제가 그랬는가요? 앞으로 공자님께도 꼭 '선생'을 붙이것구만이라우."

"물론 그래야 하네. 공자가 낸 길 덕분에 수운의 길도 생긴 것이네."

강의가 끝나자, 진하는 이준화와 함께 맹선항 부둣가로 간다. 오가는 사람이 없다. 진하는 그날 이준화에게 털어놓을 일이 있다. 미유키 문제다.

"성님, 내가 귀신에 홀린 것 같당께요."

"어야, 동생. 뭔 말인가?"

"여그 짝지에 사는 처자가 하나 있는디, 마음속에서 쫓아낼라고 애를 써도 도통 나가지 않는단 말이요."

"혹시 시라이 상의 딸 말인가?"

진하는 눈을 크게 뜬다.

"아니, 성님이 그걸 으찌께 알아맞춰부요?"

"그 아그가 이쁘다고 소문이 났듬마. 내가 보기에도 그렇고⋯."

"지가 이쁘면 이뻤지⋯. 내 멱살을 틀어쥐고 놔주지를 않는당께요."

"멱살을 틀어쥐고 놔주지 않는다고?"

"그런당께요."

"시방 뭔 소리여? 어야, 동생. 그 아그한테 자네가 약점 잡힐 일을 한 것이여?"

대꾸가 없자 이준화가 다그친다.

"혹시 그 아그하고 살을 섞어부렀는가?"

"그랬어라우."

이번에는 이준화가 황소 눈을 뜬다.

"아니, 그랬다고?"

"꿈에서요. 꿈에 품었는디⋯ 아따, 요가 흠뻑 젖어부러갖고, 엄니 보기가 영 민망합디다."

"예끼, 이 사람아, 깜짝 놀랐네."

이준화가 바짝 다가앉는다.

"어야, 동생. 미라리 평산 신씨는 알아주는 양반 집안인디, 동생은 그 문중 처자한테는 시큰둥하더니, 뜬금없이 왜놈 딸년을 가슴에 품고 있다니 말이나 되는가?"

"⋯."

"보소, 동생. 왜놈들이 우리 조선하고 강제로 조약을 맺어부렀지 않는가? 우리를 보호할라고? 개소리여. 통째로 나라를 삼켜불라고 그런 것이여. 그래서 민영환 대감이 열불이 난께, 면도칼로 자기 목을 갈라분 것이여."

"…."

"우리가 몸소 겪은 것만 보세. 나라 빼앗기의 첫 조치가 궁방전 개간 금지네. 다른 사람도 아니고, 바로 우리 두 사람이 된통 당하지 않았는가? 우린 빈 땅에 밭을 만들었다가 엉덩이 타작만 당했어. 이제 두고 보소. 왜놈들이 바다도 뺏어불 것이네. 그런 판국인디, 자네는 왜놈 딸년한테 장가를 들겄다, 그거여? 어림 반 푼어치도 없는 소리 하지 말소."

왜놈 딸년이라고? 틀린 말이 아니다. 맞는 말이다. 진하는 맥이 풀린다. 미유키가 보고 싶지만, 미유키를 품고 싶지만, 아내로 맞이하고 싶지만, 그래서는 안 된다는 생각이 진하 마음속에도 두껍게 깔린 것이 사실이다.

"그래서 나도 내 마음속에서 그 처자를 쫓아낼라고 하는디… 아따, 꼭 독사맨키로 똬리를 틀고 앉아 나가지를 않는당께요."

"안 되네. 왜놈들이 나라를 통째로 빼앗으려는 참인디, 최소한 자네 마음의 땅만은 자네가 지켜야 쓰네. 얼른 독사를 몰아내불소."

"…."

"어야, 동생. 오늘 공부한 대로, 그 처자한테 자네가 해야 할 일은 경이원지밖에 없네. 써 이以 자, 경이원지 말이네. 공경함으로

써 멀리해불소, 잉."

진하는 고개를 끄덕인다.

"성님 말이 맞는 말이요. 꼭 몰아내겠구만이요."

진하는 벌떡 일어선다. 몰아내겠다고 말하고 나자, 마치 모든 게 다 빠져나가 마음이 텅 빈 것 같다.

진하는 자기 말을 단칼에 자르는 이준화가 고깝다. 그러나 진솔하게 바른말을 해주는 이준화가 참 소중한 사람이라고 생각을 바로잡는다. 진하는 이준화에게 쏨뱅이 몇 마리를 주고 싶다. 진하가 집에 들러 모시 줄로 아가미를 꿴 쏨뱅이 여섯 마리를 가져와 이준화에게 건넨다. 쏨뱅이를 받아 들고 가다가 이준화가 돌아선다.

"어야, 자네. 이리 가까이 와보소."

진하가 다가간다.

"요번 몽정이 처음이었는가?"

"예. 전에는 그런 일 없었어라우."

"그 뒤로는?"

"뭐… 없었어요."

거짓말이다. 새벽에 눈을 뜨면 그의 품은 늘 비어 있으나, 눈을 감고는 으레 미유키와 더불어 새벽을 보낸다. 걸핏하면 둑이 터져 아랫도리가 진창이 되곤 한다.

"그 뒤로 없었다면… 자네 장가갈 날은 당당 멀었네."

나뭇가지에 걸터앉은 반달이 피식 웃는다. 저 반달은 거짓말에 속은 이준화를 비웃는 걸까, 거짓말하길 싫어하면서도 거짓말을 하고만 나를 비웃는 걸까? 다시 반달을 본다. 반달이 또 피식 웃는다.

마을에 해괴한 소문이 돈다. 여각의 접대부를 집으로 데려왔다가 어머니가 쫓아내려 하자 어머니를 밀쳐 다치게 했던 강명륜이가 이번에는 한밤에 짝지 시라이 상의 집에 들어갔다가 시라이 상에게 두들겨 맞았다고 한다. 저녁에 서당에 온 최성환이 말한다.
"시라이 상이 밤에 운동을 할라고 죽검을 들고 마당으로 나오는디, 명륜이가 술에 취해 사립문을 열고 그 집으로 들어갔든갑서. 그 자식이 시라이 상을 보지 못하고 미유키의 방문 앞으로 다가간께, 시라이 상이 불러세웠다가 싸움이 붙었다는 것이여. 명륜이가 먼저 주먹질을 했다가 시라이 상의 죽검 한 방에 픽 쓰러져서는 두 손을 싹싹 비빔스로 용서를 빌었다듬마."

빙탄

진하는 아직 신혼 중인 명륜이가 다른 여자를 탐하는 걸 이해할수 없다. 거문고인 금琴과 비파인 슬瑟이 함께 어울려 아름다운 선율을 이룬다. 강명륜도 마땅히 아내와 서로 감싸고 다독이며 금실좋은 부부가 되어야 한다.

부부 금실이 좋지 않으면, 남자는 황망荒亡한다고 한다.『맹자』에 나오는 말이다. 황荒은 짐승 쫓는 즐거움을 끊지 못하는 것을, 망亡은 술 마시는 재미를 그만두지 못하는 것을 뜻한다. 부부 금실이 좋지 않으면, 남자는 사냥이나 주색에 빠질 수밖에 없다는 말이다.『맹자』를 읽은 이는 '금실이 좋지 않으면 황망한다'고 하지만,『맹자』를 모르는 이들은 '금실이 좋지 않으면 확 망한다'고 한다. 둘 다 맞는 말이다.

진하는 행복하게 살고 싶다. 행복은 행복한 가정에서 나온다. 행복한 가정의 첫째 요건은 부부 금실이다. 그럼 누구를 아내로 맞아 그 꿈을 이룰 것인가? 미유키다. 미유키가 전복을 따준 뒤로 미유키는 진하의 마음 깊은 곳에 자리를 잡았다. 사실, 진하는 마음 속에서 미유키를 몰아내고 싶지 않다. 왜인가? 미유키는 예쁘다. 밝고 당차다. 물옷을 만들고 한복을 손수 지어 입을 만큼 길쌈도 잘한다. 어머니를 위해 전복을 따준 것으로 미루어 효도할 줄도 안다. 같이 살게 된다면 바닷일도 함께 할 수 있을 것이다.

그러나 미유키에게는 그 모든 것을 뛰어넘는 그 무엇이 있다. 그를 생각만 해도 가슴이 설렌다. 진하는 어렸을 적에 외가에 간 어머니를 기다리며 진한 설렘을 느끼곤 했다. 진하는 어머니가 외가에 가면 바로 그 이튿날부터 어머니가 돌아오기를 간절하게 기다렸다. 어머니는 그가 좋아하는 그 무엇인가를 가져올 것이었다. 잘 익은 홍시를 가져오실까? 외갓집 홍시는 무척 크고 달았다. 마포 옷감을 가져오실까? 외할머니가 짠 옷감은 성김이 고르고 때깔이 곱다고 소문이 났다. 사흘 밤을 자고 돌아오시겠다고 했는데, 어머니는 진하에게 홍시나 옷감을 주기 위해 이틀 밤만 자고 오실 것 같았다. 이튿날, 진하는 종일 마당을 서성이며 어머니를 기다렸다. 다시 하루가 지나자, 진하는 아침부터 아예 동구 밖으로 나갔다. 기다리고 기다려도 어머니 모습이 보이지 않았다. 혹시 오시다가 다리를 다치신 것은 아닐까? 엄니, 아무것도 가져오지 않으셔도 좋아. 그저 건강하게 돌아오시기만 하면 돼. 해 질 무렵에야 산모퉁이를 돌아오는 어머니 모습이 보였다. 아, 절룩거리지 않으시네요. 뭔가를 이고 오시네요. 무거울 텐데 얼마나 힘드

실까? 차라리 길가에 버리고 오시지…. 어머니 모습이 가까워지면, 가슴이 터질 듯이 설렜다. 홍시나 옷감 때문이 아니었다. 단지 어머니 품에 얼른 뛰어들어 안기고 싶었다.

진하는 어릴 때 어머니를 기다리며 느낀 것과 같은 설렘을 요즘 느끼곤 한다. 미유키가 눈앞에 없어도, 가까운 곳 어딘가에 있다는 사실만으로 가슴이 설렌다. 미유키에게서 뭔가를 얻을 수 있어서가 아니다. 그리움의 대상으로 존재해준다는 사실이 한없이 고맙다. 미유키 말고는 아무한테서도 느끼지 못하는 감정이다.

그런데도 진하는 그 설렘을 꾹 눌러야 한다. 아니, 설렘의 샘이 된 미유키를 마음속에서 몰아내야 한다. 이유는 단 한 가지다. 미유키는 일본 여자다. 이준화 말을 빌리자면 왜놈 딸년이다. 그 이유만으로 미유키를 몰아내는 것이 옳은 일인가? 그러나 그런 의문을 느끼거나 드러내는 것 자체가 금기다. 그래서 설렘은 곧 괴로움으로 바뀐다. 설렐수록 괴롭다.

미라리에서 사람이 왔다. 신한경 훈장이 책 몇 권을 빌려달라고 하더란다. 서 훈장은 무척 반갑다. 그렇지 않아도 가까운 시일 안에 신 훈장을 찾아뵙기로 하고, 「행장」과 「포덕문」, 「동학론」 및 「수덕문」을 정성들여 베껴두었기 때문이다. 서 훈장은 심부름을 온 이에게 보름이 지난 뒤에 신 훈장을 댁으로 찾아뵙겠다고 전해 달라며, 네 권의 필사본을 건넨다.

신 훈장이 책을 읽고 내용에 불만을 느낀다면, 서 훈장에게 오지 말라는 기별을 보낼지 모른다. 그건 동문수학한 사형師兄과의 오랜 인연이 끝나는 것을 뜻한다. 신 훈장하고만 그렇게 되는 것이 아니라, 완고한 김양목 훈장과도 그리될 것이다. 마땅히 감수해야 할 일이다.

　　다행히 열나흘이 지나기까지 신 훈장한테서 오지 말라는 기별은 없다. 서 훈장은 가학산 10리 산길을 넘어 미라리로 간다.

　　"아우님이 보내주신 책을 읽고 많은 것을 느꼈네."

　　"다행이구먼요. 내용이 마음에 들지 않으면 사형께서 저하고 연을 끊으실지 모른다고 생각했지라우."

　　"아우님하고 나하고 그만한 일로 그럴 수는 없지."

　　"…"

　　"내가 동학 책을 읽고 그 내용에 전적으로 공감한 것은 아니네. 그러나 거기에 숨어 있는 발상의 전환에 놀란 것은 사실이네."

　　"…"

　　"우리가 은사이신 김양목 훈장한테 야단을 맞았네만, 명나라의 복원을 기다리면서 조선이 소중화가 되어야 한다는 소중화론에 나는 결코 동의할 수가 없네. 중화는 이미 망했네. 이유가 뭔가? 예교禮敎에 치우쳐 이용후생利用厚生을 내팽개쳐서 그렇게 된 것이 아닌가? 백성들 먹고사는 문제를 방치했으니, 망해야 싸지."

　　신 훈장이 잇는다.

"나는 한때 도道는 동양의 것을 지키되, 기器는 서양의 것을 수용해야 한다는 동도서기론東道西器論에 귀를 기울였네. 그러나 이제는 그런 주장에도 회의를 느끼게 되었네."

동도서기론은 개항 이후에 김윤식金允植, 신기선申箕善, 유길준俞吉濬 등이 선도했다. 서재필徐載弼 등 급진 개화론자들이 서양의 제도나 문물을 전폭적으로 수용하자고 한 데 반해, 김윤식 등 점진 개화론자들은 도나 제도는 동양의 것을 유지하되 서양의 기술이나 기기를 선택적으로 받아들이자고 했다. 신 훈장은 한동안 그런 점진적 수용론에 귀를 기울였으나, 유도의 가치관이나 사회제도를 그대로 두고, 서양의 기술이나 기기를 수용하는 것만으로는 시대 변화에 대응할 수 없다고 느끼게 된 것이다.

"동도서기론이라는 책략은, 만약 쓴다면 백여 년 전에 썼어야 했어. 이제 그 정도의 책략으로는 나라가 망하는 것을 막을 수 없는 지경에 이르지 않았는가?"

"안타까운 일이지만… 사형 말씀이 옳습지라우."

"이쯤에서 아우님하고 다른 한 가지 논제에 대해 의논해보고 싶네."

"무슨…."

"동양 삼국 공영론 말이네. 일부 식자들은 한·청·일 삼국이 공존공영을 취해 서양 세력에 맞서야 한다고 주장하지 않는가? 동양 삼국의 기둥 역할은 마땅히 청나라가 맡아야 하지만, 청나라가 쇠퇴한 상황에서 일본을 중심으로 뭉칠 수밖에 없다고 주장하는 사람들이 있는 모양인디, 아우님은 으찌께 생각하는가?"

동양 삼국 공영론이란 지리적으로나 인종적으로, 또는 문화적으로 가까운 청나라와 일본 그리고 조선이 한 데 뭉쳐 서세西勢에 대응하면서 공존공영을 추구해야 한다는 주장이다. 이 주장은 원래 후쿠자와 유키치福澤諭吉 등 일본 지식인들이 제시한 것으로, 중국이나 조선의 개화론자들이 널리 받아들였다. 조선 지식인들은 초기에 청나라를 기둥 삼아 한·청·일 세 나라가 연대해 서세에 대응해야 한다는 주장을 폈으나, 중국이 긴 잠에서 깨어나지 못하고 쇠락하자, '선각先覺의 효效'를 지닌 일본을 기둥으로 삼을 수밖에 없다는 현실론으로 선회했다. 그러나 일본이 청국과 아라사를 상대로 잇달아 싸워 이긴 뒤에 조선 병탄을 서두르는 상황에서, 일본을 기둥으로 삼아 삼국 공영을 추구하자는 주장은 곧 친일론으로 변질할 개연성이 높았다. 서 훈장이 소견을 말한다.

"그 주장에 두 가지 문제가 있지라우. 첫째는 삼국 공영을 하더라도, 청나라를 중심으로 뭉친다거나 왜국을 기둥 삼아 뭉친다는 것은 사대주의의 다른 형태에 지나지 않지라우. 삼국 공영을 하려면 반드시 세 나라가 세 다리로 서는 정립鼎立의 형태를 취해야겠지 않았어요? 우리로서는 자주적으로 참여해야지, 어느 중심이나 어느 기둥에 빌붙어 위기를 모면할 생각을 해서는 안 되겠지라우."

"맞네, 맞아. 그렇고말고… 두 번째 문제는?"

"둘째는, 그 방략마저도 이미 시효가 지났다는 사실이어라우. 고양이와 사자, 개, 범, 닭이 한자리에 있을 때, 한동안 서로 눈치를 봄시로 움직이지 않는 오수부동五獸不動의 순간이 있지라우. 우리에게도 그런 때가 있었어요. 동양 삼국 공영론은 그런 시절에나 생각해봄 직한 책략이었지라우. 그러나 왜국이 청나라와 전쟁을 일으킨 그 순간에 오수부동의 순간은 끝나부렸어요. 이제 우리한테는 서양 세력이 문제가 아니어요. 지금은 서양을 제치고 일본이 우리 조선을 집어삼킬라고 혈안이 되어 있는 판국인께요. 이제 일본은 삼국 공영의 기둥이 아니라, 동양 평화를 짓밟는 승냥이가 되고 말았어요."

오수부동론은 동학의 3대 교주가 된 손병희가 쓴 『삼전론三戰論』에 나오는 말이다. 손병희는 계묘년(1903년)에 일본 동경에 머물면서 그 책을 썼다. 그는 당시의 국제정세가 오수부동의 시기라고 보고, 조선은 국민정신을 계발하는 도전道戰, 국가 산업을 개발하는 재전財戰, 외국과의 의사소통에 힘쓰는 언전言戰의 삼전三戰을 펼 때라고 주장했다. 서 훈장은 서당꾼들과 함께 읽으려고 그 책을 구했다가, 삼전론 자체도 이미 쓸모가 없어졌다고 느끼고, 책을 구석에 처박아두고말았다. 서 훈장이 잇는다.

"오수부동의 순간이 깨졌다는 것은, 결과적으로 우리가 국민 계몽이나 산업 개발로 실력을 길러 국면을 타개할 기회마저 놓쳤다는 것을 뜻하지라우. 이런 절체절명의 비상시국에는 비상 대책이

절실하지 않았겠어요? 나라가 망하는 것은 한사코 막아야 할 것인 께요."

신 훈장은 허리를 곧추세운다.

"비상시국에 비상 대책이라…. 그래, 맞네. 내 생각도 아우님 생각과 같네."

신 훈장이 말머리를 돌린다.

"가까운 시일 안에 우리가 함께 김양목 훈장을 찾아뵈야겠네. 장죽으로 재떨이를 치시더라도, 우리가 드릴 말씀은 멈추지 말고 끝까지 드려야겠어. 이 위중한 시국에 서로 생각이 같아야, 앞으로 무릎을 맞댈 수 있지 않겠는가? 마냥 조심하고, 우회하고… 그럴 일이 아니여. 직언을 올려야겠어."

"그렇고말고라우."

"내가 김 훈장께 여쭈어 날을 잡아 아우님한데 알려드릴 텐께, 함께 뵙도록 하세."

여러 달이 지나서야 일신재의 김양목 훈장한테서 동진마을 자택으로 오라는 기별이 온다. 서범규 훈장은 의관을 차리고 재를 넘어 동진마을로 간다. 섣달답게 날씨가 찬데 바람까지 세차다.

서 훈장이 김 훈장 자택에 들어가 큰절을 올리는데, 하인이 밖에서 아뢴다.

"서방님, 미라리 신한경 훈장님께서도 오셨습니다요."

신 훈장이 방에 들어와 절을 올린 뒤에 자리에 앉자, 두 제자에게 김 훈장이 말한다.

"면암 최익현 선생께서 돌아가셨다고 하네. 마음이 답답하고…. 목숨을 부지하고 있다는 사실이 이렇게 부끄러울 수가 없네. 자네들하고 이야기라도 나누면 마음을 다잡을 수 있지 않을까 해서 오라고 했네."

김양목 훈장은 신 훈장이 뵙고 싶다는 기별을 드렸으나 묵묵부답으로 미루다가, 면암이 운명한 사실을 알고 나서야 두 제자를 부른 것이다. 물론 신 훈장과 서 훈장도 면암이 타계한 사실을 알고 있었다.

면암 최익현은 을사보호조약이 체결되자, 이를 재갈 늑勒 자를 써서, 늑약勒約으로 규정했다. 재갈을 물려놓고 강제로 체결한 조약이라는 것이다. 그는 늑약 체결을 주도한 외부대신 박제순, 내부대신 이지용, 군부대신 이근택, 학부대신 이완용, 농상공부대신 권중현을 오적으로 꼽아, 그들을 처단하라는 청토오적소請討五賊疏를 올렸다.

면암은 또한 창의토적소倡義討賊疏를 올려, 적을 토벌하기 위해 의병을 일으킬 수밖에 없음을 임금에게 아뢰었다. 그는 경기도 포천 태생이지만, 의병운동의 진지는 의기의 고을인 호남에 두어야 한다고 믿었다. 그는 곧 전북 태인으로 갔다. 소문이 돌자 기대한 대로 호남의 의인들이 호응했다.

병오년(1906년) 6월 중순에 면암 최익현의 의병이 드디어 태인읍으로 진군했다. 군수가 기에 눌려 달아났다. 면암은 향교에 들어가 향장과 수서기를 불러 관아의 무기를 접수하게 했다. 의병들은 다시 정읍으로 달려가, 관군을 진압하고 군수의 항복을 받아냈다. 의병들은 다시 무기와 병력을 확보했다. 면암 의병은 내처 순창으로 갔다. 순창 군수도 면암 앞에 엎드려 항복했다.

면암은 임병찬을 의병의 참모장으로 임명하고 전열을 정비했다. 전주경찰대가 의병 진압을 위해 출동했으나, 의병들이 매복했다가 기습공격을 펴 크게 이겼다. 의병들이 곡성으로 진군하자, 군수가 맞서지 않고 의병을 환영했다. 면암 의병은 창고의 양곡을 몰수했다. 초기에 여든 남짓이던 병력이 9백여 명으로 늘었다. 그중 상당수가 소총 등 화기를 지니게 되었다. 여러 고을 의인들이 의병 오기를 청했으나, 면암은 순창으로 갔다.

6월 11일 아침, 광주관찰사가 면암에게 고시문을 보내 해산을 종용했다. 면암은 단호히 거부했다. 그러자 중앙정부가 전북관찰사에게 훈령을 내려, 의병을 해산하라고 지시했다. 전북 진위대는 읍내 관아에 있던 의병진을 포위했다.

면암은 진위대 측에 함께 손잡고 일본군에 맞서 싸우자고 통첩을 보냈다.

우리 의병은 이 땅에서 왜적을 몰아낼 목적으로 싸울 뿐, 동족

간의 살상은 원치 않소. 진위대도 우리 동포일진대, 우리에게 겨
눈 총구를 왜적에게로 돌려 함께 왜적을 토멸합시다. 그래야만 진
위대도 후세에 조국을 배반했다는 오명을 면할 것이오.

　진위대는 면암의 호소를 묵살했다. 그들은 면암 의병이 중앙정
부의 군사들과는 전투를 피하려 한다는 걸 알고, 역으로 공격을
퍼부었다. 의병 참모장 임병찬이 반격하려 했으나 면암이 손사래
를 쳤다. 대규모 병력을 갖추어 임금의 군대와 살육전을 벌여서는
안 된다는 것이었다. 면암이 의병들에게 소리쳤다.
　"내가 죽을 곳이 바로 여기요. 여러분은 모두 여길 떠나시오."
　임병찬이 나아가 싸우길 허락해달라고 울며 호소했지만, 면암
은 듣지 않았다. 6월 14일, 진위대는 순창 객관의 연청에 앉아 있
는 면암 일행을 체포해 전주로 압송했다.
　면암은 8월 하순에 일본 대마도의 위수영衛戍營으로 끌려갔다.
면암은 곧 단식에 들어갔다. 일본 간수들이 강제로 입에 음식을 넣
으려 했으나, 면암은 입을 열지 않았다. 음식을 억지로 입에 밀어
넣기라도 하면 곧바로 뱉어냈다. 양력 1907년 1월 1일, 면암 최익
현은 숨을 거두었다. 음력으로는 병오년 동짓달 열이렛날이었다.
　면암의 유해가 동래항에 이르자, 상인들은 가게를 닫고 목 놓아
울었다. 갑자기 찬비가 내리더니 바다에 쌍무지개가 떴다. 사람들
은 하늘이 면암의 혼백을 모셔갔다고 했다.

점심을 먹고 나자 김양목 훈장이 신한경 훈장을 보며 말한다.

"신 훈장은 동도서기론에서 길을 찾고자 하나, 면암의 뜻은 달랐네. 서양 오랑캐의 화禍는 홍수나 맹수와 같아서 뿌리째 뽑아버리지 않으면, 아무리 훌륭한 정치가가 나온다고 하더라도 어찌할 도리가 없을 것이라고 하셨네. 의복이나 기물 중에 어느 하나라도 서양 물건이 섞이면, 모두 찾아내어 대궐 뜰에 모아 불살라야 한다고 하셨어. 서양과 물건을 교역하는 일이 없어지면, 서양 기물이 팔리지 않을 것이고, 기물이 팔리지 않으면 서양은 목적하는 바를 얻을 길이 없어 물러갈 것이라고 본 것이네."

신 훈장이 고개를 쳐든다.

"선생님께서는 여전히 바른 것을 지키고 삿된 것을 내치자는 위정척사론衛正斥邪論에 집착하고 계시구먼이라우. 그래서 면암이 서양의 기기를 멀리하자고 하신 말씀을 강조하시겠지라우. 안타까운 일이지만, 중화를 사대하면서 우리 스스로 소중화가 되자는 소중화론도, 동양의 바른 것을 지키고 서양의 삿된 것을 내치자는 위정척사론도, 이젠 시대착오에 지나지 않지라우. 우물 안에서 그런 주장이나 펴는 동안에 나라는 존망의 위기에 빠져부렀어라우."

변화에 대한 가장 수구적인 대응책이 바로 위정척사론이다. 위정척사론이란 바른 것을 지키고 삿된 것은 내치자는 주장이다. 여기서 바른 것이란 성리학적 가치관과 그에 바탕을 둔 사회질서를 말한다. 이 논자들에게는, 성리학 이외의 모든 종교나 사상이 배척해야 할 샷된 것들이다. 그들은 서양도 반대하고 개화도 반대한다. 김양목 훈장은 그런 위정척사론을 여전히 견지하고 있다. 김 훈장이 큰 소리로 신 훈장을 나무란다.

"말을 하더라도 가려서 하게. 내가 우물 안 개구리란 말인가?"

아랑곳하지 않고 신 훈장이 잇는다.

"이제는 동양의 도는 지키되 서양의 기를 골라서 받아들이자는 동도서기론도 한낱 잠꼬대에 지나지 않지라우. 최근에 한·청·일 동양 삼국이 공존공영을 취해 서세에 대항해야 한다고 주장하는 사람이 늘었다는디, 그런 공영론도 마찬가지여라우. 동도서기론이니 동양 공영론이니 하는 것들은 이 나라를 노리는 외세끼리 세력균형을 이루고 있을 때나 써볼 만한 책략이었지라우. 이제 그깟 방략으로는 국권을 부지할 수는 없는 지경에 이르렀어요."

"…."

"지금은 우리 조선을 삼키려는 나라가 정해졌어요. 서양이 아니라 왜국이 우리를 삼키려 하고 있어요. 면암이 싸운 대상도 왜국이고, 면암을 죽인 나라도 왜국이어요."

"…."

"차라리 잘됐어라우. 전에는 어느 나라를 주적으로 삼아야 할지 헷갈렸는디, 지금은 적이 분명해졌은께요. 우리 주적은 예나 지금이나 왜국이어요. 이제는 왜국을 내치는 극약 처방이 필요한 시점에 이르렀어라우."

서범규 훈장이 끼어든다.

"극약 처방이 불가피하다는 신한경 사형의 말에 저도 전적으로 공감하고 있구면이라우. 동학란이 났을 적에 위정척사파의 민보군은 동학꾼들이 향촌 사회의 질서를 어지럽힌담시로, 관군이나 왜군과 손잡고 동학 무리를 공격했지라우. 동학란이 실패로 돌아간 뒤로는 동학 잔당을 몽둥이로 때려죽이고 산채로 불태워 죽이기까지 했고라우. 위정척사파는 동학군한테만 그런 것이 아니어라우. 의병들한테도 그랬어요. 화서 이항로 선생의 수제자이자 면암 최익현 선생과도 절친했던 유인석 의병장은 평민 출신이 양반한테 대든다는 이유로, 휘하에 있던 뛰어난 의병 지휘관인 김백선의 목을 쳤지라우. 김백선은 백발백중 명포수로 이름을 날렸는디, 그를 왜군이 아니라 유인석 의병장이 죽인 것이어라우. 결과적으로 관군을 돕고, 더 나아가 왜군을 도운 셈이지라우. 국권을 상실할 위기에 처한 이 시점에서 양반 유림은 그런 과오를 뼈저리게 반성하고, 일반 백성과 손을 잡아야 하겠지라우."

김양목 훈장이 신 훈장과 서 훈장을 번갈아 노려본다. 그는 유인석과 마찬가지로, 만민이 평등하다는 말에 결코 동의할 수 없다. 그에게 평등이란 무질서를 의미할 따름이다. 김 훈장은 그따위 망령된 생각이 널리 퍼져 세상이 시끄럽게 되었다고 믿는다. 김 훈장이 눈을 부라리며 소리친다.

"아니, 뼈저리게 반성하라고? 행동으로 보일 때라고? 그럼 아랫것들하고 손잡고 민란이라도 일으켜야 한다는 말인가?"

신 훈장이 머뭇거리지 않고 소리친다. 김 훈장 소리보다 더 크다.

"선생님께서는 면암 선생이 위정척사를 강조한 사실은 높이 사시면서, 의병운동을 지휘한 사실은 왜 모른 척하십니까? 여기저기서 이미 의병운동이 불붙었어요. 지금은 유림과 민초가 한 마음으로 뭉쳐 함께 싸울 때라고요!"

김양목 훈장이 장죽으로 재떨이를 사정없이 내려친다. 장죽의 대통이 튕겨 나간다. 김 훈장이 화를 삭이지 못하고 호통친다.

"선비가 경계해야 할 일이 무엇인가? 어떤 일이든 경망하지 말라고 했거늘… 자네들이 그런 사람들이었어? 유림과 민초가 함께 어울려 싸운다고? 아니, 이거, 기가 차서… 자네들하고 내가 완전히 빙탄氷炭이 되고 말았구먼."

얼음과 숯처럼 섞일 수 없는 처지가 되었다는 말이다. 김 훈장이 획 돌아앉는다. 질세라 신 훈장이 벌떡 일어서더니 방을 나간다. 머뭇거리다가 서 훈장도 자리에서 일어서고 만다.

섬으로 불어오는 여름 태풍은 소금 바람이다. 속살까지 파고든 소금을 밀어내느라 진땀을 흘린 것일까? 겨울이 되자, 푸른 동백 잎에 검은빛이 짙게 어린다. 그래도 잎새 사이사이에 동백꽃이 붉게 피어, 정미년(1907년) 새해가 왔음을 알린다. '또 소금 바람이 불어와도 우리 굳세게 견뎌내자, 잉.' 동백꽃끼리 주고받는 새해

덕담이다.

서진하는 이제 스물네 살이다. 어머니는 초닷샛날이 되자 며칠 동안 참고 참은 말을 꺼낸다.

"제발 올해는 장가 좀 들어라. 이 나이에 며느리도 보지 못하고… 내가 남부끄러워서 바깥에 나댕길 수가 없다."

진하가 아무 대꾸도 하지 않자, 어머니가 버럭 역정을 낸다.

"왜 대답이 없냐? 요를 더럽히지나 말든지… 억하심정으로 에미 속을 타게 만드는 것이냐?"

진하 얼굴이 홍당무가 된다.

"엄니한테는 죄송하구먼이라우."

"중매 나설 사람을 내가 부를 텡께 그리 알거라."

이상한 일이다. 미유키를 몰아내겠다고 스스로 다짐했는데도, 미유키에게 더는 미련을 갖지 않기로 했는데도, 이준화한테 약속까지 했는데도, 왠지 중매쟁이를 부르는 것은 내키지 않는다. 더욱 알 수 없는 것은, 미라리 신씨는 소안도에서 명문으로 손꼽히는데, 그 집안 규수에 대해 한 자락의 호기심마저 일지 않는 일이다. 진하는 저녁 공부를 준비해야 한다며, 가타부타 말없이 일어서고 만다.

어머니가 기별을 보냈는지, 미라리에 사는 어머니의 동무가 며칠 뒤에 진하의 집으로 온다. 친정 마을이 보길도 중리라서 택호가 중리 댁이다. 같은 중리 출신이지만 맹선리에서는 택호를 쓰지 않아, 진하 어머니는 그냥 '진하 넘'이다. 택호가 없는 부인을 소안도에서는 '아무개 엄니'를 줄여 '아무개 넘'이라고 부른다. 진하가 빨리 결혼해서 아이를 낳아야 비로소 진하 어머니는 '진하 넘'을 벗어나 '누구네 함머니'가 될 것이다.

진하를 앞에 두고, 중리 댁이 미라리 처자 신순심에 대해 침을 튀겨가며 칭찬한다. 어머니는 중리 댁에게 진하의 생년월일과 생시를 말해준다. 진하는 말리고 싶으나 차마 그러지 못한다.

열흘쯤 지나 중리 댁이 다시 온다. 표정이 어둡다. 진하 부모와 진하가 함께 있는 자리에서 중리 댁이 말한다.

"처자 아부지가 사주를 맞춰봤는디, 기가 막히게 좋드랍디다. 그래도 처자 어메가 미심쩍어서 동네 단골한테 복채로 쌀을 서 되나 주고 궁합을 물어봤다듬마요. 그랑께는, 아따, 그 단골이 고개를 절레절레 흔듬시로, 총각 가슴에 독사가 들어 있다고 하드라요."

남도에서는 무당이 대체로 세습무이고, 한 세습무가 특정 지역을 도맡기 때문에 무당을 단골이라고 한다. 중리 댁의 말에 서 훈장과 진하가 함께 놀란다. 진하로서는 가슴속에 미유키라는 독사가 들어 있는 걸 들킨 셈이어서 놀라지만, 서범규 훈장이 놀란 이유는 따로 있다.

"내가 서당에서 동학을 가르치는디, 우리 부자가 다 동학도라고 생각하는 사람이 많을 것이오."

서 훈장은 아들 진하의 가슴에 들어 있는 독사가 동학이라고 넘겨짚은 것이다. 중리 댁이 말한다.

"우리 동네 단골이 겁나게 용해라우. 몇 해 전에 태풍이 불어서 바다에 나간 사람들 여럿이 죽었는디, 그때 박상두 마누래가 그 단골한테 가서 물어봤더라요. '우리 서방도 죽었냐'고. 그랬더니 그 단골이 '당신 서방은 거북이 등에 올라타서 살아 돌아온다'고 하드람마요. 참말로 이틀 뒤에 노화도 옆에 있는 구도龜島에 박상두가 살아 있다는 기별이 왔당께요."

박상두가 바다에 빠졌다가 나무판자를 붙잡고 거북이처럼 생긴 구도에 떠밀려가 살아남은 것은 노화도는 물론 소안도나 보길도 사람들도 두루 아는 사실이다. 중리 댁이 잇는다.

"방법이 없는 것은 아니랍디다. 단골이 말하기를, 굿을 해서 총각 가슴에 들어앉은 독사를 내쫓을 수 있다고 하드랍디다."

아버지는 고개를 젓는다.

"남부끄럽게 무당굿을 해서 풀 수는 없고…. 내가 심사숙고할 텐께 쪼깐 기다려보시오."

자연스레 진하의 결혼 문제는 진하의 숙제가 아니라 아버지 서 훈장의 숙제가 되고 만다.

열흘쯤이 지나 저녁 밥상을 물리고 나서, 서 훈장이 아들 진하에게 묻는다.

"니가 이준화하고 호형호제하며 지내는 것으로 알고 있다만, 이준화 말고 다른 동학도하고도 만나고 있냐?"

"아니요. 준화 성님이 한 번도 다른 동학도하고 한꾼에 보자고 한 적이 없어라우."

"그래? 그럼 너한테 묻겄는디… 너는 동학을 으찌게 생각하냐?"

"생각하고 말고 할 것이 없지라우. 지금은 동학이란 것이 뭣인지, 아부지한테 공부하고 있을 뿐인께요."

"그렇구나."

한동안 묵묵히 앉아 있다가 아버지가 말을 맺는다.

"단골이 너 안에 독사가 들어 있다고 했다는디, 동학 말고 뭣이 있겄냐? 니가 동학을 으찌게 할 것인지는 니가 알아서 하거라. 나는 상관하지 않으마."

서 훈장 본인은 동학에 빠져 있으면서, 아들 진하에게는 뜻대로 하도록 풀어준 셈이다. 곁에 있던 어머니가 진하를 조른다.

"으쨌든 굿을 해불자. 장가는 가야 할 것 아니냐?"

아버지가 막는다.

"굿으로 해결할 문제가 아니랑께는."

아버지 말에 짜증이 섞여선지, 어머니는 더는 대꾸하지 않는다.

최성환이 서당으로 서 훈장을 찾아온다.

"명륜이가 전에는 곧 서당에 오겠다고 함시로도 차일피일 미루더니… 요새는 큰일 날 소리를 해댑니다."

"큰일 날 소리라니… 무슨 말인가?"

"자기가 곧 동학 접주가 될 것이라고 하듬마요. 웃선에 줄을 댔 담시로요. 명륜이는 접주가 무슨 벼슬이라도 되는 줄 아는 모양이 어요. 자기한테 섭섭하게 한 자들을 앞으로 가만두지 않겠다고 하 드랑께요."

가을

"아따, 돔들이 말을 안 들어서 혼이 났구마."

"뭔 말이요?"

"강성돔, 참돔, 돌돔, 황돔이 서로 내 낚싯바늘을 물겠다고 뒤엉켜 싸우는 거여. 그래서 돌돔, 황돔, 참돔, 강성돔 순서로 줄을 서라고 했는디, 이것들이 쌈박질에 정신이 팔려 내 말을 듣지를 않드랑께. '줄 서!' 하고 몇 번 소리를 지른께 그때야 줄을 서는디, 앞쪽에 강성돔 천지여. 그놈들이 내가 종씨라고 앞으로 나선 모양인디… 으짜겄어? 줄 서는 대로 낚아 올릴 수밖에 없었어."

낚시에 도가 텄다는 말을 듣는 강창혁이 감성돔을 많이 낚아 온 이유를 대며 넉살을 떤다. 인근 사람들은 감성돔을 강성돔이라고 부른다.

이튿날 서진하와 최성환도 돔을 낚기 위해 추자도 앞바다로 간다. 하늘도 푸르고 바다도 푸르다. 바다 한가운데 이르자, 남쪽으로 추자 군도가 손에 잡힐 듯이 가깝다. 북쪽으로는 노화도와 보길도, 소안도가 어깨동무하고 있는데, 그 오른쪽으로 조금 떨어져 청산도가 웅크리고 있다.

진하와 성환은 양쪽 뱃전에 나누어 앉아 낚시를 시작한다. 성환이 돔 네 마리를 낚을 때까지 진하는 한 마리도 낚지 못한다. 성환이 낚싯대를 거둬 들고 진하가 앉아 있는 왼쪽 뱃전으로 간다.

"야, 자리 바꾸자. 이제 니가 오른쪽에서 낚아라."

진하는 성환이 앉았던 뱃전으로 자리를 옮긴다. 성환이 왼쪽 뱃전에 앉자마자 한 척이 넘는 돌돔을 낚아 올린다. 성환은 그 뒤로도 돔 두 마리를 더 낚는다. 성환이 진하를 바라본다.

"야, 우리 다시 자리 바꿀까?"

그때 진하가 소리친다.

"물었다. 물었어."

진하가 낚싯대를 잡아챈다. 한 뼘이 채 안 될 것 같은 조그만 참돔이 낚시에 딸려 나온다. 진하와 성환이 마주 보고 폭소를 터트린다. 성환이 다시 낚싯대를 들고 진하 쪽으로 간다.

"원대 복귀다. 자리 비켜라."

진하는 낚싯대를 들고 성환이 앉았던 뱃전으로 간다. 자리를 바꾼 뒤로 진하도 돔 몇 마리를 낚는다. 진하가 마음이 풀렸는지 성환에게 따진다.

"야, 너는 왜 니 자리에서 고기가 잘 잡히면 꼭 그 자리를 나한테 넘기냐? 니가 무슨 성인이라도 되냐?"

성환이 껄껄 웃는다.

"나는 성인이가 아니라 성환이다. 이름을 바꿀 생각은 없다."

하늬바람이 분다. 바다에 수많은 이랑이 일렁인다. 성환이 말한다.

"말 그대로 만경창파萬頃蒼波로구나. 일만 이랑의 푸른 바다. 나는 만경창파라는 말이 참말로 좋더라. 이런 만경창파를 벗 삼아 살다니, 우리가 참 행복한 사람들이 아니냐?"

"그래, 맞다. 만경창파를 바라보고 있으면 언제나 마음이 툭 틔고… 행복하지."

진하가 잇는다.

"만경창파라는 말도 좋지만, 나는 만경징파라는 말이 더 좋더라."

"물 맑을 징澄 자를 써서 만경징파萬頃澄波? 그런 말도 있냐?"

"있고말고."

진하가 묻는다.

"지금 우리 앞에 있는 바다가 만경창파겠냐, 만경징파겠냐?"

"만경창파기도 하고, 만경징파기도 하지."

"아니다. 지금 바다는 만경징파다."

"아니, 으째서?"

"바다가 그냥 푸르면 만경창파고, 바다가 징하게 푸르면 만경징파다. 지금 바다는 징하게 푸르지 않냐?"

둘은 함께 크게 웃는다.

어느덧 해가 서쪽으로 꽤 기운다. 성환은 낚은 돔이 열 마리가 넘었다며 돌아가자고 한다. 진하는 대답이 없다. 성환은 보채지 않는다. 드디어 진하의 낚싯대가 출렁인다. 대를 잡아챈다. 쉽게 따라 나오지 않는다. 한참 실랑이를 벌이다가 마침내 배 위로 끌어 올린다. 한 척이 훨씬 넘는 대짜 돌돔이다. 돔이라면 역시 돌돔이다. 두 사람은 낚싯대를 거둔다.

둘은 돛을 올리고 양쪽에서 노를 젓는다. 해가 기울자 바다에 노을이 물든다. 곧 해가 수평선에 걸터앉는다.

"성환아, 노 멈추자."

둘은 노 젓기를 멈추고 지는 해를 바라본다. 이윽고 해가 수평선 아래로 몸을 감춘다. 이내 바다 색깔이 검붉어진다. 만 개의 이랑에서 검붉은 윤슬이 일렁인다. 윤슬에 취해 진하가 말한다.

"야, 성환아. 내가 너보다 먼저 죽거든 나를 꼭 이 바다에다 묻어라. 내 몸뚱이에다 돌덩이 하나만 매달면 된다. 나는 죽어서도 이 맹선항 앞바다에서 살란다."

"또 그 얘기냐?"

"이 바닷속에 있어야 장보고 대사도 뵙고, 이순신 장군도 뵙고, 또 우리 종구 할아버지도 뵐 것 아니냐? 또, 한 굽이 돌아 보길도 황원포에 가면 어부사시사를 노래한 고산 윤선도 시인을 만날 수 있을 것이고… 장보고 대사에, 이순신 장군에, 우리 종구 할아버지에, 고산 윤선도 시인까지… 이만한 분들을 뵐 수 있는 데가 여그 말고 또 으디에 있겄냐?"

이튿날 진하는 대짜 돌돔을 들고 오랜만에 비자리로 간다. 아버지 서 훈장이 청산영 별포군 병사들에게 붙들려 가고, 동시에 노을이와 결혼하는 꿈도 물 건너간 뒤로 소원해진 홍창식과 마음의 매듭을 풀어야 한다. 마침 창식이 마당에 나와 있다가 그를 반긴다.

"야, 너, 오랜만이다. 으짠 일이냐?"

"오래전 일이다만, 내가 너한테 호박 빚을 졌지 않냐? 마침 돌돔이 큰 놈 잡혀서, 빚 갚을라고 가져왔다."

진하는 돌돔을 창식에게 건넨다. 전에 창식의 집에 갔을 때, 진하가 지붕 위의 호박이 오지다고 하자 창식이 진하에게 그 호박을 따주었는데, 진하는 그 빚을 돌돔으로 갚은 것이다. 홍동연 영감이나 창식은 농사도 짓고 미역도 기르지만, 고기잡이는 하지 않는다. 창식의 어머니가 부엌에서 나와 진하를 반긴다.

"오메, 자네 참말로 오랜만이네."

"이 돌돔, 어머니 드릴라고 잡아 왔구먼이라우."

둘은 창식이 쓰는 작은방으로 들어간다.

"호박 빚도 있고… 울 아부지가 영에 붙들려 가셨을 때 니가 도움을 주었고. 또 니가 나를 니 매제 삼을라고 애를 썼잖냐? 그동안 고맙다는 말 한마디 제대로 못 했다. 미안하다."

창식이 손사래를 친다.

"무슨 말이냐? 백부님한테 잘못이 있었고… 노을이 일도 내 뜻하고는 다르게….'

진하가 창식의 말을 끊는다.

"야, 이제 다 잊자. 내가 자주 오마. 너하고 나하고 우정이 틀어지면 되겠냐?"

진하가 손을 내밀어 창식의 손을 잡는다. 진하가 힘을 주어 손을 흔들지만, 창식은 손을 내맡기고 있을 뿐이다. 창식은 고개를 떨어뜨리더니 뜻밖의 말을 쏟아낸다. 노을이의 남편이 경성에서 신여성과 사는 것이 사실일 뿐만 아니라, 노을이는 딸을 낳았는데 그에 앞서 경성 신여성이 아들을 낳았다는 것이다. 거기에서 그치는 것이 아니다. 홍 영감과 조카 창식이 함께 노을이의 시댁에 가서 노을이를 호적에 올리라고 했지만, 아직 답을 듣지 못했다고 한다. 창식이 말한다.

"내가 먼저 너를 찾아갈라고 했다. 그런디… 노을이 일이 그 모양인께, 내가 맥이 풀려서 아무 데도 가고 싶지 않더라."

창식은 말을 멈추고 먼 하늘을 바라본다. 해남에 가서 노을이와 둘이 있을 때 노을이가 눈물을 흘리며, 진하가 야밤에 만나고 싶다고 했을 때 왜 만나게 해주지 않았느냐고, 그때 만났더라면 진하와 부부가 되지 않았겠느냐고 따지던 일이 생각난다.

코가 쑥 빠진 창식을 보고는, 영문도 모르면서 진하가 다독인다.

"야, 복이란 게 초년 복이 있고, 중년 복이 있고, 또 노년 복도 있는 것이 아니냐? 노을이가 맏며느리로 들어가서 시댁 부모 모시고 있은께, 언젠가는 복이 돌아올 것이다. 조바심치지 말거라."

홍창식이 서둘러 말머리를 돌린다.

"그래. 다른 이야그 하자. 며칠 전에 월항 마을 오정수를 만났더니 이번 동갑계는 쪼깐 색다르게 치르자고 하더라."

"그래? 정수가 올해 유사지? 으찌께 하자고 하더냐?"

"유두날에 한꾼에 개매기를 하자더라."

"야, 개매기? 그거 좋다."

바다를 '개'라고 하는데, 개를 막아 고기를 잡는 것을 '개매기'라고 한다. 유두날 개매기는 월항 마을의 오래된 축제다. 유두날은 음력으로 유월 보름인데, 간만의 차가 심하다. 사람들은 개펄에 눈썹처럼 길게 통나무 말뚝을 박아두고 거기에 그물을 둘러, 바닷물이 빠지면 든 물에 올라왔다가 난 물에 나가지 못한 물고기를 잡는다.

"개매기는 마을 사람들 축제가 아니냐? 계꾼들이 마을 축제에 끼어들어도 될까?"

"그건 정수가 걱정 말라더라."

소안도 북섬의 이월리에 이목 마을과 월항 마을, 북암 마을이 있는데, 월항 마을은 소안도에서 가장 오래된 마을이다. 명종 때 장흥에 살던 선비인 김해 김씨가 어지러운 세상을 피해 소안도에 처음으로 입도入島했다. 김씨는 그 무렵에 장흥을 대표하는 선비의 한 분이었다. 소안도에 들어온 그는 텅텅 빈 소안도에 남향받이 땅이 많은데도, 북섬의 금성산 서북향 기슭에 터를 잡았다. 나라를 떠나지만 나라 걱정까지 떨쳐버릴 수 없다며, 고집을 부린 것이다. 그 뒤의 일이지만, 고산 윤선도 시인도 보길도에 내려와 살면서, 임금 걱정을 떨칠 수 없어 그가 사는 낙시재樂書齋를 북향으로 지었다.

월항 마을 사람들은 결기 있는 양반 선비의 후손이라는 자부심이 강하다. 비자리 사람들은 마을에 면사무소나 경찰 주재소가 있다고 빼기지만, 월항 마을 사람들은 비자리 사람을 만나면 '면소가 있어도 묵노물, 주재소가 있어도 묵노물'이라고 놀려댄다. 비자리가 '묵을 썰어서 무친 나물'처럼 만만하다는 것이다.

김해 김씨가 입도한 직후에 동복 오씨가 섬으로 들어와 월항 마을에 정착했다. 두 성씨는 대대로 사이가 좋았다. 오정수는 동복 오씨는 물론 김해 김씨 어른들로부터도 신망이 두터웠다.

기다리던 유두날이 온다. 이날 육지에서는 사람들이 시내나 강에 가서 머리를 감고 몸을 씻는다. 뒷산에 폭포가 있는 마을에서는 폭포 아래서 물을 맞는다. 물에 들어가 머리를 감거나 몸을 씻고, 또는 폭포 아래서 물을 맞으면, 그해에 더위를 먹지 않고 병에 걸리지도 않는다고 한다. 그러나 소안도에는 마을 사람들이 떼 지어 들어갈 시내도 없고 폭포도 없다. 그래서 월항 마을 사람들은 유두날이 오면 물맞이 대신에 개매기를 한다.

이날은 오정수가 마을 사람들을 설득해, 동갑계 계원 열한 명도 개매기에 낀다. 계원들이 밀물이 들기 전에 개펄에 지주대 서른 개를 박고, 거기에 그물을 두르는 작업을 맡는 조건이다. 일을 마치기 바쁘게 밀물이 밀려온다. 물이 차는 동안 농악대가 당산나무 아래서 풍물을 친다.

밀물이 썰물로 바뀌어 바닷물이 무릎에 찰랑거리자 마을 노인이 개매기의 시작을 알린다. 마을 사람들이 우르르 바다로 몰려간다. 뜰채를 가지고 온 사람도 있고, 바구니나 바가지를 가져온 사람도 있지만, 맨손으로 온 사람도 많다. 열 살이 채 안 되는 소년들부터 환갑이 넘은 노인에 이르기까지 백여 명에 가깝다. 고기를 잡으면 사람들은 높이 처들어 '잡았다' 하고 소리친다. 여기저기서 '잡았다' 소리가 터져 나온다. 서진하는 오정수의 귀띔을 듣고 바닷물로 들어가지 않고 물이 빠진 개펄을 뒤진다. 온몸이 개펄로 뒤범벅이 되지만, 진하는 굵은 갯장어를 네 마리나 잡아 바구니에 담는다.

물이 빠져나가자 개매기가 끝난다. 계원들은 그들이 먹을 만큼만 남기고 나머지 고기는 마을 사람들에게 넘긴다. 오정수는 진하의 양해를 얻어 갯장어를 모두 마을 어르신 차지로 돌린다.

계원들은 오정수를 따라 약수터로 간다. 돌 틈으로 약수가 흘러내린다. 계원들은 주변에 빙 둘러앉아 잡은 고기로 회를 뜨고 찌개를 끓인다.

"아따, 임금님인들 이런 재미 누리겠냐?"

"참말로 정수가 잘 생각했구마. 이렇게 재미난 계는 처음이네."

이듬해에 유사를 맡을 미라리의 신복동은 미라리에서 작살 계를 치르자고 한다. 바다에 들어가 작살로 고기를 잡자는 것이다. 모두 손뼉을 치며 좋아한다.

서당에서는 유두절이 며칠 지난 날, 「수덕문」의 마지막 문단을 읽는다. 한문 자체를 읽는 데는 어려움이 없으나 의미를 깨닫기는 쉽지 않다. 서 훈장이 뜻을 푼다.

"동학에서는 모름지기 마음이 신信 할 수 있어야, 그러니까 믿을 수 있어야, 자연의 이치와 통하는 성誠을 이룰 수 있다는 것이여. 수운이 이르기를, 신信이라는 글자는, 사람 인人 자와 말씀 언言 자를 합쳐놓은 글자라고 했어. 사람의 말에는 맞는 것도 있고 틀린 것도 있어. 우리는 틀린 것은 버리고 맞는 것만 취해야 해. 생각하고 또 생각해서 마지막으로 마음을 정해야 한다고 했어. 그런 다음에야 비로소 남의 말에 쉬 흔들리지 않게 되고, 그렇게 해서 비로소 마음이 믿을 수 있는 것이 된다는 것이여. 그 과정을 되풀이하면서 마음을 닦아나가면 자연의 이치, 우주의 이치와 어울리는 성誠에 도달할 수 있다고 했어. 특별한 사람이라야 성에 도달할 수 있는 것이 아니여. 누구나 할 수 있다고 했어."

"…."

"수운은 마지막으로 말했어. 아, 나는 지금 그대들에게 명명백백한 것만을 가르쳤노라. 어찌 내 말이 믿을 수 있는 말이 아니리오. 나의 이 말을 어기지 말지어다."

"…."

"내 말을 덧붙이자면, 서학에서 말하는 믿음은 하느님 말씀에 관한 한, 묻고 따지지 말고 무조건 믿고 따르라는 것인디, 동학에서 말하는 믿음이란 달라. 스스로 생각하고 또 생각해서 마음을 정하고, 그 마음을 계속해서 닦아나갈 때 믿음이 얻어진다는 것이여. 우리가 그렇게 마음을 닦아나가면, 자연스럽게 우주의 이치와 상통하는 성誠을 이룰 수 있고, 그렇게 하여 얻은 성이 곧 천도가 될 수 있다는 것이여. 그 출발점이 내 마음이여. 내 마음을 닦아나가면 천도에 이를 수 있다… 참말로 기가 막힌 말이여."

그날로 동학의 「포덕문」과 「동학론」, 「수덕문」 공부가 다 끝난 셈이다. 서범규 훈장으로서 느끼는 바가 없을 수 없다.

"나는 동학 공부를 통해 많은 것을 깨달았네. 서학에서는 하느님이 주인이고, 유도에서는 임금님이 주인이네. 그러나 동학에서는 사람이 주인이고, 또한 사람이 하늘이여. 동학을 통해 가장 크게 깨달은 바를 든다면, 나는 바로 이것, 사람이 주인이고, 사람이 하늘이라는 사실을 알게 된 것이네. 사람이 누구여? '나'이고, 또한 '너'가 아니겠어? '나' 안에 하늘이 있고, 또 '너' 안에도 하늘이 있다는 것이여. 우리가 세상의 주인이고 우리가 하늘이란 것이여."

"…."

"니가 귀신이고 귀신이 너다, 사람이 하늘이고 하늘이 사람이다, 이런 말을 수운의 글에서 읽음시로, 나는 이 말에 딱 어울리는 누군가가 있다고 생각했네. 누굴까? 이름이 머리에서 뱅뱅 도는디, 밖으로 나오지를 않아. 오늘 아침에야 생각났네. 누구겠는가?"

"…."

"바로 단군왕검이셔. 그분은 사람으로서 임금님이셨고, 한울님하고 통하는 제사장이셨어. 사람이라면 신인神人이셨고 귀신이라면 인신人神이셨던 것이여. 사람이 하늘이고 하늘이 사람이라는 수운 선생의 깨달음은 우리 단군 후손한테서나 나올 법한 발상이 아닌가 하네."

"…."

"동학에서 깨달은 바를 토대로, 나는 요즘 여러 생각을 하고 있네. 동학에서는 '나'가 주인이라고 했는디, '나'를 펼쳐가면 백성이 돼. 그렇다면 앞으로 이 나라도 모름지기 백성이 주인이 되는 쪽으로 나아가야 하지 않겠어?"

"…."

"'나'를 펼치면 백성이 되지만, 백성을 묶으면 민족이 돼. 왜놈들이 우리나라를 삼킬라고 눈에 불을 켜고 덤비는 판인디, 우리 민족도 당당하게 주인 민족이 되어야 할 것이여. 동양 삼국 공영이니 뭐니, 보호니 뭐니, 다 헛소리여. 우리 민족한테는 우리 민족

200

의 길이 따로 있는 것이고, 우리는 그 길을 자주적으로 개척해가
야 하지 않겠어?"

서 훈장이 마무리한다.

"그러고 보면, 동학이 우리한테 새로운 세상으로 가는 길을 열
었다고 할 수 있어. 그야말로, 동학이 칠흑 같은 어둠 속에서 우리
한테 새 길을 밝힌 것이여. 간추리자면, 내가 주인이 되어야 해. 백
성이 주인이 되어야 해. 또한, 우리 민족이 주인이 되어야 해. 내
가, 백성이, 민족이 주인 노릇을 제대로 할 때, 천도에 이를 수 있
어. 천도를 얻는 방법이 뭣이여? 산속에 처박혀서 도사 흉내를 냄
시로 도를 닦는다고 천도를 얻는 것이 아니여. 주인 된 나, 주인 된
백성, 주인 된 민족이 되면, 그것이 천도를 얻는 것이고, 그곳이 곧
하늘이여."

서 훈장의 바람과는 달리, 세상은 거꾸로 간다. 고종은 6월에 네
덜란드 헤이그에서 열린 만국평화회의에 이상설李相卨, 이준李儁,
이위종李瑋鍾 세 사람을 밀사로 보내, 을사조약이 강제로 체결된
늑약이라는 사실을 만천하에 알리게 한다. 이 일로 일본 정부가
발칵 뒤집힌다. 조선 통감 이토 히로부미伊藤博文는 7월 3일 일본
해군 장교들을 거느리고 서둘러 고종을 알현한다.

"이런 음흉한 방법으로 일본의 보호권을 거부하려는 것은 일본
에 대해 당당하게 선전포고하는 것만 못해요."

그는 일본이 한국에 선전포고할 수 있는 권리를 가지고 있다고 고종 앞에서 으름장을 놓는다.

내각은 회의를 열어 고종에게 헤이그 밀사 사건의 책임을 추궁하기로 하고, 곧바로 입궁하여 어전회의를 연다. 이 자리에서 송병준宋秉畯이 고종에게 다그친다.

"밀사 사건으로 이토 통감이 격분하고 있습니다. 이대로 둔다면 어떤 중대사가 일어날지 모릅니다. 차제에 폐하께서 자결하시오."

군신 사이가 아니라 동료 간이라 하더라도 해서는 안 될 폭언이다. 송병준의 무례와 협박을 참지 못해 고종이 자리를 박차고 나간다. 기다렸다는 듯이 내각은 황위를 황태자에게 넘기기로 의결한다. 3차 어전회의에서 이병무가 칼을 들고 위협하자, 고종은 황제의 자리에서 물러나겠다고 말한다.

내각은 8월 28일 황제 양위식을 거행한다. 물려주는 고종도, 물려받는 순종도 참석하지 않은 기이한 행사다. 바로 그날 반일 단체인 동우회 회원들이 남대문 밖 중림동에 있는 이완용의 집으로 몰려가 집에 불을 지른다. 가옥은 물론 조상의 위패까지 모두 탄다. 이웃 사람들은 이구동성으로 연기 냄새가 고소하더라고 한다.

고종이 물러난 직후다. 조선 정부는 일본의 압력을 더는 버티지 못하고 9월에 미간지이용법을 반포한다. 병오년(1906년) 양력 7월에 이미 훈령을 내렸는데, 드디어 법을 만들어 시행에 들어간 것이다. 이 법에 따라, 민간이 소유하지 않은 황무지는 물론, 원

야나 초생지 소택지 간석지를 모두 국유 미간지로 규정하여, 그런 땅을 개간하거나 임대하고자 할 경우, 반드시 농상공부 대신의 허가를 받도록 한다. 무지렁이 농사꾼은 얼씬도 하지 못하게 해두고, 조선에 들어온 일본인이나 일부 친일 인사가 땅을 불하받을 수 있게 만든 것이다.

가을이 온다. 가을은 풍요로운 계절이라고 하지만, 사람들은 이번 정미년(1907년)처럼 가을이 쓸쓸한 적은 없었다고 입을 모은다. 개간이 사실상 금지된 데다, 작년에 이어 다시 가뭄이 들어 밭농사도 논농사도 다 망쳤기 때문이다. 골목에서 만나는 사람마다 덕담이 아니라 한숨만 주고받는다.

그런 시절에 말썽꾸러기 강명륜이 또 일을 저지른다. 맹선리의 아랫마을 짝지에 있는 여각에 젊은 접대부가 새로 왔다는 소문이 돈 지 열흘도 지나지 않아서다. 한동안 잠잠하던 명륜이가 깊은 밤에 접대부가 자는 방에 몰래 들어갔다. 이불을 들춰보니 남녀가 알몸으로 누워 자고 있었다. 심통이 난 명륜은 남녀의 옷가지를 모아 성냥을 켜 불을 붙였다. 남자는 소스라치게 놀라 벌거벗은 채 밖으로 도망쳤지만, 여자는 불붙은 옷을 재빨리 이불로 덮어 불을 껐다. 명륜이가 여자를 뒤에서 안으려 하자, 여자가 돌아서서 명륜의 따귀를 사정없이 후려쳤다. 명륜이 아들을 낳아 백일을 눈앞에 두고 있을 때 일어난 일이다.

여자와 함께 누워 있던 남자는 다른 이가 아닌, 부임한 지 두 달이 지나지 않은 면장이었다. 면장 제도가 생긴 지 얼마 지나지 않았고 관사도 없어 여각에 머물던 면장이 접대부와 동침했다가 망신을 당한 것이다. 면장은 주인을 불러 아무에게도 그 일을 알리지 말라고 당부했다. 주인 내외가 일본인이어서 면장은 그들만 입을 다물면 아무도 모를 것이라고 믿었다. 그러나 채 사흘이 지나지 않아 소문은 소안도에 널리 퍼졌다.

문제는 그다음이다. 새로 생긴 경찰 주재소에서 강명륜을 잡아갔다. 정부는 7월에 칙령 제1호로 경시청 관제를 공포했는데, 그 뒤로는 소안도에서도 경찰이 치안 업무를 맡았다. 경찰은 강명륜이 동학도라고 단정한다. 강명륜이 이준화 집에 자주 들락거리는가 하면, 제 입으로 곧 동학 접장이 될 것이라고 허풍을 떨고 다녀, 제가 놓은 덫에 제가 걸린 것이다. 경찰이 다시 동학도 색출에 나설 것이라는 소문이 돈다.

이튿날 밤이다. 경찰 두 명이 차인을 앞세워 이준화 집에 들이닥친다. 이준화는 그날 낮에 차인을 미리 만나 강명륜이 동학도가 아닐 뿐만 아니라, 오래전에 서당을 그만두어 동학 공부를 한 적도 없으며, 자기 집에 몇 번 찾아올 때마다 박절하게 돌려보냈고, 그가 동학 접주가 될 것이라고 떠들고 다닌 것은 허풍에 지나지 않으며, 그가 다른 동학도와 어울린 적도 없다고 누누이 해명했다. 차인이 이준화의 말을 믿고 보호해주겠다고 장담했기 때문에, 이준화는 안심하고 집에서 자고 있었다. 그러나 한밤중에 차인이 혼자서가 아니라 순사 두 명과 함께 덮치자, 이준화는 일이 위중함을 직감했다. 도망치려 하자 두 순사가 가로막았다. 이준화는 단숨에 순사 둘을 때려눕히고, 친구의 배를 얻어 타고 섬을 빠져나갔다.

그다음 날이다. 아침상을 물린 뒤에 진하가 아버지에게 말한다.

"아부지께서 보길도 외가에라도 가 계시는 것이 좋지 않겠어요?"

서 훈장은 고개를 흔든다.

이상한 일이다. 경찰은 서당 주변에 얼씬도 하지 않는다. 일이 커지는 것을 꺼린 면장이 경찰을 다독여 서 훈장을 건드리지 못하게 하고, 동학도 색출도 중단시킨 것이다. 그렇다고 일이 마무리된 것은 아니다. 며칠 더 지나자 주재소 순사가 서 훈장을 찾아온다.

"서당에서 더 이상 동학 공부를 시키지 마시오, 잉."

서 훈장은 동학이 무엇인지 공부하고 있을 뿐인데 왜 그만둬야 하느냐고 버틴다. 순사가 손을 내젓는다.

"제 뜻이 아니어라우. 상부 지시랑께요."

동학은 1905년에 천도교로 이름을 바꾸고 실용주의 노선으로 전환했다. 그러나 호남 지역에서 의병운동이 활발하게 일어나고, 동학도가 그 운동에 적극적으로 가담하자, 동학도에 대한 감시나 억압을 누그러트리지 않았다. 서 훈장은 저녁 서당을 닫고 만다.

바다

　일본은 정미년(1907년) 9월에 미간지이용법을 공포해 일반 농민의 공한지 개간을 막은 뒤에 본격적으로 땅 빼앗기에 들어가지만, 그 이전부터 바다 빼앗기를 착착 펴나갔다. 일본은 계미년(1883년) 7월에 우리 정부와 통상장정을 맺어, 전라도, 경상도, 강원도, 함경도 네 개 도의 바다를 열었다.

　그 뒤 일본 정부는 조선 요지에 일본 어민을 위한 어시장을 세웠다. 기축년(1889년)에 부산에 어시장을 개설한 데 이어, 인천, 목포, 군산, 통영에도 어시장을 열었다. 일본 어민의 고기잡이 실적이 미미한데도 판매 기반부터 깐 것이다.

　정유년(1897년)에 일본 정부는 원양어업에 종사하는 자에게 국고로 지원금이나 장려금을 지급하기 위해 원양어업장려법을 제정했다. 고기를 잡거나 해조류를 채취할 어부들을 조선에 보내, 현지에 정착하도록 유도했다. 조선에 들어온 일본 어민을 관리하기 위해 통어조합연합회도 구성했다. 일본 정부는 또한 수산조합에 보조금을 주어, 조선 해역에 진출한 일본 어민을 지원하게 했다.

임인년(1902년)에 일본 정부는 러시아의 남하를 막는다는 명분을 내세워 경기도 통어권도 확보했다. 그 뒤로 조일통어장정을 개정해, 평안도, 황해도, 충청도 세 개 도의 바다도 일본 어민에게 개방하게 했다. 조선으로 건너온 어민에게 에히메현은 어선 건조비와 식비를 지원했고, 후쿠오카현은 수산조합을 통해 현지에 집을 지을 수 있도록 건축비를 지원했다. 조선을 식민지로 만들기 전부터 어민 식민을 적극적으로 지원한 것이다.

우리나라에 들어온 일본 어민은 을사년(1905년) 늑약 체결 이후, 과감한 투자로 일본 정부 방침에 호응했다. 소안도 사람들을 깜짝 놀라게 한 사람이 요시무라 요사부로吉村與三郎였다. 오래전에 제주도에 진출한 그는 발동선에 잠수기를 달고 소안도 맹선항으로 왔다.

어느 날 최성환이 진하의 집으로 달려와서는 짝지 선창으로 가보자고 한다. 진하를 끌다시피 하여 선창으로 나간 성환은 어리둥절한 표정으로 눈을 끔벅인다.

"아까 분명히 있었는디, 으디로 가부렀네."

"뭣이?"

"배가."

"지금도 배가 여러 척 있구마."

"저런 거 말고."

돌아서려는데, 어디선가 통통통 소리가 들려온다. 남쪽 산모퉁이를 돌아 나오는 배를 가리키며 성환이 소리친다.

"야, 쩌그 온다. 쩌그를 보라고!"

진하는 눈을 크게 뜬다. 배 한 척이 마치 물뱀처럼 물살을 가르며 달려온다. 돛도 없고 노도 젓지 않는데, 배가 꽁무니에 하얀 물길을 내며 달려오다니 귀신이 곡할 노릇이다. 요시무라의 발동선이다. 가까이 다가오자 발동선 소리가 귀청을 찢을 것 같다. 세상에 태어나서 처음 듣는 굉음이다.

요시무라는 잠수기가 달린 발동선을 몰고 소안도는 물론 청산도나 평일도, 생일도까지 가서 전복이나 해삼을 잡는다. 잠수기를 달고 물에 들어가 한 사람이 하루에 전복이나 해삼을 3백 근에서 5백 근가량 잡는다는 소문이 돈다. 섬사람들은 바닷가 바위나 바위섬은 다 일본 어민에게 빼앗기게 생겼다고 한숨짓는다. 발동기가 내는 통통통 소리를 들으면, 간담이 떨린다고 아우성친다.

요시무라는 조선인 어부를 고용해 추자도 인근까지 가서 주낙으로 삼치나 광어, 상어 등을 낚는다. 주낙에 달린 낚시가 1천 개를 웃돈다고 한다. 상어를 잡으면 지느러미를 잘라 도시의 중화요리집에 비싼 값으로 판다.

요시무라는 돈을 벌 줄만 아는 게 아니라 쓸 줄도 안다. 그는 입어세를 받는 야마구치에게 정기적으로 돈을 바친다. 비자리의 홍영감에게도 사카린이나 양초, 성냥 등을 주곤 한다. 완도에서는 요시무라 이야기라면 통하지 않는 데가 없고, 소안도에서는 홍 영감을 거치면 뭐든 할 수 있다는 말이 돈다.

오래지 않아 요시무라에 이어 시라이 상도 발동선을 사들인다. 물고기를 활어 상태로 운반하는 활주 모선이다. 시라이 상은 이제 삼대선이 아니라 발동선을 타고 바다로 나가 일본 어민들이 잡은 물고기를 사서, 완도나 목포 어시장에 활어 상태로 판다. 몇 달이 지나자 짝지의 다른 일본 어민도 발동선을 갖춘다. 바다에서 고기를 잡아 내장을 긁어내고 소금에 절여 보관하는 염절 모선이다.

무신년(1908년) 정초에 미라리 친구 신복동한테서 진하에게 기별이 왔다. 초아흐렛날 자기 집에서 친구들과 술이나 함께하자는 것이다.

미라리는 소안면에서 가장 큰 마을로, 이름 그대로 풍광이 그림같이 아름답다. 마을 앞에 상록수 방풍림이 울창하고, 그 앞에 검은 갯돌이 깔린 해수욕장이 길게 펼쳐져 있다. 왼쪽으로는 아부산이 팔을 둘러 해수욕장을 감싼다. 해수욕장은 삼면이 숲으로 둘러싸여 아늑하다.

복동의 집으로 가는 골목에 들어서자 골목 안에서 한 처자가 걸어온다. 균형 잡힌 몸매에 얼굴이 곱상하다. 진하는 길을 알면서도 처자에게 묻는다.

"여그가 복동이 집으로 가는 골목이요?"

처자가 눈을 내리 깐 채 대답한다.

"예. 왼쪽으로 네 번째 집이어라우."

목소리가 곱다. 혹시 이 처자가 혼담이 오가는 신순심은 아닐까? 불쑥 진하가 묻는다.

"신순심이라는 처자 집도 이 골목에 있소?"

처자가 돌아선다.

"아니, 왜요?"

둘의 눈길이 마주친다. 진하가 씩 웃는다.

"그냥 알고 싶어서요."

"더 올라가면 있어라우."

처자 얼굴이 홍당무가 된다. 처자가 돌아서서 발길을 재촉한다. 왜 얼굴이 저렇게 붉어지지? 신순심이가 맞는 것인가?

진하는 복동의 집으로 간다. 이미 이월리 월항 마을의 오정수, 진산리 소진 마을의 이영준도 와 있다. 모두 동갑계 계원들이다. 모인 친구들을 둘러보며 복동이 말한다.

"계꾼을 다 부를 수는 없고… 자네들 셋을 불렀네. 우리 섬의 동서남북에서 한 사람씩 모인 셈이네."

둘러보니 그렇다. 동쪽 끝의 미라리 신복동이 서쪽 끝의 맹선리 서진하, 남쪽 끝의 진산리 소진 마을 이영준, 북쪽 끝의 이월리 월항 마을 오정수를 부른 것이다.

"내가 동갑계 올해 유사가 아닌가? 전에 말한 대로 유월 유두 절에 우리 마을 앞바다에서 작살 계를 해도 되겠는지 다시 한번 확인할라고 자네들을 불렀네.”

작년까지만 하더라도 다들 말을 놓았는데, 이제 장가든 사람이 여럿이어서 반존댓말을 쓴다. 복동의 말에, 오정수와 이영준이 반문한다.

“작년에 이미 그렇게 하기로 결정해부렀잖은가?”

“계 유사가 제의한 것인디 누가 반대하겠어?”

서진하도 거든다.

“작살로 바닷고기 잡아, 회 떠서 술 마시고…. 생각만 해도 침이 꼴깍 넘어가구마.”

복동이 결론을 내린다.

“만장일치네. 그럼 이제 술이나 마시세.”

복동이 황칠 막걸리를 내놓는다. 황칠나무는 최고급 도료라는 황칠을 추출하는 나무인데, 그 잎이나 가지를 음식에 넣으면 잡내를 없애려니와, 노화 방지나 기력 회복에 좋다고 한다. 진시황이 찾던 3대 불로초의 하나가 황칠나무 잎이었다는 설도 돈다. 소안도나 보길도에 자생하는 황칠나무는 특히 약효가 뛰어나다고 소문났다. 복동이가 내놓은 막걸리는 고두밥에 황칠 잎을 섞어 발효시킨 누룩을 써서 담근 술이다.

삶은 문어와 삶아서 반쯤 말린 홍합을 안주 삼아 순배가 거듭되자, 복동이가 움쭉움쭉 어깨춤을 추며 「홍타령」을 부른다. ‘아이고 데고 허허 어 성화가 났네, 헤'라는 메김소리는 모두 함께 부른다.

아이고 데고 허허 어 성화가 났네, 헤
꿈이로다 꿈이로다 모두가 다 꿈이로다
너도나도 꿈속이요 이것저것이 꿈이로다
꿈 깨이니 또 꿈이요 깨인 꿈도 꿈이로다
꿈에 나서 꿈에 살고 꿈에 죽어가는 인생
부질없다 깨려는 꿈, 꿈은 꾸어서 무엇을 할거나

아이고 데고 허허 어 성화가 났네, 헤
빗소리도 님의 소리 음 바람 소리도 님의 소리
아침에 까치가 울어대니 행여 님이 오시려나
삼경이면 오시려나 고운 마음으로
고운 님을 기다리건만
고운 님은 오지 않고 베갯머리만 적시네

복동은 계원이 여럿이어서 두 토막으로 노래를 마친다. 복동의 노래가 끝나자, 앉은 순서대로 노래를 부른다. 마지막은 서진하 차례다. 진하는 소안도에서는 손꼽히는 소리꾼이다.

"술도 몇 잔 했겄다, 내가 판소리 「춘향가」 한 대목을 부를란디, 쪼깐 야해도 되겄는가?"

다들 환호한다.

"조옿지."

"쪼깐 야하면 안 되고, 겁나게 야해야 써."

"질 야한 대목을 불러."

진하가 남자 소리는 물론 여자 소리까지 번갈아 내며 업음질 대목을 부른다.

　– 오냐, 춘향아, 우리 둘이 업음질이나 좀 허여보자.

　– 애고, 잡스럽소. 업음질을 으찌께 허잔 말이요?

　– 너랑 나랑 홀랑 벗고, 등도 대고 배도 대면, 맛이 한껏 나겄지야.

　– 나는 부끄러워 못 허겄소.

진하가 내는 춘향이 소리가 영락없는 여자 목소리다. 계꾼들이 '얼씨구', '좋다' 추임새를 메기며 껄껄 웃는다. 진하가 잇는다.

　– 어서 벗어라. 홀라당 벗어라.

　– 부끄러워 못 벗겄당께요.

　– 에라, 이 기집아. 안 될 말이로다. 어서 벗어라. 벗으란 말이다.

또 추임새가 잇따른다.

"어서 벗어라."

"홀라당 벗어."

한 아주머니가 문을 빼꼼 열고 고개를 들이밀더니 방 안을 둘러본다. 여자가 들어와 노래를 부른 줄 안 것이다. 계꾼들이 낄낄 웃는다. 노래가 익어간다.

만첩청산 늙은 범이 살찐 암캐 물어다 놓고,

이는 빠져 먹든 못 허고 흐르렁 흐르렁 어르는 듯,

북해상의 황룡이 여의주를 물고 채운 간에 넘노는 듯,

도련님 급헌 마음 와락 달려들어,

춘향의 가는 허리를 후리쳐 안고,

저고리 풀며 바지 버선 다 벗겨놓았드니,

춘향이 못 이기어 오메 오메에.

이맛전에 구슬땀이 송실송실.

— 에고, 잡스러워라.

— 니가 뉘 간장을 녹이려고, 이리 곱게 생겼느냐? 여봐라 춘향아, 이리 와 업히어라.

옷을 벗은 계집아이라 으짤지 몰라 부끄러워 못 견디는디, 아희를 업고 못 헐 소리가 없다.

- 에고, 춘향아, 니가 내 등에 업혔으니 니 마음이 어떠허냐?

- 겁나게 좋아부요.

- 여봐라, 그러면 니가 나를 업어라.

- 그리 못 헐 것도 없소. 업히시오.

- 앞으로 업으려느냐, 뒤로 업으려느냐? 앉아서 업으려느냐,
누워서 업으려느냐?

노래가 원래 가사에서 벗어난다. 계원들이 모두 낄낄거린다. 신
복동은 배를 움켜쥐고 웃는다. 바깥에서 마을 아낙들도 시시덕거
리며 웃어댄다.

며칠 뒤에 복동이가 진하의 집으로 온다.

"자네한테 사과도 하고, 좋은 소식도 알릴라고 왔네."

집으로 계원 몇을 초청했는데, 사실은 그 마을 신순심의 어머니
와 짜고 벌인 일이었다며 사과한다. 굳이 사과할 일도 아니다.

"자네가 순심이라는 처자하고 촌수가 가까운가?"

"팔촌이 넘지만, 사촌 이상으로 가깝게 지내네. 순심이 엄니가
나한테 아짐이 되는디, 그날 그 아짐이 밤늦게까지 우리 집에 계
셨네."

"내가 면접시험을 치른 셈이구마."

"알고 본께 당사자들이 먼저 상견례를 해부렀듬마."

"뭔 소리여? 상견례를 하다니?"

"자네가 우리 집에 오다가 골목 어귀에서 순심이하고 마주쳤다 든디?"

"아, 그 처자가 그 처자여?"

"이 사람아, 우리 집이 으디 있는지 빤히 앎시로 길은 왜 물어?"

진하가 아하하, 크게 웃는다.

"그렇게 만나서 이야기까지 나눴다니 하늘이 도운 것이네. 순심 이도 자네가 마음에 쏙 드는 눈치고…."

"…."

"순심이 엄니인 우리 아짐도 자네를 꼭 사위 삼겠다고 하셨네. 동네 사람들이 낮 궁합도 좋지만, 밤 궁합이 기가 막힐 것이라고 들 했다네."

둘은 아하하, 큰소리로 다시 웃는다. 복동은 순심이에 대해 자 랑을 잔뜩 늘어놓고 덧붙인다.

"내가 할 말은 아니네만, 미라리는 소안도에서 손꼽는 반촌이 아닌가? 그런 미라리에서도 순심이는 제일가는 신붓감이네. 앞으 로 최소한 10년은 소안도에서 그만한 처자 안 나오네. 자네가 소 안도 일등 처자를 차지하게 되는 셈이네. 서둘러 사주단자를 보내 소, 잉."

그날 밤 진하는 결단을 내린다. 이제 그의 나이 스물다섯이다. 며느리를 맞이하지 못해 속이 시커멓게 탔다는 어머니를 위해서라도 결혼을 서두르는 것이 마땅하다. 골목에서 우연히 마주친 처자는 이준화의 말마따나 수말스러워 보였다. 진하는 마음을 가다듬는다. 그래. 미라리로 장가들자. 내일 아침에 어머니한테 내 뜻을 말씀드리자. 마음을 정하고 나자 잠이 쏟아진다.

진하는 삼치 낚시를 하기 위해 집을 나선다. 미라리로 장가든다는 소문이 돌았는지 만나는 사람마다 진하에게 다가와 축하한다. 그가 큰샘 부근에 이르자, 아름드리 후박나무 뒤에서 미유키가 툭 튀어나온다. 미유키가 혀를 널름거리더니 곧 독사로 변한다. 독사가 진하의 바짓가랑이 속으로 파고들어 사타구니를 깨문다.

소스라치게 놀란 진하가 비명을 지르며 벌떡 일어난다. 꿈을 꾼 것이다. 이준화의 꿈에는 독사가 신부로 둔갑했다는데, 진하 꿈에는 미유키가 독사로 돌변한 것이다. 꿈이 하도 생생해서 도무지 꿈같지 않다. 사타구니가 아픈 것 같다. 진하는 등잔불을 켜고 선 채로 속옷을 다 내려 사타구니를 살핀다. 뱀에 물린 자국은 없다. 진하는 그래도 사방을 둘러본다. 장롱 틈새를 보며 쉿, 하고 소리도 지른다. 물론 방 안에 미유키도 독사도 있을 리가 없다.

진하는 다시 누웠지만 잠이 오지 않는다. 눈을 감으면, 자꾸만 미유키가 품으로 파고든다. 진하는 어머니에게 미라리로 장가들겠다고 말씀드릴 작정이었으나, 아침 밥상을 함께하면서도 결혼 문제에 대해 입도 뻥긋하지 않는다.

스무 날쯤 지났을 때, 미라리 복동이가 다시 찾아온다. 표정이 굳다.

"아따, 일이 묘하게 꼬여부렀네. 순심이가 강진 도암으로 시집 가는 것 같네."

"뭣이라고?"

"순심이 부모는 전에도 은근히 그쪽을 바라보고 있었든 모양인 디, 참봉을 지낸 대지주의 종손이라서 이쪽에서 욕심을 부리지 못 했든갑대. 근디, 순심이 혼담이 무르익는 것을 알고, 그쪽에서 깜 짝 놀라 서둘렀다는 것이여."

"…."

"자네가 얼른 사주단자를 보냈으면 이런 일이 안 생겼을 것인 디…."

순심이가 시집간다는 말을 듣고, 진하 어머니는 눈물을 글썽 인다.

"아야, 진하야. 이것이 뭔 일이냐? 쇠뿔도 단김에 빼라고 했는 디…. 그나저나 내가 언제까지 '진하 넘'으로 살아야 하냐?"

미라리 신한경 훈장한테서 맹선리 서범규 훈장에게 기별이 온 다. 사흘 뒤에 동진 마을로 가서 김양목 훈장을 뵙자는 것이다. 서 훈장은 함께 매 맞으러 가자는 말로 알아듣는다. 전에 김 훈장이 돌아앉았을 때, 노여움을 풀어드리지 않고 신 훈장을 뒤따라 방을 나온 것을 서 훈장은 내내 뉘우쳤다.

점심을 곁들이는 모임이어서 서 훈장은 사시巳時에 집을 나선다. 서 훈장은 동진 마을 어귀에서 신 훈장과 마주친다.

"사형, 스승한테 용서를 빌 기회를 만들어주셔서 고맙구먼요."

신 훈장은 두 손을 내젓는다.

"아니네. 내가 선생님을 뵙자고 한 것이 아니네. 선생님께서 오라고 해서 가는 것이네."

"그래요?"

"난 선생님께서 태도를 바꾸지 않는 한, 내가 먼저 사죄할 생각이 없네."

서 훈장은 할 말을 잃는다. 신 훈장은 단호한 성품이어서 그럴 수 있는 이다.

"훈장님께서 왜 우리를 부르신다요?"

"금메. 가봐야 알 것네."

"…."

"그분이 우리 스승이지만, 그렇다고 해서 이유 없이 사죄해서는 안 되네. 나는 이번에도 할 말은 할 참이네."

김 훈장을 뵌 자리에서 또 큰소리가 오갈 것이 틀림없다. 나는 어떻게 해야 하나? 서 훈장은 신 훈장과 뜻을 함께하기로 마음을 다진다.

두 훈장은 김양목 훈장 사랑채로 간다. 두 제자가 큰절을 올리고 김 훈장 앞에 꿇어앉는다.

"편좌하시게."

편히 앉으라는 말이다. 둘은 고쳐 앉는다. 김 훈장이 신 훈장을
바라보며 말한다.

"신 훈장이 진도에 가서 해학海鶴 선생을 뵙고 왔다고 들었네."

뜬금없는 말이다. 전북 김제 출신의 실학자 이기李沂의 아호가
해학이다. 서 훈장은 전에 해학의 시를 읽은 적이 있는데, 그 가운
데 두 구는 아직 기억이 생생하다.

상오어인귀끽반晌午漁人歸喫飯　한낮에 어부가 점심 먹으러 들
　　　　　　　　　　　　　　어가자
허주환사백구간虛舟還使白鷗看　흰 기러기 돌아와 빈 배를 지
　　　　　　　　　　　　　　키네

해학은 학문이 깊어 매천梅泉 황현黃玹, 석정石亭 이정직李定稷과
더불어 호남湖南 삼재三才로 꼽히는 이다. 서 훈장은 참석하지 못
했으나, 몇 해 전에 김 훈장과 신 훈장은 사액 서원인 정읍의 무성
서원에서 올리는 향사享祀에 갔다가 해학을 만났고, 그 뒤로 해학
이 몸져누웠다는 소문을 듣고 자택까지 문병 간 적도 있다. 해학
은 무신(1848년)생이어서 정미(1847년)생인 김 훈장보다 한 살이
아래지만, 해학을 높게 평가하는 김 훈장은 해학을 꼭 '해학 선생'

이라고 부른다.

신 훈장이 놀라 김 훈장을 쳐다본다.

"아니, 선생님께서는 제가 진도에 다녀온 사실을 으찌께 아셔겠
어요?"

김 훈장은 묻는 말에 대답하지 않고 되레 묻는다.

"신 훈장은 해학 선생이 진도에 내려와 계신다는 소식을 누구한
테 들었는가?"

신 훈장이 답한다.

"강진의 손암異菴 오기호吳基鎬의 집안사람이 저한테 기별을 보
내왔등마요. 해학 선생은 진도에 유배와 계시고, 손암은 지도에
와 있다고요."

"손암을 잘 아는가?"

"촌수는 멀지만, 외척이어서 어려서부터 가까이 지냈지라우."

"그랬구먼. 손암의 성함은 들었네만, 나하고는 교유가 없었네."

"…."

"나는 보성의 홍암弘巖 나철羅喆 쪽 사람한테서 소식을 들었네.
홍암이 처가 사람들과 가까운 사이여서, 내가 처가에 가면 처남이
늘 홍암을 부르곤 했네."

나철은 보성 출신으로 호가 홍암이고 본명이 두영인데, 인영으
로 개명했다가 다시 철로 바꾸었다. 김 훈장은 지난번에 두 제자
와 다툰 일에 대해서는 한마디도 꺼내지 않고 말을 잇는다.

"홍암 쪽 사람이 그러는디, 해학 선생은 진도에, 홍암은 지도에 유배왔다고 하드구먼. 내가 이 나이에 직접 걸어가서 해학 선생을 뵙거나 홍암을 만날 수는 없고…. 진도와 지도에 따로 사람을 보내 조금이나마 마음을 전했네."

"그러셨군요."

"진도에 다녀온 이를 통해서 신 훈장이 해학 선생을 뵙고 왔다는 말을 전해 들었네."

시골에 묻혀 글을 읽고 시를 쓰던 해학은 나라가 어지러워지자 자리를 박차고 일어섰다. 때마침 전봉준이 동학 난을 일으키자, 그를 찾아가 '군사를 이끌고 경성으로 올라가 국왕 주변의 간사한 무리를 제거하고, 왕을 받들어 국헌을 새롭게 하라'고 촉구했다. 해학은 을사늑약을 체결하기 직전에 일본으로 건너가 일본 천황과 조선 침략의 선봉장인 이토 히로부미에게 서한을 보내, 일본이 한국과 공존공영을 추구해야 하는 데도 병탄에 몰두하는 것은 동양 평화를 깨트리는 짓이라고 준열하게 비판했다.

해학은 일본 조야의 여러 인사에게도 두루 같은 주장을 펴다가, 갑자기 모친상을 당하자 귀국했다. 그는 상을 치른 뒤 상경해, 한성사범학교 교관이 되어 후진 양성에 진력했다. 병오년(1906년)에는 장지연, 윤효정 등과 어울려 대한자강회를 결성했다.

해학은 그러나 합법적인 활동만으로는 일본의 침략 의지를 꺾을 수 없다고 판단했다. 그는 오기호, 나철 등과 함께 자신회自新會를 결성했다. 오기호와 나철은 해학보다 열다섯 살 아래였다. 자신회는 이름은 온건하지만, 을사오적을 척결하기 위한 결사체였다.

휘하의 강원상姜元相이 정미년(1907년) 3월에 오적의 한 사람인 농상공부 대신 권중현을 향해 육혈포를 쏘았다. 그러나 강원상의 사격이 서툴러 권중현은 가벼운 상처만 입었다. 경찰이 강원상을 붙잡아 공모자와 배후를 대라고 추궁하자, 강원상은 혀를 깨물어 끊었다. 이 사건으로 해학 이기는 진도로, 홍암 나철과 손암 오기호는 지도로 유배되었다.

신한경 훈장이 유배지로 찾아가 해학을 만난 이야기를 털어놓는다.

"해학 선생을 뵙고 앞으로 어떻게 하실지 여쭈었구먼요. 우리가 소중화의 미망을 버리고, 우리 스스로 큰 나라 대한을 세워야 한다고 역설하시더니, 유배에서 풀려나면 단군을 드높이고, 자주독립 정신을 고취하는데 헌신하겠다고 하시듭마요."

신 훈장은 부러 '미망'이라는 말에 힘을 준다. 김 훈장이 말한다.

"홍암은 아예 단군을 숭배하는 종교를 만들 생각을 하는 모양이드구먼."

서 훈장이 끼어든다.

"저는 해학 선생을 만나 뵌 적이 없습니다만, 그이가 감수했다는 『환단고기』의 필사본을 오래전에 읽었지라우. 그 고기에는, 5만 년 전에 환족桓族이 천산을 중심 삼아 대륙 한가운데에 인류 최초의 국가인 환국桓國을 세웠다고 써 있듬마요. 환국의 마지막 임금인 환인桓因이 아들인 환웅桓雄을 동방 개척의 선봉장으로 내세웠다는 것이어요. 환웅은 동쪽으로 이동해 백두산에 와서 신시에 도읍을 정하고 배달이라는 나라를 세웠고, 환웅이 배달나라를 개국한 지 1565년에 이르렀을 때 단군왕검檀君王儉이 조선朝鮮을 건국했다고 썼듬마요. 이 고조선은 천자의 나라로, 중국을 비롯한 세계 어떤 나라와도 당당하게 어깨를 나란히 했다고 하고요."

"…"

"그런디, 안타깝게도 조선조에 들어 유도를 국교로 세우고 중화를 세계의 중심으로 떠받듭시로, 당당하고 빛나는 우리 고대사를 땅속에 파묻고, 내 나라 조선을 스스로 변방의 오랑캐로 떨어트려 부렸지라우. 고대사를 땅에 묻은 것은 조선의 연원을 묻어버린 것이나 마찬가지여요. 으쨌든, 해학 선생이 단군을 다시 찾겄다고 나선다면, 그것은 우리 역사를 바로 세우는 일이 되겄지요."

신 훈장이 서 훈장의 말을 받는다.

"단군을 높이 세우는 일이야말로 소중화의 미망을 청산하는 확실한 길이 될 뿐만 아니라, 내 역사를 찾는 첫걸음이 되겠지요. 우리는 바로 거기서 새 출발을 해야것지라우."

신 훈장은 이번에도 '미망'이라는 말에 힘을 준다. 김 훈장이 한참 동안 신 훈장을 쩨려보더니 껄껄 웃는다.

"미망, 미망…. 이제 그 말 그만 말하소. 나 들으라고 하는 소린디… 나, 이미 미망에서 깨어났네."

김 훈장이 잇는다.

"나는 호남의 삼재 가운데서도 해학 이기 선생을 으뜸으로 꼽네. '수양산 그늘이 강동 80리'라는 말이 있는디, 큰 인물의 그림자도 마찬가지 아니겠는가? 해학 선생의 행적 하나하나를 찬찬히 곱씹어보고 나서, 내가 그야말로 미망에서 깨어나 대오각성했네."

"…."

"내가 자네들한테 기쁘다고 해야 할지 부끄럽다고 해야 할지 모르겠네. 전에 내가 자네들을 불러 나무랐는디…. 내가 신 훈장 말마따나 잠꼬대를 했던 것이여."

"…."

"해학 이기 선생이나 손암 오기호, 홍암 나철 등이 왜 단군에 집착하겠는가? 우리 민족의 길을 자주적으로 모색하자, 우리의 정체성을 바로 세우자, 그런 취지가 아니겠는가? 자네들이 한 말과도 상통하네. 자네들이 옳았어."

"…."

"이제 중화에 얽매일 필요가 없어. 분명히 말하겠네만은, 다시 명나라가 살아난다고 하더라도 마찬가지여. 근자에 청나라가 작아지자, 줄을 옮겨 다른 나라 등 뒤에 서자는 사람들이 있다는디, 다 소인배 짓거리여. 앞으로도 마찬가지가 아니겠어? 영국英國에 대해서도, 법국法國에 대해서도, 덕국德國에 대해서도, 미국美國에 대해서도, 또한 아라사에 대해서도 마찬가지여. 왜국에 대해서야 두말할 필요가 없지. 이제 우리는 오랜 사대주의를 청산해야 해. 힘 있는 나라에 기대고, 큰 나라 등 뒤에 줄 서려는 오랜 폐습을 청산해야 해. 영국 줄에 서자는 놈도, 미국 줄에 서자는 놈도, 아라사 줄에 서자는 놈도, 왜놈 줄에 서자는 놈도 한마디로 다 쓸개 빠진 소인배 사대주의자에 지나지 않아. 우리는 이제 그 어떤 나라 앞에서도 고개를 똑바로 쳐들고 당당하게 내 길을 가야 해. 우리가 설 줄은 우리 줄, 조선 줄 뿐이여. 그것이 대도大道여. 그것이 동학에서 말하는 천도일 것이고, 말이여."

"…."

"고종 34년(1897년)에 국호를 대한으로 바꿨은께, 이제 조선 줄이 아니라 대한 줄이라고 말해야겠구먼. 우리 줄, 대한 줄이 바로 천도가 아니겠어?"

동학에 대해서는 입에 담기도 싫다던 김 훈장이 거듭 '천도'라는 말을 하자 서 훈장은 몹시 놀란다. 김양목 훈장이 잇는다.

"전에는 자네들 말을 들음시로 나하고 자네들이 빙탄이라고 느꼈네. 나는 바른 생각을 견지하고 있는 얼음인디, 자네들은 세속에 물든 숯이라고 생각한 것이여. 그런디… 그것이 아니었어."

"…."

"빙한어수氷寒於水라는 말이 있잖은가? 얼음은 물에서 나왔으되 물보다 차가워. 나는 물이고 자네들은 얼음이여. 나한테서 물보다 차가운, 얼음 같은 제자가 둘이나 나왔으니, 이 얼마나 기쁘고 자랑스러운 일인가?"

들불

　강명륜이 일을 저지른 바람에 섬을 떠났던 이준화가 오랜만에 돌아온다. 이준화는 서당 공부가 끝나자 서진하를 이끌고 짝지 선창으로 간다. 맹선항 앞바다는 좌지도, 보길도, 노화도와 소안도가 빙 둘러싸고 있어서 마치 커다란 호수 같다. 바람이 불지 않아 바다는 잔잔하다. 사방을 둘러봐도 불빛 하나 보이지 않는다.

　스무날 달빛이 밤바다에 스멀스멀 스며들고 있다. 바닷속에는 숱한 전설이 녹아 있을 것이다. 달빛은 바다 어디로 내려가서 누구의 전설을 들을까? 장보고 대사의 전설은 너무 까마득해 재미가 덜할 것이다.

　아마 달빛은 한데 모여 이순신 장군의 전설을 들을 것이다. 장군의 이야기는 듣고 또 들어도 뉘가 나지 않는다. 왜란 때 맹선항 앞바다는 동에서 서로 가거나 서에서 동으로 가는 왜선을 혼쭐내는 호리병 같은 바다 요새였다. 장군은 이 호수 같은 바다 곳곳에 군선을 숨겨두고 왜선倭船이 오기를 기다렸다. 왜선들이 바다 한

가운데로 들어오면, 여러 섬에서 때를 기다리던 우리 군선이 우르르 몰려 나와 공격을 퍼부었다. 혼비백산한 왜선들은 어디로 나가야 큰 바다가 있는지 몰라 허둥댔다.

오늘은 어쩌면 달빛이 바닷속에 모여 앉아, 왜란 때 수군으로 참전한 종구 할아버지의 전설을 들을지도 모른다. 할아버지는 거북선의 노꾼을 자원했다. 노꾼 가운데는 종살이하다 온 노복 출신도 있었으나 할아버지는 개의치 않았다. 통뼈였던 할아버지는 팔힘을 쓰는 일이 좋았다. 할아버지는 노꾼이 된 덕분에 맹선항 앞바다에서 이순신 장군을 직접 뵈었다. 할아버지는 전후에 논산 고향으로 돌아갔으나 맹선항 앞바다를 잊지 못해 말년에 가솔을 이끌고 내려와 맹선리에 정착했다.

바다는 옛 바다 그대로인데 지금 맹선항 앞바다는 주인이 바뀐 것만 같다. 마을 사람들 배는 바다 여기저기에서 나무 닻에 묶여 출렁이는데, 일본 사람들 배는 그들이 축조한 선착장에 점잖게 정박해 있다. 요시무라의 발동선은 다른 섬에 갔는지 보이지 않는데, 시라이 상의 발동선은 그의 삼대선 바로 옆에서 흔들거린다. 다른 돛배들 사이에 닻을 내린 발동선 한 척도 보인다. 염절모선일 것이다.

서진하는 그동안 이준화가 어떻게 지냈는지 궁금하다. 그러나 물을 틈을 주지 않고 이준화가 진하에게 묻는다.

"어야, 동생. 발동선이 가는 것을 직접 봤는가?"

"전에 성환이랑 여그 와서 처음 봤고… 그 뒤로도 몇 번 봤지라우."

"빠르든가?"

"말도 마시오. 겁나게 빠릅디다. 쩌그 남쪽 산모롱이를 돌아서 물살을 가름시로 달려오는디, 눈 깜짝할 사이에 여그 선창까지 와 붑디다."

"이제 큰일 났네. 저런 발동선이 바다를 휘젓고 댕김시로 우리 바닷고기 다 훑어가지 않겠는가?"

"그러겠지라우."

"발동선이든 삼대선이든 왜놈들 배는 언젠가는 다 싹 불질러부 러야 쓰지 않겠어?"

대답을 듣지도 않고 이준화가 진하에게 묻는다.

"어야, 동생. 내가 그동안 으디 가서 뭣을 하고 왔는지 아는가?"

"성님이 아무 말도 안 하는디 내가 으찌게 알겄소?"

"나, 의병 하고 왔네."

진하는 소스라치게 놀란다.

"뭣이라고요? 의병을 했다고라우?"

전에 피신했을 적에는 어디서 무엇을 했는지 입 밖에 내지 않았 는데, 이준화는 이번 일은 큰 소리로 말한다.

"보성에 있는 이모 집에 숨으러 갔는디, 안규홍安圭洪이라는 이 가 의병을 모으고 있다듬마. 마침, 이종 성님이 의병에 나가겄다 고 하길래 까짓것, 나도 따라나서부렀네."

"…."

"드디어 지난 2월에 전투가 벌어졌어. 다른 데서는 의병들이 관군하고 붙었는디, 보성 의병은 왜놈하고 붙었어. 우리하고 붙은 놈들은 왜놈 정규군 가운데서도 정예 유격군이었다는 것이여."

"…."

"나는 달랑 죽창 하나 들고 나섰네만, 그 영광스러운 전투에 뛰어든 사실은 내 평생 잊을 수 없을 것 같네."

그 무렵에 보성에서 의병운동을 이끈 안규홍은 특이한 인물이다. 그는 집안 형편이 어려워, 어려서부터 일가인 죽산 안씨 집에서 머슴살이하며 홀어머니를 봉양했다. 나이가 어려 힘든 일은 하지 못하고 소를 뜯기거나 꼴을 베는 소년 머슴을 '담살이'라고 하는데, 그는 담살이 머슴에서 시작해 상머슴 어른이 된 이다.

왜국이 친일파를 앞세워 나라를 빼앗고 있다는 사실을 안 그는 머슴살이를 그만두고 의병을 일으키기로 작심했다. 그는 그를 고용한 주인을 설득해 거병 자금을 얻어냈다. 같은 죽산 안씨 일가로 지주이자 참봉인 안극安極에게도 자금 지원을 요청했다. 안 참봉은 안규홍에게 밤에 복면을 두르고 사람들을 끌고 와 자기를 협박하라고 했다. 주인과 짜고 안규홍 일행은 밤에 안 참봉의 창고를 털었다.

안규홍은 그가 모은 스무여 명의 의병을 이끌고, 순천 지방에서 활동하는 강용언姜龍彦 휘하의 의진義陣에 들어갔다. 강용언은 강원도 출신의 의병장으로 조계산 향로암에 본거지를 두고 쉰여 명의 의병을 거느리고 있었다. 강용언은 안규홍을 부두목 격인 부장副將에 임명했다.

그러나 알고 보니 강용언 의진에 심각한 문제가 있었다. 부대원들이 인근 마을에 내려가 노략질을 일삼았다. 강용언 대장까지도 휩쓸렸다. 안규홍 부장은 강 대장에게 그래서는 안 된다고 말했으나 귀담아듣지 않았다. 안 부장은 의병들이 모여 있을 때 앞으로 나갔다.

"우리가 의병이 된 것은 백성이 편안하게 살 수 있는 나라를 만들기 위해서요. 첫째도 백성이고 둘째도 백성이요. 그런디, 의병이 되어갖고 백성을 노략질하다니 이 무슨 해괴한 짓거리요? 그건 용서할 수 없는 범죄요. 강용언 대장은 앞으로 나와서 반성하시오."

아랫것이 윗사람에게 덤비는 하극상이라고 여긴 강 대장이 앞으로 뛰쳐나와 안 부장에게 몽둥이를 휘둘렀다. 안 부장은 주먹 한 방으로 강 대장을 쓰러트렸다. 가만두면 의진이 두 갈래로 쪼개질 것이었다. 안규홍 부장은 망설이지 않고 대장 강용언을 총살에 처했다.

안 부장은 의병대장을 새로 뽑자고 했다. 의병들은 만장일치로 안규홍을 대장으로 추대했다. 안 대장이 말했다.

"그동안 의진이 민폐를 끼친 일에 대해서는 더 이상 따지지 않을 것이오. 그러나 앞으로 그런 일이 되풀이된다면, 누구든 가차 없이 처단할 것이오."

안규홍 대장은 편제를 새로 짜면서, 군수장軍需將을 따로 두어 물자 조달을 전담하게 하고, 다른 의병들에게는 개별적으로 식량 이나 물품을 구하지 말도록 엄명을 내렸다.

안규홍의 아호는 담산澹山이었다. 그러나 의병들은 안규홍을 '안담산 대장'이 아니라 '안 담살이 대장'이라고 불렀다. 그 호칭 을 누구보다 좋아한 이가 안규홍 대장이었다.

안 담살이 대장은 3월에 일본군이 보성군 조성에서 벌교-순천 에 이르는 지역에 걸쳐 의병 토벌에 나선다는 첩보를 입수했다. 지리에 밝은 안 대장은 길목 몇 군데에 의병을 매복시켰다. 미도 米戸와 히라이平井가 이끄는 일본군 두 개 정예부대가 득량면 파청 골짜기에 들어서자, 숨어 있던 의병들이 일제히 공격을 퍼부었다. 총을 지닌 의병은 총을 쏘고, 다른 의병들은 고함을 지르며 돌 팔 매질을 했다. 그 전투에 참여한 이준화는 총이 없어, 있는 힘을 다 해 돌팔매를 날렸다. 일본군들은 '걸음아, 나 살려라' 하고 도망쳤 으나, 총을 든 의병들이 쫓아가 사살했다.

곧이어 문덕면 진산과 복내면 원봉리 전투에서도 의병들이 기 습공격을 펴 일본군을 사살하고, 인근에 있는 일본군 기마 주둔소 를 불태웠다. 몇 번의 전투를 통해 안규홍 의병은 일본군의 신형 무기를 많이 확보했다. 조선 관군이 아니라 일본 정규군과 싸워

그만한 전과를 거둔 것은 안규홍 의병의 큰 자랑이었다.

원봉리 전투가 벌어질 때부터 이준화는 죽창 한쪽을 낫으로 쪼개 그 틈새에 돌을 끼워 넣고 힘껏 뿌려 돌을 날렸다. 날이 갈수록 돌이 멀리 가고 정확도도 높아졌다. 이준화는 원봉리 전투에서 그 죽창 투석기로 일본군 하나를 쓰러트렸다. 그걸 보고 여러 의병이 죽창을 쪼개 투석기를 만들어 돌을 날렸다. 쉴 때는 의병들이 투석기로 돌을 날려 먼 데 있는 소나무를 맞히는 시합도 벌였다.

잇따라 승전을 거둔 뒤, 안 담살이 대장은 총기를 지닌 의병들에게 산에 움막을 지어 숨어 지내게 하고, 다른 의병들에게는 잠시 집에 돌아가도 좋다고 했다. 필요한 시기에 다시 부르겠다는 것이었다. 일본 정규군이 펼 대대적인 반격 작전에 대비한 허허실실 작전이었다. 그래서 이준화는 소안도로 돌아온 것이다.

신명이 나서 무용담을 털어놓은 이준화에게 서진하가 묻는다.

"그럼 성님은 소식이 오면 다시 보성으로 갈라요?"

이준화가 손을 내젓는다.

"아니여. 의병이 보성에만 있는 것이 아니듬마. 나는 여그 소안도에 처박혀 삶시로 까맣게 모르고 있었는디, 병오년(1906년)부터 영광, 함평 등지에서 의병이 일어나기 시작했다는 것이여. 그 뒤로 기삼연奇參衍 의병이나 심남일沈南一 의병이 전남 여그저그를 휘젓고 댕김시로, 보성 안규홍 의병보다 더 드세게 의병운동을 펼치고 있다여. 올해 무신년(1908년)에 들어서는 의병운동이 동으로는 담양, 곡성, 광양으로, 남으로는 영암, 장흥, 보성, 강진으로 들불처럼 번지고 있다듬마."

"…"

"전남에서만 그런 것이 아니여. 전북 임실 출신인 전해산全海山 대장도 북에 번쩍 남에 번쩍 한다여. 사람들은 남심북전南沈北全이라고 하듬마. 전남에 심남일이 있다면 전북에 전해산이 있다, 그것이여."

이준화가 눈을 부릅뜨고 소리를 높인다.

"이순신 장군이 뭣이라고 했어? 약무호남若無湖南이면 시무국가是無國家라고 하지 않았어? 나라가 위기에 처할 때마다 호남 사람들이 들고일어나 나라를 구했어. 지금도 나라 운명이 바람 앞의 등불 같은께 호남 사람들이 여그저그서 들고일어나고 있는디, 여그는 뭣이여? 여그는 호남이 아니여? 여그서는 왜 불이 안 나? 여그서는 땅도 뺏기고 바다도 뺏기고 있는디, 왜 이렇게 고요해? 왜 이렇게 적막강산이냐고? 이제 여그서도 불을 지를 때가 온 것이 아니겠어?"

이준화는 한동안 먼바다를 바라보다가 엉뚱한 질문을 던진다.

"어야, 자네 가슴 속에 들어 있는 독사는 몰아냈는가?"

미유키를 정리했느냐는 물음이다. 진하는 각지의 의병투쟁 이야기가 처음 듣는 일이라서 가슴이 먹먹하다. 독사 이야기는 느닷없어 아무 대답도 하지 못한다. 대답은 해야 한다. 거짓말을 할 수는 없다.

"아직도 가슴에서 나가지 않았어라우. 내쫓을라고 하면 내 속에서 되레 고개를 쳐들고 덤빈당께요."

"시방, 뭔 소리여? 얼른 내보내소. 마음에 품고 있을 이유가 하낫도 없네. 왜놈들은 우리 바다를 휘젓는 날강도들이고, 시라이 놈은 그 두령 급인디, 그런 놈 딸년을 마음에 품고 있다는 것이 말이나 되는가?"

미유키를 마음에 품고 있을 이유가 '하낫도' 없다고 말한 것은, 진하가 미유키를 마음에 두고 있는 것을 이준화가 몹시 못마땅하게 여긴다는 방증이다. 진하는 고개를 끄덕인다.

"성님 말이… 말이야 맞는 말이요."

이준화 말대로 미유키를 끊지 못하는 것은 진하 스스로도 용납하기 어려운 일이다. 심호흡을 하고 나서 진하가 말한다. 이준화에 대한 대답이지만, 자신에게 하는 다짐이기도 하다.

"독사를 기어코 몰아내불겠구먼이라우."

이준화가 고개를 끄덕인다.

"그래. 생각 잘했어. 우리, 앞으로 손잡고 큰일 할 생각을 해보자고, 잉."

유두날이 온다. 이미 결정한 대로 그날 신복동이 유사를 맡아 미라리 바닷가의 거북바위 부근에서 작살 계를 치른다. 열 명의 계원이 잡은 물고기보다 신복동 혼자서 잡은 물고기가 더 많다. 복동이는 물속에 들어가기만 하면 고기를 잡아 물 위로 솟아오른다. 작살 솜씨가 놀랍다.

계원들은 방풍림 그늘에 둘러앉는다. 잡은 고기로 회를 떠서 안주 삼아 황칠 막걸리를 마신다. 화제는 맹선리 짝지의 일본 어민이 새로 들여온 고대구리 배라는 저인망 발동선에 집중된다. 요시무라의 잠수기 어선이나 시라이 상의 발동선이 안긴 충격은 이제 아무것도 아니다. 고대구리 배는 코가 작은 끌그물로 바다 바닥에 사는 물고기까지 긁어 담는 발동선이다. 계원들이 중구난방으로 떠든다.

"왜놈 새끼들이 우리 바닷고기를 싹 훑어가는 것이 아니여?"

"아, 맘대로 잡아가라고 해. 그래도 바다에 고기는 많아."

"전에는 그것들이 우리 바다에서 고기잡이해도 불쌍하다고 내버려 뒀다는디, 이제 주객이 바뀌어부렀은께 그놈들 다 몰아내야 쓰지 않겠어?"

"왜놈들이 뙤놈들을 꺾어불고 아라사도 꺾어부렀는디, 우리가 무슨 수로 몰아내겄어?"

"왜놈들 맘대로 하라고 해. 고기잡이는 돈 벌기 위해서만 하는 것이 아니여. 품앗이꾼 짜서 놋소리 부름시로 바다로 나갔다가 돌아오고, 식구들 빙 둘러앉아 잡은 고기로 찌개 끓여 먹고…. 우리는 그렇구롬 사는 거여."

지난해에 월항 마을에서 개매기 계를 할 때만 해도 일본 어민의 고기잡이 문제는 화제에 오르지 않았는데, 이번 작살 계에서는 그 문제가 논란의 초점으로 떠오른 것이다. 묵묵히 듣고 있던 가학리 최덕구가 나선다.

　"왜놈들이 우리 군대를 해산해불고, 오적을 앞세워 임금님도 바꿔불고, 내 나라를 지들 손아귀에 틀어쥐고 있어. 여그서도 왜놈들이 우리 바다를 지들 안마당으로 만들어부렀고, 말이여. 전라도 곳곳에서 왜놈들을 몰아내자고 의병투쟁을 벌이고 있다는디, 여그는 사람이 없어? 우리가 오늘 작살 계를 했는디, 작살로 고기를 잡는 것이 아니라, 왜놈들을 잡아야겠지 않겠어?"

　진하는 최덕구가 이준화와 자주 만난다는 것을 안다. 최덕구는 이미 동학도가 되었을지 모를 일이다. 비자리 홍창식이 나선다.

　"우리는 쪼깐 신중할 필요가 있어. 백인종이 황인종을 지배하는 것을 막을라면 황인종끼리 뭉쳐야 써. 아라사가 동양을 먹을라고 달려왔는디, 다행히 일본이 아라사를 물리쳤어. 지금 일본이 조선을 보호해주겠다고 하는디, 말 그대로 보호해주는지, 아니면 우리를 잡아먹을라고 하는지는 더 두고 봐야 알지 않겠어? 아무것도 모름시로 여그저그서 막 들고 일어나면, 나라가 으찌께 되겠어? 더욱 혼란에 빠질 수밖에 없지 않겠어? 내 말은, 지금 우리나라가 어려운 처지에 놓여 있은께, 쪼깐 자중자애할 필요가 있다, 그것이여."

최덕구가 두 눈을 치켜뜨고 발끈한다.

"자중자애 좋아하네. 나는 아무것도 모른께 떠들고, 너는 다 알아서 자중자애한다, 그것이여? 개 같은 소리 하지 마. 왜놈이 발동선을 타고 전복을 쓸어 가드니, 이제는 고대구리 배로 바닥까지 훑어불고 있어. 이것이 보호여? 지금까지 왜놈들 하는 짓거리를 봤으면 뻔한 것이지, 더 두고 보긴 뭘 본다는 것이여? 귀신 씻나락 까는 소릴 하고 자빠졌네."

최덕구의 눈에 핏발이 서 있다. 홍창식이 벌떡 일어선다. 최덕구도 일어선다. 홍창식은 돌주먹을 자랑하는 주먹 장사고, 최덕구는 소문 난 박치기 대장이다. 싸움이 나면 그야말로 코피 터지고 박 터지는 싸움이 될 것이다. 진하가 싸움을 막기 위해 최덕구와 홍창식 사이에 선다. 월항 마을 오정수가 큰 소리로 나무란다.

"두 사람은 입 다물고 가만있어. 우리가 동갑계를 한 것이 5년째인디, 그동안 모여서 얼굴 한번 붉힌 적이 없었어. 오늘 이것이 뭔일이여!"

최성환이 얼른 말머리를 돌린다.

"나랏일은 나랏일이고, 우리 일은 우리 일이 아니겄어? 우리가 작년에는 개매기 계를 하고, 이번에는 작살 계를 하고 있는디, 내년에도 계를 이런 식으로 할 것인지, 아니면 예전처럼 유사 집 방안에서 계를 치를 것인지, 그 문제부터 의논하더라고, 잉."

결론은 쉽게 난다. 계원들은 앞으로도 유두날에 바다에서 덤장

계도 하고, 독장 계도 하고, 죽방렴 계도 하고, 통발잡이 계도 하자고 입을 모은다. 덤장이란 개펄에 날개그물을 설치하고, 그 끝에 사각형 또는 오각형의 그물 통을 달아 물고기를 잡는 방식이다. 독장이란 '돌장'의 사투리로, 해안의 굴곡진 곳에 돌담을 쌓아두고, 그 안에 갇힌 물고기를 잡는 방식이다. 죽방렴이란 그물 대신에 대나무로 발을 엮어 두 방향으로 날개처럼 세워두고 그 사이로 들어온 물고기를 잡는 방식이고, 통발잡이란 바다에 원통형 통발을 넣어두어 물고기를 유인하는 방식이다. 모두가 까마득한 옛날부터 내려온 전통적인 고기잡이 방식이다.

계원들은 그 방식이 좋아서 집착하는 것이 아니다. 일본 어민의 어로 기술이 하루가 다르게 발전하는 것을 보고 오기를 부리는 것이다. 최덕구가 아직 화가 덜 풀린 얼굴로 내뱉는다.

"우리 식으로 사는 것도 좋아. 그러나 배알도 없어? 언젠가는 왜놈들 발동선을 싹 불질러부러야 한다고."

원방수

군락을 이루어 산등성이에 들어선 구슬잣밤나무들이 바람에 출렁인다. 연녹색 새잎이 진녹색 묵은 잎들과 어울려 군무를 추는 것 같다. 같은 녹색으로 농담만 다른데 격조가 높다. 새봄이 우아하게 익어가고 있다. 곡우 이틀 전에는 봄비가 내린다. 못자리 만들기에 모자람이 없을 것 같다. 지난 몇 해 동안 보지 못한 일이다.

서범규 훈장은 동진 마을 김양목 훈장 댁으로 간다. 미라리 신한경 훈장과 더불어 김 훈장을 뵙기로 한 날이다. 셋이 앉은 자리에서 신 훈장이 먼저 바깥소식을 알린다.

"여러 곳에서 의병들이 밤에 지주들 곳간을 털어 간다듬마요. 또, 지역의 친일 인사를 공격하는 일도 잦다고 해요. 얼마 전에는 보성의 안규홍 의병이 장흥에서 활동하는 일진회 회원 두 사람을 처단했다더라구요."

매년 소출이 벼 3백 석을 웃도는 지주인 김 훈장이 너털웃음을 터트린다. 들이 넓은 곳에서야 3백 석 지주는 대지주 축에 끼지 못하겠지만, 소안도에서는 손에 꼽히는 지주다.

"의병들이 지주 곳간을 털어 간다고? 민초의 기가 살아 있다는 증거여. 반가운 일이네. 그 사람들도 활동하자면, 밥은 먹어야 할 것 아닌가? 나는 곳간 열쇠를 끌러놓으라고 해뒀네. 밤에 밖에서 무슨 소리가 나더라도 내다보지 말라고 했고…. 곳간 털어 가는 것은 겁낼 일이 아니네. 아무 일도 일어나지 않는 것이 더 겁나는 일이 아니겠는가?"

군자는 표변한다고 한다. 『주역』에 나오는 말이다. 생각에 잘못이 있다는 것을 알면, 군자는 곧바로 고친다는 뜻이다. 그런 의미에서 김양목 훈장은 역시 군자다.

"이제 우리 적은 왜국이라는 것이 분명해졌네. 그들이 한·청·일의 동양 삼국 공영을 내세우지만, 그건 사탕발림일 따름이네. 왜국은 우리 대한을 삼키고, 만주를 삼키고, 마침내는 청나라까지 삼켜 대일본제국을 건설하겠다는 야욕에 불타고 있네. 그 야욕을 물리치고 내 나라 대한을 굳건히 지킬라면, 모든 백성이 힘을 합쳐 싸워야 할 것이네. 돈이 있는 이는 돈을 내고, 머리가 있는 이는 머리를 내고, 주먹이 있는 이는 주먹을 내놔야 하지 않겠는가? 노장은 노장대로 싸우고, 청년은 청년대로 싸우고…."

신 훈장이 나선다.

"여러 갈래로 싸우더라도 궁극적으로는 통일된 대오를 갖춰야겠지라우. 그러자면, 선생님께서 소안도의 기둥으로 우뚝 서 계셔야 합니다. 저와 서 훈장은 늘 선생님 곁에 있겠습니다."

서 훈장이 거든다.

"일단, 선생님께서 여러 마을 유지와 훈장들을 부르셔서, 시국에 슬기롭게 대처하자는 말씀을 해주시는 것이 좋을 것 같구먼요."

김 훈장이 반색한다.

"거, 참 좋은 말씀이네. 내가 우리 집으로 유지와 훈장들을 불러 모음세."

입하가 지나서다. 마파람을 타고 비가 떼를 지어 몰려오더니 뚝 그치고 햇살이 쏟아진다. 서진하는 들로 나간다. 논에서 모가 바람에 살랑거린다. 농사꾼의 꿈도 함께 살랑거리는 계절이다. 논둑을 걸으며 논을 살피고 있는데, 혼자 가끔 서당에 와서 서 훈장한테 『논어』를 배우는 강창혁이 아랫마을에서 올라온다.

"짝지에 갔는디, 눈이 부리부리하고 구레나룻이 더부룩한 놈이 시라이 상 집으로 들어가듬마. 삼국지에 나오는 장비 비스름하게 생겼더라고. 그놈이 건축 기사라는디, 시라이 상 딸을 보고 첫눈에 반해 시라이 상한테 딸을 달라고 매달린다는 것이여."

진하는 머리털이 곤추서는 것 같다. 노을이도 놓치고 순심이도 놓쳤는데, 이제 미유키까지 놓치는가? 사실은 마음속에 미유키를 품고 있어서 아무한테도 덤비지 않았는데, 미유키를 놓친다면 덤비려야 덤빌 대상도 없어지는 셈이다.

갑자기 진하 가슴에서 뜨거운 것이 솟구쳐 오른다. 그 뜨거운 것이 그에게 소리친다. 진하야, 뭘 망설이느냐? 좌고우면할 것이 없다. 네 마음이 곧 하늘이 아니냐? 네 마음을 따르거라. 진하는 마음 안에 있는 하늘의 뜻을 따르기로 한다. 진하는 단안을 내린다.

그래. 이제 덤벼야 할 때야. 내 안의 하늘이 명령하는데 쭈뼛거릴 이유가 없어. 보고 싶은데 무슨 이유가 필요한가? 몰아내려고 해도 나가지 않으면, 내가 받아들여야 해. 아니, 사실은 내가 온 힘을 다해 미유키를 몰아내려고 한 적도 없어. 새벽마다 미유키가 내 마음속으로, 내 품속으로 파고들었어. 언제나 미유키였어. 나는 다른 여자 꿈을 꾼 적이 없어. 그래, 내 사랑은 미유키야. 나는 미유키를 사랑해. 진하는 마음속에 쌓아둔 돌담이 와르르 무너지고, 무너진 돌 틈으로 그리움이 쏟아져 들어오는 걸 느낀다. 자기 마음이 그토록 한순간에 휙 바뀔 수 있다는 사실에 스스로 놀란다.

진하는 이튿날 아침, 미유키의 동생 마사요시가 서당에 오기를 기다린다. 정선이라는 조선 이름을 얻은 마사요시가 마당에 들어서자 진하가 묻는다.

"아야, 정선아, 누나가 기사한테 시집가는 것이냐?"

"아부지는 그 기사가 마음에 쏙 드는 갑다."

말만 들어서는 일본인이라는 느낌이 전혀 들지 않을 만큼 정선의 사투리가 천연덕스럽다.

"그건 안 돼. 야, 니 누나를 만나야겠다."

정선의 표정이 확 밝아진다.

"진하 성님, 얼른 바닷가로 가보시오. 누나는 오늘도 바다에 가는갑디다."

진하가 돌아서는데 정선이 덧붙인다.

"잔뜩 독이 올라 있을 것이오. 조심하시오, 잉."

정선은 말을 마치기 바쁘게 서당으로 뛰어간다. 독이 잔뜩 올라 있다고? 조심하라고? 뭔 말이지?

서진하는 짝지 마을을 지나 바위들을 건너뛰며 바닷가로 간다. 한복을 차려입은 미유키가 바위에 앉아 먼바다를 바라보고 있다. 진하가 다가간다. 미유키는 진하가 등 뒤에 서 있는데도 눈 하나 까딱하지 않는다.

"이녁한테 물어볼 것이 있어서 왔구먼요."

진하는 미유키를 '이녁'이라고 부른다. 가까운 사람을 부르는 말 중에서 그가 아는 가장 다정한 말이 '이녁'이다. 미유키는 돌아보지도 않고 바다만 바라보며 대꾸한다. 냉랭하다.

"물어보시오."

"그 기사라는 놈한테 시집갈 것이오?"

"그건 왜 물어요?"

"가지 마시오."

"으째서요?"

진하는 숨을 깊이 마셨다가 후우 내뿜는다.

"이녁은 내 여자요."

"뭣이라고요?"

"이녁은 내 여자라고요."

미유키가 고개를 쳐들지 않고 오히려 숙인다. 한동안 말이 없더니 천천히 고개를 든다. 눈길은 여전히 먼바다에 두고 있다.

"언제부터 그런 생각을 했소?"

"이녁하고 처음, 눈이 마주친 순간부터요."

미유키가 벌떡 일어선다. 돌아서서 진하를 노려본다.

"그럼, 왜 이제사 말해요?"

미유키의 입술이 바르르 떨린다.

"그건… 미안하요. 내가 잘못했소."

미유키가 묻는다.

"나하고 결혼하고 싶으요?"

"그래요. 이녁하고 꼭 결혼하고 말 것이요."

미유키가 오른발로 바위를 쿵쿵 구른다.

"그동안 애간장만 태우고는…."

미유키가 다그친다.

"또 오락가락할 것이요?"

아니, 내 속을 훤히 들여다보고 있었던 걸까? 미적거리다가 진하가 답한다.

"아니요."

246

미유키가 진하를 쏘아보며 말한다.

"난 그 기사한테 시집 안 가요. 진하 상의 물옷을 지을 때부터, 진하 상은…."

말을 끊었다가 잇는다.

"그때부터 진하 상은 내 남자였어라우."

'진하 상은 내 남자'라는 말은, 미유키 자신이 진하의 여자라는 말이다. 미유키의 그 말이 진하의 가슴에 꽂힌다. 온몸에 소름이 스친다. 아따, 이 처자는 맨날 소름이 돋게 하네. 진하는 무슨 말이든 해야 하는데 입이 열리지 않는다. 다행히도 미유키가 말을 잇는다.

"결혼 말이요? 나는 언제든 좋소. 부모님 승낙이나 받아 오시오."

미유키가 홱 돌아선다.

진하는 미유키로부터 뜻밖의 말을 들어 천하를 얻은 것처럼 기쁘나, 땅을 치고 싶을 만큼 아쉬운 것도 있다. 진하는 미유키 앞에서 근사하게 사랑을 고백하고 싶었다. 아까처럼 남사스럽게 불쑥 "이녁은 내 여자요." 하고 덤빌 생각은 추호도 없었다. 써먹고 싶은 시도 있다. 당나라 시인 백거이白居易의 '장상사長相思' 네 구다.

원작원방수願作遠方獸 내 소원은 원방수 되어
보보비견행步步比肩行 걸음 걸음 그대와 어깨 기대어 걸어가
는 것

원작심산목願作深山木 　내 소원은 깊은 산 나무 되어

지지연리생枝枝連理生 　가지 가지 그대와 얽혀 설켜 살아가는 것

원방수가 무어냐고 물으면, 암수가 다리 하나씩이 짧아 서로 어깨를 기대고 걸어야 하는 상상의 동물이라고 답할 것이다. 부부란 따지자면, 암수가 다 다리 하나쯤은 짧은 원방수가 아니겠는가? 아, 백거이의 시를 말해줬어야 하는디⋯. 그러나 미유키는 이미 시야에서 사라지고 없다.

동진 마을 김양목 훈장이 소안도의 서당 훈장들을 자택으로 부른다. 유지 몇 사람도 끼어 있다. 점심을 마친 뒤, 김 훈장이 말한다.

"먼 데까지 와주셔서 고맙소이다. 비자리 홍동연 영감한테도 와주십사, 기별을 보냈는디, 다른 일이 있으신가 봅디다. 그이 말고는 다 오셨는디, 누구든 홍 영감을 보시면 내 이야기를 전하시기 바랍니다."

그날 김 훈장은 먼저, 시대 변화에 올바로 대응하기 위해 자주 만나자고 한다. 모두가 고개를 끄덕인다. 김 훈장은 이어 세 가지를 강조한다. 첫째, 부왜附倭하지 말자고 한다. 왜국에 빌붙어서 친일해서는 안 된다는 것이다. 김 훈장은 면암 최익현의 상소에다 의견을 보탠다.

"왜적이 국권을 빼앗고, 오적이 죄악을 저질렀다. 나는 차마 그

대로 둘 수 없어 대의를 만천하에 펴고자 한다. 모두 한마음으로 나라를 위해 죽음을 무릅쓴다면, 반드시 하늘이 도울 것이다. 이상은 면암 최익현 선생께서 창의소倡義疏에서 하신 말씀이오. 우리 유구한 역사를 통해 입증되었듯이, 어떤 외적도 이 땅에서 오래가지 못했소. 왜적도 마찬가지요. 절대로 오래가지 못하오. 그 못된 왜적에 빌붙어서 앞잡이 노릇을 해서야 쓰겠소? 부왜했다가는 당대에 역적이 될 것이고, 자식들이 하늘을 쳐다보고 살 수 없게 될 것이오. 우리 모두 길게 보고 살아야겠소."

둘째, 나라가 부르면 힘을 보태야 한다고 한다. 여기에는 임진왜란 때 행주산성을 지킨 권율 장군을 끌어댄다.

"권율 장군은 2천3백 군사로 3만 왜군을 물리치셨소. 권 장군의 뛰어난 지략과 독전이 승전의 원천이었을 것이오. 그런디, 사실은 권 장군 군사만 싸운 것이 아니오. 승려들이 승군을 이루어 힘을 보탰고, 의병들도 나섰고, 아녀자들도 앞치마에 돌을 담아 날랐소. 나라가 어려울 때 우리도 힘을 보탤 마음의 태세를 갖춰야겠소."

그가 덧붙인다.

"우리 소안도는 쫓겨온 이들이 숨어 산 섬이 아니라, 찾아온 이들이 함께 일궈온 섬이오. 입도조들은 죄를 짓거나 잘못을 저질러 쫓겨온 분들이 아니라, 이름을 더럽히지 않고 올바르게 살기 위해 이 섬을 찾아오신 분들이란 걸 다 아시잖소? 입도조 어르신들 한

분 한 분이 그 시대에 출신 지역을 대표할 만한 양반 선비들이셨소. 그분들은 후손들도 양심을 지키며 올바르게 살기를 원하셨소. 그래서 소안도에 서당이 유난히 많은 것이오. 우리 후손들로서는 나라를 바로잡기 위해서라면, 언제라도 뛰쳐나가야 할 것이오. 그것이 올바른 길이고, 돌아가신 입도조 할아버지들이 저 하늘에서 바라시는 바가 아니겠소?"

김 훈장은 여러 마을의 입도조 이름을 일일이 들어가며, 그분들이 원래 살던 고을에서 양반 중의 양반이었고 선비 중의 선비였다고 강조한다.

셋째, 새로운 교육을 펴자고 한다. 전에 김양목 훈장은 서당에서 서생들이 국문(한글)을 쓰는 것을 못마땅하게 여겼는데, 뜻밖의 말을 쏟아낸다.

"우리는 지금까지 한자 일천 자를 익히게 한 뒤에 유도 경전만 가르쳐왔소. 세종대왕께서 백성들이 두루 쓰라고 국문을 만드셨는디, 우리 훈장들은 그동안 한문만 가르치고 우리 국문은 거들떠보지도 않았소. 그러나 이제 우리는 우리 글자, 국문을 가르쳐야 할 것이오."

"…"

"또한 가르칠 대상도 확 넓혀야 할 것이요. 남자만 사람이요? 밥술 걱정 없는 사람만 사람이요? 아니요. 여자도 부르고, 형편이 어려운 사람도 모으고 해서, 서당에서 힘써 국문을 가르치도록 해야

겼소."

　김 훈장은 일신재에서 여자 반을 따로 편성해 국문을 가르친 지 보름이 지났다며, 곧 어려운 이들을 대상으로도 국문 교육을 할 것이라고 밝힌다.

　이준화가 서당으로 진하를 찾아온다.

　"어야, 동생. 쪼깐 거시기한 말을 해야겠네."

　"뭔 말인디요?"

　"자네 친구 이야긴디, 비자리 홍창식이를 혼내줘야 한다고들 야단법석이네."

　"왜요?"

　"그자가 요새 완도를 뻔질나게 들락거리는디, 일진회 만드는 놈들을 만나는 것 같다는 것이네. 홍 영감보다는 그놈 집에 먼저 불을 질러야 한다고들 성화네."

　진하는 말문이 막힌다. 이준화가 보탠다.

　"자네 단짝이라서 귀띔이라도 해줄라고 왔네."

　서진하가 맺는다.

　"당분간 두고 봤다가, 다음에 창식이가 또 완도에 나가면 그때 불을 지르라고 하시오."

　며칠 뒤에 진하는 비자리로 간다. 진하를 보더니, 창식이 먼저 진하에게 묻는다.

"혹시 어느 놈이 우리 백부님 댁 대문에다 못된 짓거리를 한 지 알고 있냐?"

"뭔 말이냐? 대문에다 못된 짓거릴 하다니?"

"너, 소식 못 들었냐?"

"무슨 소식?"

"어떤 놈인지⋯. 백부님 대문짝에다 한지에 한자로 부왜가附倭家라고 써서 붙여놨단 말이다."

부왜가란 왜놈한테 빌붙은 사람의 집이라는 뜻이다. 김양목 훈장이 모임에서 한 말이 소안도에 널리 퍼졌는데, 누군가가 홍 영감을 부왜 인사로 꼽아 겁을 주려 한 모양이다.

"그런 일이 있었구나. 난 처음 듣는 소리다."

"한지에다 붓글씨로 써서 풀로 붙여놓은 것을 내가 떼어냈단 말이다."

진하가 불쑥 묻는다. 묻기로 작정하고 온 물음이다.

"야, 너 혹시 일진회에 들어갔냐?"

창식이 놀란 표정으로 진하를 바라본다.

"완도읍에 곧 일진회가 생긴다는 건 알고 있다만⋯."

"보성 의병들이 장흥으로 가서 일진회원 둘을 죽였다고 하더라. 곳곳으로 의병운동이 들불처럼 번지고 있다는데, 너는 일진회 같은 데 들어가지 말거라."

"내 생각은 쪼깐 다르다. 그 모임이 나쁜 모임이라면 들지 말아야겠지만, 좋은 모임이라면 들어야 하는 것이 아니겠냐?"

"너, 시방 뭔 소리냐? 일진회는 왜놈 앞잡이라고 소문난 단체가
아니냐? 세상에 할 짓거리가 없어서, 왜놈 앞잡이 단체에 들어간
단 말이냐? 민심처럼 무서운 홍수가 으디 있겠냐? 자칫하면 민심
의 물살에 휩쓸려 속수무책으로 떠내려갈 수 있다는 사실을 명심
하거라."

"…"

"나는 니 큰아부지가 부왜를 하거나 친일을 하면, 몇 번 혀를 끌
끌 차고 말 것이다. 그렇지만, 만약 니가 부왜한다면, 부왜한다고
의심받을 짓거리라도 한다면, 내가 너를 가만두지 않을 텐께 그리
알거라."

"뭐? 니가 나를 가만두지 않는다고? 니가 나를 이길 것 같으냐?"

"뭔 말이냐? 니가 맞을 짓거리를 하면, 내가 때려도 너는 그냥
맞아야 하고, 또 내가 맞을 짓거리를 하면, 니가 날 때려도 내가 그
냥 맞아야 하지 않겠냐?"

"그건 그렇지."

"너, 더 이상 완도읍에 나가지 말거라."

창식은 왜 가끔 완도읍에 가는지 말하지 않는다. 친구 자존심을
위해 진하도 더 이상 몰아붙이지 않는다. 진하를 만난 뒤로 홍창
식은 완도읍 왕래를 뚝 끊는다.

소서가 지난다. 당분간 일도 없고, 서당 공부를 하지 않아도 되어 진하는 시간이 남아돈다. 진하는 아버지인 서 훈장이 외출한 사이에 아버지 방으로 들어간다. 책장에 있는 책들을 뒤적이다가 아버지가 오래전에 필사해둔 시집 한 권을 찾아 건넌방으로 간다. 시 한 수가 눈에 들어온다. 초당의 시인 왕발王勃이 쓴 「산비야좌山扉夜坐」라는 시다. 시제는 '밤에 산방에 앉아'라고 옮길 수 있을 것이다.

포금개야실抱琴開野室　　거문고 안은 채 방문 열어두고
휴주대정인携酒對情人　　정인과 마주 앉아 술잔을 든다
임당화월하林塘花月下　　숲속의 못 가, 달빛 아래 핀 꽃
별시일가춘別是一家春　　유다른 하나의 봄나라로다

진하는 미유키를 앞에 두고 거문고를 뜯는 장면을 상상한다. 숲속의 못가에 핀 꽃은 무슨 꽃일까? 새하얀 치자꽃이 생각난다. 그래, 맞아. 미유키는 치자꽃 같은 처자여. 진하는 화선지를 편다. 먹을 갈아 붓으로 못 가에 핀 치자꽃을 그린 뒤에, 여백에 왕발의 한시를 쓴다. 단숨에 마친 문인화치고 제법 괜찮은 것 같다. 언젠가는 더 잘 된 문인화를 미유키한테 주고 싶다.

혼자서 시심에 취해 있는데 방문이 열리더니, 서 훈장이 들어선다. 문인화를 내려다보고는 진하에게 묻는다.

"거문고를 탐한 것이냐, 정인을 탐한 것이냐?"

문득, 아버지도 청년 시절에 거문고를 갖고 싶어 했다는 말을 들은 기억이 난다.

"거문고요."

아버지 마음을 헤려 '거문고'라고 대답하나, 그건 사실이 아니다. 요즘 아버지는 나라 걱정에 골몰하고, 어머니는 아들 장가보내는 일에 몰두하지만, 진하 마음은 온통 미유키 생각으로 꽉차 있다. 아버지가 돌아선다.

"따라오니라."

진하는 아버지를 따라 훈장 방으로 들어간다. 아버지가 앉는 것을 보고, 진하는 맞은편에 무릎을 꿇고 앉는다. 아버지는 편히 앉으라는 말도 하지 않고, 굳은 표정으로 묻는다.

"지금이 으짠 시절이냐?"

이건 물음이 아니라 추궁이다. 대답이 없자 서 훈장이 잇는다.

"집에 오는 길에 눈으로 보고 귀로 들었니라. 왜놈 발동선이 아주 빠르고 시끄럽더라."

"…."

"너는 느끼는 것도 없냐?"

진하는 고개를 떨어트린다. 서 훈장은, 비상한 시기에 한가롭게 서정시를 읽고 문인화를 그린 아들 진하가 마뜩잖지만, 굳이 나무랄 일이 아니라고 느낀다. 그럴 나이가 아닌가? 아내를 만나기 위해 맹선항에서 보길도 중리까지 뻔질나게 노를 저어 갔던 총각 시절이 언뜻 스쳐 간다. 서 훈장은 스스로 마음을 누그러뜨린다.

"나가거라."

진하는 방을 나온다. 진하는 아버지가 시라이 상과 신뢰하는 사이여서, 아버지에게 미유키 이야기를 말씀드릴까 생각해본 적도 있다. 그러나 일본 어민의 발동선을 보고 와서 아버지가 드러낸 감정으로 미루어, 아버지에게 미유키 문제를 꺼냈다가는 모든 일이 허사가 될 것 같다. 아버지가 한 번 안 된다고 할 경우, 그 뒷일은 상상하기조차 싫다. 종구 할아버지는 통뼈였다지만, 아버지 서 훈장은 버들가지처럼 유연하다가도 한번 부렸다, 하면 아무도 꺾지 못하는 통고집이다.

아버지 승낙을 얻기 어렵다면, 어떻게 해야 할까? 진하가 내린 결론은 말로 하자면 간단하다. 망측한 일이지만, 초야를 앞당겨 치러야 할 것 같다. 그 일을 저지르고 나서 그런 사실을 어머니에게 말하면 집안에서 한바탕 회오리바람이 일겠지만, 매듭이 풀릴 것이다.

진하는 바다로 간다. 일을 저지르기 위해서다. 그러나 바다에 미유키는 없다. 다음 날도 바다로 가지만, 미유키는 보이지 않는다. 그다음 날도 마찬가지다.

바닷가에 갔다가 나흘째 허탕을 치고 돌아오는데, 오후에 같은 마을 강창혁이 서당에 들러 이런 말 저런 말을 늘어놓더니 열불이

나는 소리를 보탠다. 며칠 전에도 일본 기사가 시라이 상의 집에 다녀갔는데, 시라이 상이 그 기사한테 미유키를 시집보내기로 마음을 굳혔다는 것이다.

그래? 바다로 나오지 않는 걸 보면, 미유키 마음도 그쪽으로 돌아선 것인가? 진하 생각으로는 미유키가 너무 쉽게 그에게 왔기에, 너무 쉽게 달아날 것만 같다.

진하는 이튿날 서당의 소년 반 수업이 끝나기를 기다린다. 서훈장은 미유키의 남동생 정선을 애지중지한다. 정선이 착하고 영민하며 예의 바르다는 것이다. 진하의 어머니도 정선을 아낀다. 남의 나라에서 어미도 없이 자라는 정선이 가엾다는 것이다. 진하에게는 훌륭한 전령이어서 더 이상 고마울 수가 없다. 드디어 정선이 서당에서 나온다.

"아야, 정선아, 집에 가서 누나더러 당장 바닷가로 오라고 전해줘."

정선은 고개를 끄덕이고 나서 마당을 달려 나간다. 진하도 집을 나선다. 긴 돌담길 골목을 걸어가는데 정선이 골목을 거슬러 올라온다.

"부모님 승낙을 받았는지 물어보라든데요."

"그건 아닌디…."

"그렇다면, 누나는 진하 성님을 안 만나겠답디다. 부모님 승낙을 받아 오랍디다."

"부모님 승낙과 상관없이… 내가 누나한테 할 말이 있어. 가서 빨리 바다로 오라고 해줘."

정선의 대답을 듣지도 않고, 진하는 빠른 걸음으로 바닷가로 간다. 바위에 서서 미유키를 기다린다.

바다에 윤슬이 눈부시다. 그 한가운데에 미유키가 떠 있다. 진하를 보고 싱긋 웃는다. 진하는 옷을 벗고 나서 물옷을 입을까 하다가 그만둔다. 어차피 물에 들어가면 벗어야 하는데, 물속에서는 옷 벗기가 거추장스러울 것 같다. 진하는 바위에서 맨몸으로 바다로 뛰어든다. 헤엄쳐 미유키에게로 다가간다. 미유키가 바닷속 깊이 헤엄쳐 달아난다. 진하가 물속을 꿰어 쫓아간다. 가까이 다가가서 보니 미유키도 맨몸이다. 미유키가 헤엄을 멈추고 물속에서 돌아선다. 아, 아름답다. 치자꽃보다 아름답다. 저 아름다운 꽃을 꺾어야 하는가? 자신이 야만스럽게 느껴진다. 진하는 덤빌 생각을 접는다. 미유키가 등 헤엄을 치는가 하더니, 물 위로 솟구쳐 오른다. 숨이 찼을 것이다. 숨이 차기는 진하도 마찬가지다. 진하도 솟구쳐 오른다. 그러나 바다에 미유키는 보이지 않는다. 바다는 텅 비었다. 물론 진하도 아까 그대로 바위 위에 우두커니 서 있다. 미유키를 기다리며 혼자서 상상의 세계를 헤엄친 것이다.

진하는 피식 웃는다. 아니, 나는 상상 속에서조차 미유키를 덥석 안지 못하는가? 진하는 절레절레 고개를 흔든다. 진하는 미유키가 오기만 하면 짜놓은 순서대로 차질 없이 착착 실행에 옮겨야 한다고 마음을 다진다. 우선 진하는 미유키가 오면 『시경』의 맨 처음에 나오는 「관저關雎」라는 시를 읊을 생각이다.

관관저구關關雎鳩   징경이 우는 소리
재하지주在河之洲   모래톱에서 들리네
요조숙녀窈窕淑女   정숙한 여자는
군자호구君子好逑   군자의 좋은 배필

관관關關이란 관계할 관關 자, 두 자를 붙여놓은 것으로, 징경이 암수가 은밀하게 어울릴 때 내는 오묘한 소리의 의성어이기도 하다. 진하는 이 시를 읊은 뒤에, 왜 둘이서 징경이가 되어야 하는지 설명할 작정이다. 미유키가 오면 들려주기 위해 「관저」를 읊고 또 읊지만, 해가 꼴딱 산을 넘어가는데도 미유키는 모습을 드러내지 않는다.

이튿날 다시 정선이 서당을 나오자 진하가 말한다.

"누나한테 가서 말해. 누나가 올 때까지 나는 날마다 바닷가에 나가 누나를 기다릴 것이여."

그날도, 다음 날도, 진하는 바닷가로 가지만 미유키는 오지 않는다. 오기가 난다. 사흘째 되는 날에는 비가 쏟아지고 바람이 세차게 부는데도 진하는 바닷가로 간다. 바위 위에 서서 비바람을 맞으며 미유키를 기다린다. 거친 파도가 쉬지 않고 밀려와 바위를 친다. 저물녘에는 집채만큼 큰 너울이 떼 지어 밀려온다. 우우웅 우우웅, 바다귀신 우는 소리가 난다. 바위가 아니라 섬이 통째로 쪼개질 것만 같다. 진하의 옷은 비에 흠뻑 젖어 몸에 찰싹 달라붙었다. 진하는 꼿꼿이 서서 이를 악물고 버틴다. 어두워져도 미유키는 나타나지 않는다.

진하는 결단을 내린다. 미유키의 집으로 가서 담판을 내야 해. 무례하고 말고를 따질 때가 아니야. 진하는 걸음을 재촉한다. 정선을 불러내야 하나, 미유키를 불러내야 하나? 변죽을 건드릴 이유가 없지. 정곡을 쳐야 해. 진하는 사립을 열고 들어가 큰 소리로 외친다.

"시라이 상, 계시오?"

반응이 없다. 고개를 쳐들고 더 크게 외친다.

"시라이 상, 계시냐고요?"

시라이 상이 문을 열고 나온다.

"드릴 말씀이 있어서 왔구먼이라우."

시라이 상은 온몸에서 빗물이 뚝뚝 떨어지는 진하를 훑어보고는 아무 대꾸 없이 돌아선다. 다행히 문을 닫지는 않는다. 진하가 뒤따른다. 시라이 상은 안방으로 들어간다. 진하도 따라 들어간다. 시라이 상이 수건을 건넨다. 진하는 주먹손으로 수건을 쥐고 얼굴을 쓱 훔친다. 시라이 상이 붉은 비단 방석 두 개를 깔아놓고는, 진하에게 앉으라고 권하고 자신도 방석에 앉는다. 진하는 서 있다가, 시라이 상이 방석에 앉자, 정중하게 큰절을 올린다. 시라이 상이 서둘러 반절로 답한다. 진하는 방석에 앉지 않고 방바닥에 꿇어앉는다. 진하 몸에서 흘러내린 물이 다다미를 적신다.

"따님하고 결혼해야겠습니다."

"…."

"허락해주셔야겠습니다."

시라이 상은 지그시 눈을 감더니 말없이 상체를 좌우로 천천히 흔든다. 진하도 눈을 감은 채 상체를 좌우로 흔든다. 한참 뒤에야 시라이 상이 눈을 뜨고 상체 흔들기를 멈춘다. 눈을 감은 진하는 계속 몸을 흔든다.

"미유키하고 진하 상하고는 다른 것이 너무 많아요."

진하는 시라이 상의 말소리를 듣고서야 눈을 뜨고, 상체 흔들기를 멈춘다. 시라이 상이 잇는다.

"나라도 다르고, 말도 다르고, 살아온 과정도 다르고…. 한 달쯤 만나지 말고, 깊이 생각을 해보는 것이…."

시라이 상이 아직 말을 마치지 않았는데, 미유키가 방으로 들어온다. 진하를 보더니 흠칫 놀란다.

"아니, 비를 쫄딱 맞았구먼이라우?"

미유키가 아버지 시라이 상 앞에 무릎을 꿇고 앉더니, 일본 말로 말한다. 진하는 무슨 말인지 알아들을 수 없으나, 말투가 단호하다. 오또상. 어머니는 세상에서 제일 예쁜 여자였으나, 너무 가냘팠어요. 늦둥이로 마사요시를 낳고 나서 한 달이 지나지 않아 돌아가셨어요. 그 뒤로 오또상은 저를 건강한 아이로 키우기 위해 애쓰셨어요. 저한테 검도를 가르치시고, 바닷가 짝지를 달리게 하시고, 일찍부터 수영을 익히게 하셨어요. 그 덕에 저는 이렇게 건강하게 자랐어요. 오또상은 지난번 제 생일날 저에게 말씀하셨어요. 저의 행복이 바로 아버지의 행복이라고요. 저는 진하 상하고 결혼하고 싶어요. 진하 상하고 결혼하면 제가 행복할 것 같아요. 제가 행복할 수 있게 아버지께서 도와주세요. 결혼을 허락하시기만 하면 돼요. 오또상, 몇 번이나 말씀드리지만, 제 결혼 문제는 제가 스스로 결정할 것이어요. 결혼이란 제가 남편을 택하는 일이지, 오또상이 사위를 고르는 일이 아니잖아요? 미유키가 아버지 시라이 상에게 한 말이다. 시라이 상은 대답이 없다. 미유키가 진하에게 고개를 돌려 따진다.

"아부지한테 방금 말씀드렸는디, 내 결혼 문제는 아부지 뜻을 참고는 하되, 내가 결정할 것이어라우. 그런디, 진하 상은 왜 우리 문제를 우리 아부지한테 말씀드리는 것이오?"

진하는 말문이 막힌다. 미유키가 묻는다.

"부모님 승낙은 받아 왔소?"

진하가 받아친다.

"이녁은 방금 결혼 문제는 아부지 뜻을 참고는 하되, 이녁이 결정하겠다고 했음시로, 왜 나보고는 부모 승낙을 받아 오라고 하요?"

"…"

"아부지한테 말씀드려봤자 이녁 아부지와 똑같은 말씀을 하실 것이 뻔하요. 어른 앞에서 다투지 말고, 우리끼리 이야기합시다. 나한테 좋은 생각이 있어라우. 오늘은 이미 늦었고… 내일 점심 먹고 바닷가로 오시오, 잉."

더는 보탤 말이 없다. 진하는 시라이 상에게 큰절을 올린다. 시라이 상은 절도 받지 않고, 우두커니 앉아 있다. 진하는 미유키한테 눈길 한번 주지 않고 벌떡 일어서더니 방을 나온다.

이튿날 진하는 바닷가로 간다. 다행히 비나 바람은 그쳤으나 파도는 여전히 거칠다. 보길도의 광대봉 너머로 해가 질 때까지도 미유키는 오지 않는다. 이튿날 서당에 온 정선에게 물으니, 아버지가 누나의 외출을 금했다고 한다.

상괭이

여름이라고는 하지만 견디기 어려울 만큼 무덥다. 진하에게는 더욱 그렇다. 미유키 문제에 진척이 없어 속이 탄다. 안절부절못하고 있는데, 비자리의 홍창식이 진하를 찾아온다. 맹선항에서 배를 타고 해남에 갈 것이라고 한다. 며칠 뒤에 노을이 아들의 백일잔치가 있다는 것이다.

"니가 전에 말하지 않았냐? 초년 복, 중년 복, 말년 복이 따로 있다고. 그 말이 맞았다. 노을이가 초년고생을 끝낸 것 같다."

"다행이구나. 참 잘됐다."

"노을이가 아들을 낳은께, 노을이 시댁에서 노을이는 물론이고, 노을이 딸도 아들도 다 호적에 올렸다더라. 남편이 경성에서 신여성하고 함께 살기는 하지만, 그쪽 아들까지도 노을이 밑으로 호적에 실었다는 것이다. 이제 문제가 다 풀린 것 같다."

남편이 딴살림을 차려 부부가 따로 사는데, 문제가 풀린 걸까? 하기야 그런 부부들이 있긴 하지. 말도 안 되는 일이지만, 그런 처지에 놓여도 불평 한마디 하지 않는 것을 부덕婦德으로 치기도 하고…. 그러나 진하는 아무 대꾸도 하지 않는다. 창식이 잇는다.

"내 매제는 의숙을 마치고 전수학교에 댕긴다는디, 법률을 공부한다더라. 학교 마치면 법관이 되거나 관리가 되지 않겠냐?"

법관이나 관리가 될 것이라고? 진하에게는 멀고 먼 딴 나라 이야기처럼 들린다. 창식이 말머리를 돌린다.

"그런디, 너는 언제 장가가냐?"

진하는 장난기를 부린다.

"곧."

"…."

"상견례를 치른 처자가 있다. 며칠 전에는 그 댁 어른도 뵈었다."

창식이 눈을 치켜뜬다.

"상견례를 했다고? 신부 될 처자의 얼굴을 봤단 말이냐?"

"맞다. 세상이 바뀌지 않았냐?"

"그래? 이쁘더냐?"

"겁나게 이쁘다. 얼굴도 이쁘지만, 똑똑하고, 많이 알고…."

"그래? 소문도 없이…. 으디 사는 처자냐?"

"쪼깐 두고 봐라. 곧 알게 될 것이다."

진하는 창식이 약혼하고도 혼례를 치르지 못하는 걸 안다.

"넌 언제 식을 올리냐?"

"약혼녀 언니가 미혼이어서… 곧 순서가 올 것 같다."

"야, 우리 내기하자. 내가 먼저 장가들면 니가 나한테 큰 호박을 한 덩이 주고, 니가 먼저 장가들면 내가 너한테 대짜 민어 한 마리를 주기다."

처서가 며칠 지나서다. 그때쯤이면 더위가 꺾이는데, 해님이 몽니를 부리는지 아침인데도 날이 덥다. 정선이가 서당으로 들어가기 전에 진하의 작은방을 빼쭉 열고 씩 웃는다.

"성님, 이따 점심 먹고 바다에 가보시오."

"아부지께서 누나한테 외출하지 못하게 한담시로?"

"뚫고 나가겄답디다."

정선은 방문을 툭 닫고 서당으로 내뺀다. 진하는 먹는 둥 마는 둥 점심을 때우고 물옷을 챙긴다. 드디어 징경이가 될 기회가 온 것이다.

진하는 바다로 간다. 미유키가 바다에 둥둥 떠 있다. 진하를 보더니 싱긋 웃고는 자맥질한다. 물속에 들어가 바위에서 전복을 찾을 것이다. 진하가 소안영에 붙들려 가자 식음을 전폐하고 누운 어머니를 위해 미유키가 전복을 따준 일이 생각난다. 그런 마음가짐이면 됐어요. 앞으로 나하고 같이 살더라도 나를 위해서가 아니라, 우리 어머니 아버지를 위해 전복을 따줘요. 나는 나한테 잘하기보다 내 부모 잘 모시는 여자를 원해요. 며느리가 시부모한테 효도하는 집치고 행복하지 않은 가정을 나는 본 적이 없어요.

진하는 미유키가 전에 준 물옷으로 갈아입고 바다로 뛰어든다. 깊은 물속에서 눈이 마주치자, 미유키가 싱긋 웃는다. 요정처럼 아름답다. 그러나 감탄도 한순간이다. 전복을 딴 미유키가 물 위로 솟구친다. 아직 빈손이지만 진하도 솟구친다. 미유키가 전복을 헐망에 넣더니 다시 돌아선다. 그러나 진하에게 다가오지 않고 물에 잠긴 바위 위에 올라선다. 발돋움하고 서 있을 때는 바닷물이 미유키의 목 부근에서 찰랑거리다가, 뒤꿈치를 내리면 입까지 물에 잠긴다. 왜 바다에 뛰어들지 않는 걸까? 내 눈빛에서 이상한 낌새를 알아챈 것일까? 진하가 헤엄쳐 다가가자 미유키가 손을 내젓는다.

"그만 오시오. 더 이상 다가오지 마시오, 잉."

진하는 미유키 앞에 선다.

"아부지께서 외출을 금했다든디…"

"내 문제는 내 뜻대로 한다는 것을 분명히 해둘라고 빠져나왔어라우."

미유키의 어깨 너머에서 물옷 끈이 물결에 나풀거린다. 미유키가 이리 오라고 손짓하는 것 같다. 진하가 불쑥 다가가 미유키를 와락 껴안는다. 쿵쿵 심장이 뛴다. 진하는 미유키 입술 위에 입술을 포갠다. 미유키가 입을 꾹 다물고 있더니 이윽고 입을 연다. 파도가 밀려와 부서진다. 두 사람 입 안에서 짜고도 따스한 사랑이 얽힌다.

"우리가 부모 허락을 받아낼라면 일을 저질러야 해요."

고상하게 「관저」라는 시를 말해야 하는데, 진하는 엉뚱한 말을 내뱉고 만다. 진하가 왼팔로 미유키를 안은 채 오른손으로 물옷 끈을 풀려 한다.

"진하 상, 손을 멈추시오."

목소리는 낮은데 거역할 수 없는 힘이 실려 있다. 진하는 손놀림을 그친다.

"내 허리 두르고 있는 팔도 이제 푸시오."

진하는 미유키가 하라는 대로 한다. 미유키가 정색한다.

"우리, 마주 보고 이야기나 하자고요."

진하 생각은 다르다. 둘이서 결혼하려면 징경이가 되어야 한다. 다시 이야기를 풀어가기 위해 진하가 묻는다.

"징경이가 뭣인지 아시오?"

미유키가 고개를 흔든다. 「관저」라는 시를 말해야 하는데, 미유키가 징경이를 모른다면 이야기가 꼬일 수밖에 없다. 진하는 그만 아까 한 말을 되풀이한다.

"우리가 부모 허락을 받아낼라면 일을 저질러야 한당께요."

미유키가 피식 웃고는 대꾸한다.

"뭔 말인지 나도 안당께요."

미유키가 잇는다.

"그래도… 서두르지 마시써요. 알겠소?"

"…."

"왜 대답이 없소? 알았냐고라우."

"알았소."

"서두르지 않겠다고 언약하시오."

눈살 하나 찌푸리지 않고 조용조용 말하지만, 진하는 토 하나 달 수가 없다.

"알았소. 서두르지 않겠소."

미유키가 말머리를 돌려 불쑥 묻는다.

"진하 상. 등대가 뭣인지 아시오?"

등대라니? 난생처음 듣는 말이다. 조선 말에 등대라는 말은 없다.

"등대가 뭣이라요?"

"전기가 뭣인지는 아시오?"

"전기? 그런 말도 처음 듣는디…."

"두 가지 다, 본 적도 없고 들은 적도 없을 것이요. 항문도에 등대라는 것이 들어서요. 전기로 불을 켜서 빛을 비추면, 100리 떨어진 바다에서도 불빛이 보여라우."

진하로서는 무슨 말인지 알 수 없다. 미유키가 등대에 관해 자세히 설명한다. 진하는 좌지도 산 위에 일본인들이 큰 등을 단다는 정도로만 이해한다. 발전기로 전기라는 것을 만들어 빛을 낸다는 말은 도무지 무슨 말인지 감도 잡을 수 없다. 어쨌든, 듣고 보니 등대는 어민들에게 좋은 길잡이가 될 것 같다. 그러나 그게 아니다. 미유키가 묻는다.

"소안도 사람들은 주로 어디서 고기를 잡으요?"

"주로 마을 앞바다에서 잡지라우. 때로는 좌지도 앞으로도 가고…. 큰 고기를 잡으러 추자도 근처까지도 가요."

미유키가 고개를 흔든다.

"예작도 앞에 있는 그 섬은 이름이 항문도港門島여요. 그 섬이 맹선항 입구에 있은께요."

이번에는 진하가 고개를 흔든다.

"좌지도를 항문도라고 하지 말아요. 항문도라는 말은 어감이 이상한께요."

미유키는 항문도라는 이름이 왜 어감이 이상한지 잘 안다. 항문港門과 항문肛門은 조선말로 발음이 같다. 그런데 사실은 일본 말로도 발음이 같다. 둘 다 '고몬'이다. 그렇다면 일본 당국이 애초에 다른 이름을 붙였어야 한다.

"일본 사람이 붙인 그 섬 이름이 좋은 이름은 아니어라우. 그래도 여그 사람들이 부르는 그 섬 이름보다는 나아요. 어쨌든, 난 항문도라고 할 것이어요. 그건 그렇고… 소안도나 보길도, 노화도 어민을 위해서라면, 등대를 항문도 바깥쪽이 아니라 안쪽에, 이쪽에 세워야 할 것 아니어요?"

"그러겠지라우."

"그런데 바깥쪽으로, 추자도 쪽으로 세워라우."

"아니, 으째서 그런다요?"

"항문도 바깥쪽에 세우는 등대는 주로 부산이나 여수, 제주 등지에서 목포나 군산으로 가는 배에 도움이 되지 않겠어요? 항문도 등대는 여그 어민을 위해 세우는 것이 아니라, 큰 바다를 오가는 일본 화물선이나 군함을 위해 세우는 것이어라우."

진하는 함께 징경이가 되어야 한다는 생각을 까맣게 잊은 사실을 알지 못한다. 그러나 자신이 미유키의 말을 알아듣는 척하지만, 반도 알아듣지 못한다는 사실은 안다. 미유키 말을 열심히 들어야 한다.

"진하 상, 내 인생에 불쑥 끼어든 그 구레나룻 청년이 무슨 일을 하는 사람인지 아시오?"

"기사라든디요."

"맞아요. 그 등대를 설계한 건축 기사여라우."

미유키가 말을 잇는다.

"진하 상은 그 기사가 나를 가로챌까 두려워 말고, 등대를 두려워해야 해라우."

미유키가 설명을 보태려 하나 진하가 끊는다. 정말로 알고 싶은 것이 있다.

"이녁은 아는 것이 많은디, 왜 나처럼 무식한 사람을 받아들인 것이오?"

엉뚱한 질문에 미유키가 빙긋 웃는다. 진하가 다시 묻는다.

"그 구레나룻 기사는 엄청 많이 아는 사람일 것인디, 왜 그런 사람을 마다하는 것이오?"

미유키의 생각은 다르다. 진하가 무식하고 미유키가 유식한 것이 아니다. 미유키가 현실적인 일에 관하여 들은 바가 있다면, 진하는 공자, 맹자에 대해 무척 많이 공부했다. 문제는, 나라가 백성들 먹고사는 일에 관심을 쏟아야 하는데, 조선은 나라 전체가 아직도 공자, 맹자한테 묶여 있다는 사실이다. 그러나 그런 이야기까지 할 수는 없다. 미유키가 말한다.

"그리워할라면… 보고 싶어 할라면… 사랑할라면… 꼭 이유가 있어야 한다요? 그런 것이 아니라는 걸 깨달았어라우. 사랑이라는 감정은 하늘이 주는 것이지, 사람이 지 마음대로 만드는 것이 아니어라우."

진하의 마음 깊은 곳에서 저절로 말이 솟구쳐 나온다.

"내 마음이 깨끗하면, 내가 하늘이 되고, 하늘이 내가 되어라우. 미유키 상에 대한 나의 사랑은 하늘이 준 것이자, 내가 터득한 천도이기도 하지라우. 내 생명이 끝나는 날까지 마음을 다해 이녁을 사랑하겠구만이라우."

뜻밖에도 울컥 눈물이 치솟더니, 얼굴로 흘러내린다. 처음 겪는 일이다. 미유키가 다가와 손으로 눈물을 훔쳐준다. 이쯤에서 「관저」라는 시를 읊어야 하는데, 글자 한 자도 떠오르지 않는다. 미유키가 진하를 빤히 쳐다보며 역정을 낸다.

"진하 상, 그런디, 나를 왜 '이녁'이라고 부르요?"

"가까운 사람인께요."

"여그 사람들은 이웃 사람한테도 '이녁'이라고 하든디요?"

진하는 머뭇거리다가 말한다.

"이녁한테 조선 이름을 지어줄라고 해라우."

"생각해둔 이름이 있소?"

"있지라우. 아름다울 미美에 구슬 옥玉, 미옥. 미유키는 아름다운 옥이어요. 성명은 백정白井 미옥美玉."

"조센 사람은 성이 한 글자, 아니어요?"

"미옥이 성을 한 글자로 줄일 수는 없어라우. 성은 바꾸는 것이 아닌께요."

"그 이름, 내 마음에 들어요. 내 이름은 미옥이어라우. 성명은 백정, 미, 옥."

오늘은 꼭 함께 징경이가 되어야 하는디… 물옷만 입은 미유키가 코앞에 있는디…. 그러나 몸은 이미 굳을 대로 굳었다. 몸만이 아니라 마음도 그렇다. 미옥이한테는 함부로 대하기 어렵게 하는 어떤 힘이 있다. 진하는 힘이라면 누구한테도 밀리지 않을 자신이 있지만, 미옥이가 가진 힘은 그런 힘과는 전혀 다른 힘이다. 미옥은 마음은 열어두지만, 어떤 선을 넘어설 수 없게 한다. 진하는 그런 힘을 지닌 미옥이를 사랑할 뿐만 아니라 존경하고 있음을 스스로 깨닫는다. 그래. 미옥이가 사랑스러우면서도 존경할 만한 처자라면, 나는 바라던 처자를 만난 것이여.

진하는 그날 밤에 잠을 설친다. 미옥이가 내 사람이라는, 사랑스럽고도 존경스러운 내 사람이라는 사실 때문에 가슴이 벅차다. 그러나 새벽이 되자, 생각이 달라진다. 자기에게 덤벼들 생각을 잊도록 미옥이가 불쑥 등대 이야기를 꺼낸 건데, 감쪽같이 속았다는 생각도 든다. 미옥이가 다가와 손으로 눈물을 훔쳐주기도 했는데, 목석같이 가만히 있었던 자신이 등신같이 느껴진다.

물론 미옥이와 입을 맞춘 것만 하더라도 엄청난 사건이다. 그러나 발동선을 보고 나서 보인 아버지의 반응으로 보아, 그 정도로는 어림없을 것 같다. 서두르지 말라는 미옥이의 말에 내가 돌부처가 되고 말았어. 진하는 더 이상 그런 실수를 되풀이하지 않아야 한다고 다짐한다.

진하는 정선이라는 전령을 통해, 이제 미옥이가 된 미유키를 바다로 불러낸다. 미옥이를 사랑하면서 아울러 존경하는 것도 좋지만, 미옥이와 결혼하기 위해서는 반드시 저질러야 할 일이 있다.

진하는 바다로 간다. 이미 미옥이가 바다에 와 있다. 그런데 미옥이가 왠지 낯설어 보인다. 미옥이가 검정 물옷을 입고 있다. 눈이 마주치자, 미옥이가 손가락으로 바위 위를 가리킨다. 바위에 진하의 검정 물옷이 놓여 있다. 이전 물옷과 마찬가지로 삼베로 지었으나, 검게 물들인 것이다. 누런 색깔일 때는 옷을 입지 않은 것처럼 보이기도 했는데, 검은 물옷을 입으면 발가벗지 않았다는

걸 누구나 쉽게 알아볼 것이다. 입어보니 이전 물옷과 달리 넉넉
하다.

진하는 바위에서 바다로 뛰어든다. 미옥에게 가까이 다가간다.
미옥이가 고갯짓으로 앞을 가리킨다. 쇠돌고랫과에 속하는 검정
상괭이 두 마리가 앞뒤로 줄을 지어 헤엄쳐간다. 암컷이 앞서고
수컷이 뒤따를 것이다. 미옥이가 솟았다 잠겼다, 하는 상괭이 흉
내를 내며 상괭이를 따라간다. 진하도 미옥이를 뒤쫓아 상괭이 헤
엄으로 바다를 헤친다. 그렇다고 한없이 상괭이를 따라갈 수는 없
다. 그만 가자고 소리치려는데, 미옥이가 상괭이 헤엄을 멈추고
돌아본다. 진하가 미옥에게 다가가는데, 미옥이가 당황한 표정을
지으며 턱으로 바닷가를 가리킨다. 누군가가 이마에 손으로 차양
을 치고 두 사람을 바라보고 있다. 미옥이는 그이가 아버지의 친
구라고 말한다.

"진하 상, 날 따라오지 마시오, 잉."

미옥이가 헤엄쳐 돌아가기 시작한다. 진하는 좋지 않은 소문으
로부터 미옥이를 지켜주고 싶다. 진하는 미옥이를 따르지 않고,
등 헤엄으로 바다에 누워 하늘을 본다. 뭉게구름 사이로 파란 구
멍이 나 있다. 진하 마음도 뻥 뚫린 것만 같다. 징경이가 되기 위해
바다로 왔는데, 엉뚱하게 상괭이가 된 것으로 끝나다니 어이가 없
다. 진하는 손바닥으로 애꿎은 바다만 내려친다.

우려한 대로 짝지에 소문이 퍼진다. 그런데 그 소문은 두 사람에

게 뜻밖의 결과를 안긴다. 시라이 상이 딸을 꺾으려는 고집을 포기하기에 이르고, 뻔질나게 미옥의 집을 들락거리던 그 눈엣가시 같던 구레나룻 기사도 발길을 뚝 끊더니 일본으로 돌아가고 만다.

이제 미옥의 아버지를 설득하는 일은 사실상 끝나고, 진하가 부모 승낙을 받아내는 일만 남은 셈이다. 그러자면 진하로서는 하루속히 징경이가 되어야 한다. 사랑하면서도 존경하는 미옥이와 부부가 되기 위해 꼭 풀어야 할 과제다. 미옥이도 그걸 안다니까, 기회는 곧 올 것이다.

꿀밤

백로 날이 온다. 이후로는 날씨가 이슬점 아래로 떨어져 풀잎에 영롱한 이슬이 맺힌다. 진하는 자기와 미옥이 사이에도 이제 이슬이 맺힐 때가 되었다고 느낀다. 바로 그럴 날이 눈앞에 온 것도 같다. 그래서 가슴이 설레다가도 아버지가 막무가내로 반대할지 몰라서 더럭 겁이 난다.

이준화는 진하가 미옥이를 좋아하는 것을 알면서도 늘 발을 걸었다. 진하는 이준화로부터 미옥이를 사랑해도 좋다는 말을 듣고 싶다. 이쯤에서 이준화가 생각을 바꾼다면, 부모를 설득하는 데 도움을 줄 수 있을 것이다. 그러나 진하는 요 며칠 동안 이준화를 볼 수가 없다.

진하는 기다리지 못해 비자리로 간다. 이준화의 집은 텅 비어 있다. 아궁이를 살폈으나 불씨는 꺼지고 바닥에서 오래된 재만 흩날린다. 여러 군데 수소문해보아도 이준화의 행방을 아는 이가 없다. 혹시 몰라 같은 마을 홍창식을 찾아가 물어보지만, 고개를 흔든다. 어디로 갔을까? 혹시 경찰에 잡혀간 건 아닐까?

이준화는 그때 좌지도에 가 있었다. 그 섬에 곽암을 여러 개 가지고 있다는 친구가 비자리 이준화의 집으로 찾아와 끌다시피 하여 데려갔다. 일이 있다고 했다. 곽암에서 미역을 따는 일이 아니었다. 좌지도에 등대 세우는 공사가 시작되어, 이준화는 좌지도 친구와 함께 공사판의 잡부가 되었다.

목포에서 왔다는 십장이 일꾼들을 앞에 두고 등대에 대해 장황하게 설명했다. 이준화는 처음 듣는 말이라서 잘 알아들을 수 없었다. 하라는 일만 열심히 하면 되니까 자세히 알 필요도 없었다. 이준화는 곧 바닷가에 배를 대는 선착장을 만드는 일에 투입되었다.

십장은 이준화가 작업하는 것을 보더니, 등대 공사가 끝날 때까지 함께 일하자고 했다. 힘이 장사인데다 워낙 성실하고, 더구나 인부들을 휘어잡고 일을 이끌기 때문에 십장의 눈에 들 수밖에 없었다. 선착장 일을 끝내면 선착장에서 등대로 가는 길을 내고, 등대를 빙 둘러 축대를 쌓고, 그 위에 담을 두르는 작업을 할 것이라고 했다.

열흘쯤 지나자 좌지도 친구는 일이 힘겹다며 나가떨어졌다. 힘든 건 사실이었다. 그 대신에 품삯은 후했다. 준화는 한 달 일을 하고 나서 10원이 조금 넘는 돈을 손에 쥐었다. 웬만한 곽암 두어 개는 너끈히 살 수 있는 돈이었다.

품삯을 받은 날 저녁이다. 인부들이 추렴해서 십장과 함께 현장

막사에서 돼지고기를 안주 삼아 막걸리를 마신 뒤에 일어서려는데, 십장이 이준화를 붙든다.

"자네는 취하지 않은 것 같은디, 나하고 한잔 더 하세."

"돼지고기가 다 떨어졌는디요."

"이 사람아, 김치가 있잖은가?"

김치 안주에 막걸리를 더 마시려는 것을 알고, 다른 인부들은 슬슬 꽁무니를 뺀다. 단둘이 되자 십장이 준화 잔에 술을 따른다.

"품삯을 많이 받은께 기분이 좋은가?"

"이런 목돈은 난생처음이어라우."

"자네한테는 몇 푼 더 얹으라고 했네. 다른 사람보다 더 열심히 일을 했잖은가?"

술이 몇 순배 더 돌자 십장이 말한다.

"전에 우리 관청 일을 할 때는 품삯을 받아도 반의반은 남의 돈이었네. 이놈한테 뺏기고 저놈한테 뜯기고⋯. 근디, 여그서는 뺏어가는 놈도 없고 뜯길 데도 없으니 을마나 좋은가?"

십장은 '을마나'에 힘을 싣는다. 묘한 감정이 숨어 있는 것 같다. 왜일까? 의문은 곧 풀린다.

"돈을 제대로 받으니까 좋기는 한디⋯ 왜놈한테서 받는 것이라서 꼭 송충이 씹는 맛이네."

이준화는 드러내지 않으나 내심 화들짝 놀란다. 아, 나도 왜놈한테 돈을 받았는디 품삯이 많다고 좋아했구나. 이준화는 알고 싶은 것이 있다.

"근디, 왜 내 나라에 등대를 세우는디, 왜놈이 품삯을 준다요?"

"왜놈이 주지만, 조선 정부가 내는 돈이네."

"뭔 말씀이요?"

자세한 내용을 알고 싶은데, 십장이 잔을 내밀며 역정을 낸다.

"이 사람아, 잔이 비었어. 술 안 따르고 뭐 해?"

술을 마시고 나서 십장이 묻는다.

"여그 등대가 누구를 위한 것인지 알아?"

십장이 스스로 답한다.

"왜놈들을 위한 등대여. 일본에서 군인이나 무기를 싣고 인천이 나 진남포로 갈 군함이나, 목포나 군산에서 곡물을 싣고 일본으로 갈 화물선을 위한 등대란 말이여."

"…"

"나는 그 왜놈들을 위해 열심히 십장질을 하고 있고… 자네는 인부 놈들 가운데서 질 열심히 나를 돕고 있고, 말이여."

그러니까 등대는 일본이 우리 곡물이나 광물을 일본으로 빼가 고, 궁극적으로는 군대를 실어와 조선을 지배하기 위해서 세우는 수탈과 침략의 도구란 말인가? 오메, 그럼 내가 뭔 짓거리를 한 것 이여? 내가 부왜를 한 것이 아니겠어? 동진 마을 김양목 훈장께서 첫 번째로 당부한 것이 부왜해서는 안 된다는 것이었는디, 다른 사람도 아닌 내가 부왜를 하다니…. 머리가 핑 도는데 십장이 벌떡 일어선다.

"술도 떨어졌고⋯ 이제 숙소로 들어가세. 내일 또 일해야 한께, 잉."

소설이 지나서야 이준화가 진하 앞에 나타난다. 얼굴이 검게 타서 그런지 무척 강건해 보인다. 둘은 초저녁에 맹선항 선창으로 간다. 이준화가 털썩 바닥에 주저앉는다. 진하도 마주 보고 앉는다.

"얼마 만이요?"

"두 달 반이 조금 넘었네."

"으디 갔다 왔소?"

"좌지도에 가서 돈 벌어 왔네."

"친구가 미역바우를 줍디까?"

"미역바우는 구경도 못 했네. 왜놈들이 등대라는 것을 세움시로 잡부를 구한다길래, 가서 날품을 팔고 왔네."

"거그서 뭔 일을 했소?"

"선착장 만들고, 길 내고, 축대 쌓고, 담 두르고, 때때로 짐도 나르고⋯."

"등대 세우는 일은 누가 하고요?"

"등대 세우고 건물 짓는 일은 목포 인부들이 와서 했네. 감독은 왜놈들이 하고⋯."

이준화가 말머리를 돌린다.

"나는 등대가 들어서면, 소안도 사람들한테 이롭겠다, 생각했는디…."

"그것이 아니드라, 그 말이요?"

"공사판 십장이 그러는디, 좌지도 등대는 왜놈 군함이나 화물선을 위한 것이라고 하대."

나도 같은 말을 미옥이한테 들었소. 그러나 진하는 입을 열지 않는다. 미옥이 이야기는 분위기를 더 살핀 뒤에 해야 한다. 이준화가 말을 잇는다.

"그런디, 똑같은 말을 시라이 상한테도 들었네."

그건 뜻밖이다.

"아니, 시라이 상을 으찌께 만났소?"

양력 10월 하순이었다. 기쿠지 츠네요시菊地常吉라는 일본인이 좌지도에 왔다. 등대장을 맡을 사람이라고 했다. 거의 같은 시간에 시라이 상이 발동선을 타고 좌지도로 건너왔다. 그들은 기계실 2층에 있는 사무실에서 서로 인사를 나누고 환담했다. 저물녘에 시라이 상은 배를 타고 맹선항으로 돌아갔다.

저녁을 먹고 나서 언덕에 앉아 먼바다를 바라보고 있는데, 십장이 이준화 곁으로 다가왔다. 이준화가 물었다.

"아까 왔다 간 왜놈이 시라이라는 놈이지라우?"

"그 사람을 으찌께 아는가?"

"맹선리 짝지에서 봤지라우. 처음에는 발동선만 봤고, 다음에는 짝지에 갔다가 그놈 얼굴도 봤고…."

"…."

"거그 사는 왜놈들 두목 같길래, 언젠가는 한번 뒈지게 패줄라고 작심하고 있구먼이요."

십장은 손을 내저었다.

"아녀, 그자는 괜찮은 사람이여. 뒈지게 패줄 놈은 기쿠지라는 등대장이여."

"그래요?"

"둘이서 말싸움하는 걸 들었네. 내 일본 말이 짧아 다 알아듣지는 못했네만, 시라이 상은 일본이 조선이나 청나라하고 공존공영해야 한다는 사람인디, 기쿠지라는 등대장 놈 생각은 전혀 달랐네. 그놈은 일본이 조선을 먹고, 만주도 먹고, 그다음에 청나라까지도 집어삼켜야 한다고 떠들었네."

"…."

"기쿠지라는 놈은 내가 듣고 있다는 사실도 아랑곳하지 않았네. 니깐 것, 들을 테면 듣거라, 들은들 그래 으짤 것이냐, 그런 투였어. 내 자존심이 이만저만 상한 것이 아니네."

시라이 상은 양력 11월 1일에도 좌지도에 왔다. 그날 기쿠지가 공식적으로 좌지도 등대장에 취임했다. 시라이 상은 소안도에 거주하는 일본인 이주민 대표로 취임식에 참석했다.

십장한테 전해 들었지만, 그날도 시라이 상은 등대장 기쿠지와 제법 큰 소리로 다투었다. 시라이 상이 기쿠지한테 조선 사람을 상대하려면 앞으로 조선말을 배우라고 하자, 기쿠지가 '조선 것들이 일본 말을 배우게 해야지 내가 왜 야만인들 말을 배우느냐'고 쏘아붙이며 시라이 상을 경멸하는 눈초리로 째려보아 말싸움이 붙었다는 것이다.

그 뒤로 스무 날쯤이 더 지나, 시라이 상이 다시 좌지도에 왔다. 시라이 상은 오후에는 맹선리 짝지로 돌아갈 것이었다. 마침 잡부들 할 일이 다 끝나 이준화 역시 소안도로 가야 했다. 좌지도 친구가 소안도에 데려다주겠다고 했지만, 이준화는 선착장으로 미리 내려가 시라이 상이 오기를 기다렸다. 오래잖아 시라이 상이 등대에서 내려와 배에 올랐다. 이준화가 다가가 소리쳤다.

"나, 소안도 가야겄는디, 쪼깐 태워줄라요?"

시라이 상이 배에 타라고 했다. 배에 오른 이준화가 시라이 상에게 물었다.

"아들 이름이 마사요시지라우?"

"으찌께 내 아들 이르므를 아시오?"

"같은 서당에 다녔지라우. 나도 서범규 훈장님 제자여라우."

시라이 상이 얼굴을 활짝 펴고 반기더니, 맹선항에 배가 닿자 이준화더러 따라오라며 앞장섰다.

시라이 상의 집으로 간 이준화는 시라이 상이 끓인 차를 함께 마셨다. 시라이 상은 마치 오랜만에 만난 친구에게 밀린 이야기보따리를 풀듯이 말을 쏟아냈다. 그로서는 기쿠지에게 당한 모멸감을 그렇게 해서라도 해소해야 했을 것이었다. 이준화가 시라이 상한테 들은 바에 따르면, 일본은 병자년(1876년)에 수호조약을 맺은 뒤부터, 좌지도에 등대를 세우라고 조선 정부를 압박했다. 일본 정부의 요구는 매우 구체적이었다. 부산에서 인천 방면으로 항해하는 1만 톤급 이상의 대형 선박과 거문도-청산도-소안군도 사이를 오가는 배, 그리고 제주해역에서 목포 방면으로 가는 배를 위해, 좌지도 남동쪽 끝자락에 빛의 세기가 강한 백섬광의 등대를 세우라는 것이었다. 그 일은 조선 정부로서는 시급하지도 않고, 그럴만한 기술도 없고 재정적인 여유도 없었다. 결국, 재원은 일본에서 주는 고리의 차관으로 충당하기로 하고, 일본이 등대 건설을 맡았다.

시라이 상의 말을 들려주다가, 이준화가 진하에게 묻는다.

"왜놈들이 왜 그렇게 서두르고 무리를 하겠어?"

이준화가 스스로 답한다.

"우리 농산물이나 광물을 빼앗아 가고, 끝내는 군대를 싣고 와서 이 나라를 통째로 삼켜불라고 그러는 것이여."

"…."

"시라이 상이 뭐라고 한지 아는가? 일본과 대한이 공존공영을 추구하는 것이 옳은 일인디, 군국주의자들이 주도하는 지금 일본 정부는 대한을 정벌해 속국으로 만들려고 한다는 것이여. 그런 주장을 정한론征韓論이라고 한다는디, 일본 조야에 그런 주장을 지지하는 놈들이 수두룩하다듬마. 일본과 대한이 공존공영을 도모해야 한다는 사람도 있지만 소수파라는 것이여. 시라이 상은, 일본이 대한을 속국으로 만드는 것이 당장은 일본에 좋을지 모르지만, 결국 동양의 우의가 깨지고 두고두고 회복하기 어려운 상처를 남기게 될 것이라고 하듬마. 왜냐? 일본에는 패자霸者일 때 덕으로 다스리는 문화가 없다는 것이여. 일본은 패자敗者를 칼로 다스리는 나라라는 것이여."

시라이 상은, 자기처럼 조선에 들어와 조선인을 상대로 장사하는 영세 상인한테는, 일본과 대한이 공영을 추구하는 것이 이롭다고 했다. 그렇지 않고 일본이 대한을 속국으로 삼아 다스리면, 일본 군부와 가까운 거상들이 조선에 들어와 기존의 일본인 소상공인을 밀어내고 조선 물산을 마구잡이로 수탈해 갈 것이라고 했다.

이준화가 매듭짓는다.

"시라이 상이 그런 생각을 하고 있으니까, 일본 정부에 대해 불만이 많고, 그런 이유로 등대장과도 다퉜을 것이여."

그 말을 해놓고, 이준화가 어허허, 헛웃음을 터트린다.

"어야, 동생. 결과적으로 말하자면, 내가 두 달 반 동안에 뭔 짓거리를 한지 아는가?"

"…"

"내가 부왜를 한 것이여, 부왜를."

이준화가 자기 머리에다 쿵 소리가 나도록 꿀밤을 먹인다. 서진하가 고개를 내젓는다.

"아따, 날품 팔고 왔음시로…. 처음부터 알고 한 것도 아니고…."

"알고 했건 모르고 했건, 부왜는 부왜가 아니겄어?"

이준화가 고개를 세게 흔들고 나서, 불쑥 말머리를 돌린다.

"어야, 동생. 자네 마음속에 들었다는 독사는 몰아냈는가?"

순간, 서진하는 머리끝이 쭈뼛 선다. 맹선리 돌담길을 이준화와 나란히 걸어 선창까지 오면서 서진하가 몰두한 것은, 미유키 이야기를 어떻게 풀어갈까, 하는 것이었다. 이리저리 생각해보았으나 묘안이 떠오르지 않았다. 분명한 것은 진하에게 이제 미유키는 결코 몰아낼 대상이 아니라는 사실이었다. 그의 뜻은 굳었다. 누구든 미유키를 몰아내라고 압박하면, 진하는 그렇게 말하는 사람을 몰아낼 작정이었다. 이준화도 예외일 수 없었다. 만약 이준화가 완강하게 반대하면, 주먹다짐을 해서라도 생각을 바꿔놓고 싶었다.

이준화가 던진 물음에 뭐라고 대답할까, 어떻게 말하는 것이 좋을까, 머리를 쥐어짜는데, 이준화가 말한다.

"전에 내가 잘못 생각한 것이 있네. 나는 시라이 상을 해적 두목 비슷하게 봤는디, 알고 본께 참 양심적인 사람이더라고."

"…."

"이번에 처음 들었네만, 마사요시를 낳고 나서 금방 시라이 상

부인이 죽었다듬마. 나도 상처를 했지만, 애기한테 젖 얻어 먹이는 고생은 안 해봤는디, 시라이 상은 마사요시 젖을 얻어 먹이느라 혼이 났든갑서. 맹선리 웃마을 젊은 여자들을 찾아 젖동냥을 댕겼다는디, 다들 마다하지 않고 젖을 물리더라는 것이여. 시라이 상은 그때 마음속으로는 조선 사람이 되고 말았다듬마."

진하는 숨죽이고 귀를 기울인다.

"그동안 내 나름으로 이리저리 알아봤어. 이구동성으로 하는 말이, 시라이 상의 딸 미유키가 아주 단단하고 속이 꽉 찬 처자라고 하대. 어렸을 때 어머니가 저세상으로 갔는디, 그 뒤로 그 집의 안살림을 미유키가 빈틈없이 꾸려왔다고 하고…."

빙 돌고 나서 이준화가 마무리한다.

"그동안에 내가 껍데기만 보고 산 것이여. 어야, 동생. 내 나라에도 나쁜 놈이 있고, 저 나라에도 좋은 사람이 있지 않겄는가? 좋은 사람끼리라면… 나라 다르다는 것이 뭔 대수겄는가? 결단을 내려 불소. 주저할 것이 하낫도 없네."

'하나도'라는 말보다 '하낫도'라는 말이 훨씬 멋있다는 걸 진하는 새삼 느낀다. 진하 얼굴이 벌겋게 달아오른다. 이준화한테서 그런 말을 듣다니 뜻밖이다. 진하가 숨을 몰아쉬고 나서 묻는다.

"성님, 오늘이 뭔 날인지 아시오?"

"…"

"성님이 나한테 두들겨 맞아 죽을 뻔한 날이오."

"뭔 말이여?"

"내 안의 하늘이 이미 나더러 미유키한테 가라고 명령합디다. 나는 그 명령에 따르기로 했소. 그것도 모르고 오늘도 성님이 독사를 몰아내라고 옥박지르면, 내가 성님을 뒈지게 패불 작정이었소."

이준화가 이번에는 서진하의 머리에다 쿵 소리가 나도록 꿀밤을 먹인다.

황홀한 찰나

　무신년 섣달 열홀날, 좌지도에서 등대 점등식이 열린다. 소안도 주민 대표로 홍동연 영감이, 짝지의 일본 어민 대표로 시라이 상이 참석한다. 그들 말고도 소안도에서 열대여섯 명이 기념식에 간다. 소안도 사람들은 양력 날짜를 모르고 살지만, 양력으로 치면 그날이 새해(1909년) 1월 1일이다.

　식장에 모인 사람들에게 홍 영감은 침이 마르도록 사위 자랑을 한다. 의숙도 나오고 전수학교도 마친 사위가 통감부 이사청의 광주지청에 부임했다는 것이다. 의숙에 다닐 때 많은 학생이 아라사 말이나 영어를 배우고 극소수가 일어를 배웠는데, 사위는 선견지명이 있어서 일어를 공부해, 결국은 출셋길이 훤히 열렸다고 한다. 사대할 나라의 말을 잘하면 출세하는 나라니까, 홍 영감의 말은 틀린 말이 아니다.

　그날 밤에 이준화와 서진하는 함께 산길을 걸어 물치기미까지 간다. 날이 푹해서 다행이다. 소안도에서 등대가 가장 잘 보이는 곳이 물치기미다. 눈앞에 좌지도가 길게 뻗어 있고, 그 끝에서 등 댓불이 반짝인다. 이준화가 좌지도를 가리킨다.

"지금 본께 저 섬이 꼭 와불같이 생겼구마."

길게 뻗은 좌지도가 영락없는 와불이다.

"그렇네요. 부처님이 아주 편안하게 누워 계시네요."

섬광처럼 두 사람의 머리를 스치는 것이 있다.

"아하, 좌지도의 영기靈氣가 으디서 나오는지 알겠네."

"나도 알아부렀소. 저 와불에서 나오겄구마."

둘은 동시에 좌지도 영기의 근원을 찾아낸 것이다.

"등대가 들어선 데가 와불의 으디겄어?"

"이마네요. 등대를 부처님 미간에다 꽂아부렀네요."

남쪽에서 보면 섬이 임금 왕王 자를 흘려 쓴 형세여서 당나라 고승이 지맥을 끊고 절을 지었다는데, 북동쪽인 물치기미에서 보니 섬이 부처가 누워 있는 와불 형상이고, 등대는 와불의 미간에 못처럼 꽂혀 있다.

"부처님 얼굴은 이마가 자랑인디, 미간에다 등대를 박아놓다니…"

"성님, 저거 확 뽑아부러야겄네요."

이준화가 놀란다.

"뭣이라고?"

"뽑아부러야겄다고요."

"저걸 뽑을 수는 없고…."

"등을 깨붑시다."

이미 이준화가 머릿속으로 내린 결론과 같다.

"우리가 자네 아부지인 훈장님한테 동학 공부를 했는디, 보국이 바로 동학 정신이라고 하셨네. 잘못된 것이 있으면 바로잡는 것이 보국이라고 하셨어. 이 나라를 지키고 싶자면, 저 등대는 때려 부수는 것이 맞네."

"마음속에 품고만 있으면 무슨 쓸 짝이 있겠소? 행동으로 바로 잡아야 진짜 보국이 아니겠소?"

"맞고말고. 나는 짝지 왜놈들 발동선에 불 지를 궁리만 했는 디… 등대 부수는 일이 더 급한 것 같구마."

"더 급한 일이 아니라 더 중요한 일이지라우. 동네 발동선에 불 지르는 일이야 동네 일이고, 등대 부수는 일은 나랏일 아니었어요?"

"그래. 왜놈들이 우리 것을 수탈해 가고, 궁극에는 이 나라를 집어삼킬라고 세운 것이 저 등대여. 등대를 부수는 일은 그 길목을 끊는 일인께, 그야말로 나랏일이 맞아."

이준화가 손을 내민다. 두 사람은 굳게 악수한다.

"내일이라도 우리 둘이 살짝 가서 때려 부숩시다."

"우리 두 사람만으로는 안 될 것이여."

"하기야, 성님은 거그 가서 품을 팔았은께, 거그 사정을 훤히 알겠구만이라우."

"다 안다고는 할 수 없는디… 때려 부수는 것이 간단한 일은 아닐 것이여."

"언제 으찌께 때려 부술지는 성님이 찬찬히 생각해보시오."

"알았네. 오늘은 딱 여그까지만 이야기하세."

며칠 뒤에 둘은 다시 물치기미로 간다.

"성님, 등대를 으찌께 부술지는 다 생각해뒀소?"

이준화가 딴전을 피운다.

"어야, 저 섬이 와불 같다고 했제?"

"영락없는 와불 아니요?"

"불도에서는 부처를 섬기지만, 동학에서는 하늘님을 받드네. 저 섬은 와불같이 보이지만… 누워 계시는 하늘님도 저 모습이 아니겠는가?"

진하가 짜증을 낸다.

"아따, 와불이든 하늘님이든…. 등대를 으찌께 부술지 궁리해놨냐고요?"

이준화가 픽 웃고는 고개를 끄덕인다.

"걱정 말드라고, 잉."

준화가 잇는다.

"그런디… 우리 일은 등대를 부수는 것이 아니라, 새 등대를 세우는 일이네."

"뭔 뚱딴지같은 소리요? 새 등대를 세우다니?"

"어야, 동생. 왜놈들이 우리나라를 삼킬라고 혈안이 되어 있는 판국인디, 우리가 저 등대를 부수면, 우리의 행동, 우리의 거사가 소안도 청년들, 완도 청년들, 나아가 대한 청년들한테 좋은 지침이 되지 않겠는가? 그렇게 된다면, 등대를 부수는 것이야말로 새 등대를 세우는 일이 아니고 뭣이겠는가?"

"…."

"택도 없는 일이겠지만… 왜놈들이 우리가 등대를 부순 것을 등대 삼아, 우리를 집어삼킬라고 하는 사실을 반성하고, 우리와 함께 공존공영하는 쪽으로 방향을 튼다면 또 을마나 좋겠는가?"

서범규 훈장의 집은 맹선리에서는 마치 섬 같은 곳이다. 오만 소문이 다 돌고 돈 뒤에도, 그 집에는 들어가지 못하고 스러지는 경우가 많다. 이미 진하와 미유키가 예사로운 사이가 아니라는 소문이 동네에 돌고 있으나, 훈장 내외는 아직 감감하다. 점심 식사가 끝난 뒤, 어머니가 아들 진하를 보며 말한다.

"이번 갯제에 성순이가 첫 정녀貞女를 맡는다더라."

맹선리에서는 매년 대보름 다음 날인 정월 열엿샛날 저녁에 갯제를 지낸다. 지난해에 바다에서 숨진 이의 원혼을 달래고, 새해에 불행한 사고를 당하는 이가 없기를 비는 의식이다. 마을에서 품행이 바르고 흠이 없는, 만 열다섯 살이 지난 처자 다섯 명을 가려 뽑는다. 다섯 처자를 정녀라 하고, 첫째로 뽑힌 처자를 '첫 정녀'라고 한다.

다섯 처자는 여러 집을 돌며 쌀을 조금씩 거두어 밥을 짓는다. 마을 사람들은 바닷가로 나가 다섯 정녀가 나오기를 기다리며 풍물을 친다. 다섯 정녀는 밥을 다 지으면 바닷가로 가져가, 바닥에 짚을 깔고 그 위에 제상을 차린다. 다섯 정녀는 곧 입을 모아 큰 소리로 '물아래 진 서방' 하고 세 번 외친다. 마을 어른이 지정한 사람이 큰 나무 뒤에 숨어 있다가 '예' 하고 대답하면, 첫 정녀가 두 손을 모으고 큰 소리로 빈다.

"비나이다, 비나이다. 갯신님께 비나이다. 지난해 바다에서 숨진 사람들 영혼을 거두어주시길 비나이다. 비나이다, 비나이다. 갯신님께 비나이다. 올해 바다에서 갯것도 잘되고 고기도 많이 나되, 불행한 일을 당하는 사람이 없게 해주십사, 갯신님께 비나이다."

기도가 끝나면 바가지에 아주까리기름을 붓고 심지를 세운 뒤, 불을 붙여 바다에 띄운다. 마을 부인네들은 소복을 하고 늘어서서 바가지를 향해 함께 절을 올린다. 불이 꺼지지 않고 잘 떠가면, 그해에 풍어가 들고 사고도 안 난다고 믿는다. 그런데 새해를 맞아 지내는 갯제의 첫 정녀로 최성순이 뽑힌 것이다. 부인의 말을 듣고서 훈장이 허리를 곧추세운다.

"최낙영 씨 딸 성순이 말이오?"

"예. 진하 동무인 성환이의 여동생 성순이. 그 성순이가 첫 정녀를 맡는답디다."

"성순이라면 자격이야 넘치지. 곱고 착하고 예의 바르고…."

"마을 사람들이 너나없이 하는 말이, 아무리 흠을 찾아볼라고 해도 성순이한테는 흠이 없다고 한답디다."

짝지의 일본 청년한테 망신당한 일을 생각하면, 이번에 성순이가 첫 정녀에 뽑힌 것은 성순이나 그 가족에게 큰 위안이 되었을 것이다. 아버지인 서 훈장이 진하를 보며 말한다.

"등잔 밑이 어둡다는디… 가까이 있어 미처 생각 못했구나. 소안도에 그만한 처자가 없을 것 같다."

진하는 성순에 관한 부모의 관심이 특별한 것임을 알아차린다. 성순이는 갖출 것은 다 갖춘 처자다. 이쁘기까지 하다. 성순이에 대해 좋은 점을 꼽으라면 열 손가락도 모자랄 것이다. 만약 진하의 부모가 진하에게 성순이를 권한다면, 더구나 양가 가족이 그렇게 의견을 모은다면, 진하로서는 마다할 명분을 댈 수 없을 것 같다. 가장 두려운 존재가 아버지다. 아버지는 좌고우면하다가도 한번 작심하면 눈 하나 까딱하지 않고 밀어붙이는 성미다. 결혼 문제가 몹시 꼬일지 모른다는 생각이 든다. 더럭 겁이 난 진하는 벌떡 일어서서 밖으로 나오고 만다.

바람이 벚나무 가지를 흔들어놓고, 꽃을 단 비파나무 가지로 옮겨간다. 꽃이 예쁘지 않아선지 바람은 이내 동백나무로 건너뛴다. 잎새 사이에 숨어 있는 동백꽃의 웃음이 수줍다. 그러나 바람은 또 다른 데로 날아갈 것이다. 바람은 바람둥이다. 그래서 이름조차 바람이다. 문득 미옥이 얼굴이 떠오른다. 염려 마. 나는 바람이 아니야. 난 건너뛰지 않아. 나한테는 미옥이뿐이야.

최성순이 첫 정녀를 맡은 갯제도 끝나고, 아무 일 없이 새해 음력 2월 초나흗날이 왔다. 양력으로는 2월 23일이다. 오후 늦게 이준화가 진하를 찾아온다. 등대를 부수러 가는 날이 몇 시간 뒤인 초닷샛날 새벽이라고 알린다. 소문이 샐까 봐 거사 직전에 알린 것이다. 진하는 가슴이 뛴다.

"어야, 동생. 첫닭이 울면 선창으로 나오소, 잉."

이준화가 돌아가자, 진하는 낫을 들고 부랴부랴 바닷가로 간다. 그에게는 큰일을 하러 가기 전에 반드시 치러야 할 일이 있다. 미옥이와 함께 징경이가 되어야 한다.

미옥이를 늘 만나던 바닷가 바위 위를 조금 지나면, 바위 두 개가 마주 보고 있다. 사람들은 부부바우라고 부른다. 두 바위 사이에 한 평 남짓 되는 평지가 있다. 진하는 낫으로 잡초를 베어 거기에 깐다. 누워보니 푹신하다. 한겨울에 미옥이를 물속으로 끌고 들어갈 수는 없다. 진하는 미옥이를 부부바우로 데려올 작정이다.

진하는 미옥의 집으로 간다. 미옥을 직접 부를 수는 없다. 진하는 사립을 열고 들어가 마당에 서서 나직하게 정선을 부른다.

"정선아, 집에 있냐?"

정선이가 된 마사요시가 아니라, 미옥이가 된 미유키가 방문을 연다. 한복 치마저고리를 입고 있다.

"아니, 뭔 일로⋯."

"할 이야기가 있소. 얼른 바닷가로 갑시다."

미옥이가 두리번거리더니 나직이 말한다.

"밖이 추운디⋯ 집에 아무도 없어라우. 얼른 이리 들어오시씨요."

"바닷가로 가자고요."

미옥이가 다그친다.

"아따, 얼렁 이리 들어오랑께요."

미옥이가 눈을 찡긋하고는 문을 닫는다. 하는 수 없다. 진하는 서둘러 미옥의 방으로 들어가 미옥이와 마주 보고 앉는다.

"알려줄 일이 있어서 왔소."

진하 목소리가 떨린다.

"이따 새벽에 좌지도 등대를 부수러 가요."

미옥이가 놀라 진하를 쳐다본다.

"아니, 등대를 부순다고요?"

"일본과 대한이 공존공영하는 것은 좋은 일이요. 그러나 일본이 대한을 집어삼키는 일은 동양 평화를 깨트리는 일이요. 절대로 보고만 있을 수 없소."

"⋯."

"일본은 임진년(1592년)과 정유년(1597년)에 이 땅에 쳐들어와 우리 삼천 리 강산을 짓밟았소. 왜 쳐들어왔는지 아시오? 명나

라를 정벌하러 가야겄은께 길을 내놓으라는 것이었소. 그걸 반대
하니까 우릴 친 것이오."

"아니…?"

"생각해보시오. 우리가 길을 내주면 이 나라가 통째로 전쟁터가
되지 않겄소? 언젠가, 명나라가 일본을 치겄다고 길을 내놓으라고
하면, 우리가 길을 내줘야겄소? 아라사가 태평양으로 나가겄다고
길을 내놓으라고 하면, 미국이 대륙을 먹겄다고 길을 내놓으라고
하면, 우리가 길을 터줘야겄소? 모두 말도 안 되는 소리요."

"…"

"우리가 길을 내주지 않는다고 일본은 3백 년 전에 우리를 쳐서
온 나라를 쑥대밭으로 만들었소. 그토록 큰 잘못을 저질러놓고 제
대로 사과한 적도 없소. 사과한다는 것은, 피해국인 조선 백성의
상처 난 마음을 어루만지는 일이기도 하지만, 그보다는 일본인들
이 자기 후손들한테 윗대가 저지른 것과 같은, 이웃을 짓밟는 그
던적스러운 짓거리를 다시 되풀이해서는 안 된다는 것을 가르치
는 일이오. 간접적으로나마 후손을 가르치는 일인께, 그런 사과는
해마다 해도 되고, 달마다 해도 되고, 날마다 해도 되는 일이오."

"…"

"조선 사람들은, 일본이 우리한테 사과하지 않는 걸 보고, 그 후
손들이 언젠가는 또 우리를 치지 않을까 걱정해왔소. 지금 그 걱정
이 사실이 되고 있소. 일본은 조선을 쑥대밭으로 만들어놓고도 사

과 한마디 하지 않더니, 그 후손들이 3백 년이 지나 이번에 조선을
송두리째 집어삼킬라고 덤비고 있소. 조선을 먹을라면 차라리 선
전포고하고 쳐서 거꾸러트릴 일이지, 쓸개 빠진 대감 몇 놈을 매수
한 뒤에 임금님 멱살을 틀어쥐고 '보호'니 뭐니 교언영색巧言令色
을 떨고 자빠졌소. 조선 백성으로서 좌시할 수 없는 일이오."

미옥이가 고개를 떨어뜨린다. 진하가 보탠다.

"나는 성이 서가요. 원래는 조상님 성이 부여였는데, 백제가 망
하는 통에 서가로 바뀌었소. 이번에 나라가 망하면 다시 성을 바
꿔야 할지도 모르요. 그럴 수는 없소."

"…"

"일본이 대한을 삼켜서는 안 된다는 것을 알리기 위해 등대를
부숴야겠소."

진하는 다른 사람에게 말해서는 안 된다고 말한다. 미옥이가 고
개를 끄덕인다.

"진하 상, 다쳐서는 안 돼요. 진하 상이 다쳐서도 안 되고, 등대
사람들도 다치게 해서는 안 돼요."

"물론이오. 등대만 부수고 조용히 돌아올 것이오."

진하가 말머리를 돌린다.

"등대 일이 끝나면 우리, 결혼합시다, 잉."

미옥이가 싱긋 웃는다.

"아직 부모님 허락도 못 받았음시로."

맞는 말이다. 그래서 진하는 미옥이를 꼭 부부바우로 데려가야 한다. 반드시 둘이서 징경이가 되어야 한다. 어머니가 성순이 이야기를 다시 꺼내기 전에 저질러야 할 일이다.

"우리, 바닷가로 갑시다. 부부바우가 있는디, 거그 가서 좀 더 이야기합시다."

진하가 자리에서 일어선다. 미옥이도 일어서더니 진하를 가로막는다.

"부모님 허락을 받아낼라면 일을 저질러야 한담시로…."

미옥이가 진하와 마주 보고 서서 저고리를 벗더니 치마와 속곳까지 내린다. 아, 기다리고 기다린, 내 인생에서 가장 황홀한 찰나가 미옥이의 방에서 펼쳐지는가? 숨이 막힐 것 같다. 진하도 적삼을 벗는다. 그때 문밖에서 정선이가 다급하게 말한다.

"누나, 아빠가 오고 계셔."

정선이 문을 조금 열어 진하의 미투리를 방 안으로 쓱 들여놓는다. 미옥이가 재빨리 옷을 주워 입는다. 진하도 적삼을 다시 입은 뒤, 미투리를 들고 뒷문을 연다. 벗고 서 있던 미옥의 모습은 진하의 마음속에 아름다운 옥, 백옥의 동상으로 우뚝 선다.

등대 세우기

첫닭이 운다. 진하는 마당으로 나간다. 사방은 칠흑같이 어둡다. 아하, 이래서 거사 날을 초닷새로 정했구나. 진하는 어머니가 주무시는 안방과 아버지가 계시는 사랑방을 번갈아 돌아본 뒤에 선창으로 간다. 이준화가 미리 나와 기다리고 있다.

"얼굴에 수건을 두르랑께."

진하는 가져온 수건을 둘러 얼굴을 가린다. 이준화가 진하에게 아무 성씨나 대라고 한다. 백 씨를 댄다. 미옥이의 성이 백정白井인데, 첫 글자만 말한 것이다.

"어야, 동생. 오늘 자네는 백 씨네, 잉."

진하가 묻는다.

"성님, 내 배로 갈까?"

"아니네. 동네 배를 쓰면 된당가? 먼 데서 배가 올 것이네."

"전부 몇 사람이오?"

"곧 알게 되네."

어둠 속에서 한 사람 두 사람 모여든다. 모두 여섯이다. 이준화 말고는 다들 얼굴에 수건을 두르고 있다. 곧 돛단배가 선창에 닿는다. 이준화가 나선다.

"서로 이름을 알 필요가 없네. 성만 말하겠네."

돛단배 주인을 가리킨다.

"이 사람은 돛단배 주인인게 돛 씨네."

진하를 보며 말한다.

"이 사람은 백 씨고….."

나란히 서 있는 세 사람을 소개한다.

"왼쪽은 김 씨, 가운데는 정 씨. 오른쪽은 최 씨."

이준화는 일행의 맨 뒤에 서 있는, 엽총을 든 사람을 가리킨다.

"저 사람은 총을 가지고 있은게 총 씨네."

두어 사람이 크크 웃는다.

"내가 한 사람 한 사람 만났을 때 말했네만, 각자 맡은 일만 틀림없이 하면 되네. 꺽정할 것은 하낫도 없네."

돛 씨가 이준화에게 눈길을 준다. 이준화가 말한다.

"자, 모두 배에 타소."

이준화는 백 씨가 된 서진하와 최 씨에게 노를 젓게 한다. 된바람이 불어와 돛이 배불뚝이가 된다. 배가 물살을 가르며 나아간다. 진하는 놋소리를 부르고 싶지만, 그럴 수는 없다. 오래지 않아 배가 좌지도에 닿는다. 돛 씨는 배를 선착장이 아니라, 등대의 남쪽 절벽에 댄다. 이준화가 말한다.

"동학란 때 녹두 장군은 백산에 집결한 농민군한테 당부하셨네. 사람을 다치게 해서는 안 된다고. 우리도 사람을 다치게 해서는 안 되네. 살짝 등대만 부수고 살그머니 돌아가세."

총 씨에게 말한다.

"불가피할 때는 사람한테 총을 쏠 수도 있겠지만, 죽여서는 안 되네. 불가피할 때는 어깻죽지를 쏘아, 잉."

돛 씨가 바닥의 판자를 들추어 몽둥이를 꺼내 하나씩 나눠준다. 이준화가 보탠다.

"몽둥이를 써야 할 때가 있더라도, 머리통은 치지 말고 어깻죽지를 쳐."

돛 씨가 나선다.

"날이 밝기 전에 배로 돌아오시오. 동이 트면 배는 무조건 떠나요, 잉."

서진하가 이준화를 바라본다. 이준화한테서 무얼 하라는 말을 들은 적이 없다. 알고 있다는 듯이 이준화가 다가온다.

"백 씨는 날 따라와."

돛 씨를 뺀 여섯 명이 벼랑을 기어오른다. 거리는 지척이지만, 어두운데다 경사가 가파르다. 그들은 축대를 끼고 돌아 정문 앞에 다다른다. 오른편에 등대가 있고, 왼편에 기계 동과 제1, 제2관사가 나란히 들어서 있다. 모두 정문을 넘어 안으로 들어간다. 등대와 다른 건물들 사이에 아름드리 소나무가 서 있다. 나무를 잘라내지 않고 공사를 한 것이다. 이준화가 어둠 속에서 총 씨에게 왼편을 가리킨다. 총 씨와 최 씨, 이 씨, 정 씨 네 사람은 관사가 있는 왼쪽으로 가고, 이준화와 서진하는 등대가 있는 오른쪽으로 간다.

등대는 마치 2층짜리 석탑과 모양이 비슷하다. 정방형 콘크리트 구조물 위에 원통형의 등탑을 세워두고 등롱을 설치했다. 이준화가 등대 주변을 유심히 살핀다. 등대 안을 지키는 사람은 없다. 이준화가 앞장서서 등대실 앞으로 간다. 출입문이 자물쇠로 잠겨 있다. 진하가 몽둥이로 자물통을 내려친다. 단번에 통이 떨어져 나간다. 이준화가 문을 연다.

"동생은 여그서 망을 보고 있어."

진하를 남겨두고 이준화 혼자서 등대실로 들어간다. 2층으로 올라가는 나선형의 철제 계단이 수직에 가깝게 가파르고 공간이 비좁다. 다 올라간 이준화는 등롱과 초자 판을 몽둥이로 후려쳐 박살 낸다. 등대 불빛이 꺼진다. 더는 부술 것도 없다. 이준화가 밖으로 나온다.

"벌써 끝냈소?"

"잉. 우리 일은 끝났어."

"…"

"잠깐 지켜보세. 혹시 낌새를 알아챈 놈이 있는지…."

두 사람은 숨죽이고 사위를 살핀다. 고요하다.

"이상한 낌새, 하낫도 없소."

'하낫도'라는 말을 듣자 이준화가 진하 어깨를 툭 친다.

이준화와 서진하가 등대로 간 바로 그 시간에, 총 씨는 다른 일행 셋과 함께 제2관사로 간다. 조선인 등대 조수 정관진이 쓰는 방 앞에 선다. 등대를 지키는 자들 가운데 가장 날쌔고 힘이 좋은 자가 정관진 조수다. 그를 어떻게 제압하느냐에 성패가 걸려 있다. 총 씨가 방문을 열고 들어가 전등을 켠다. 방 한가운데에 나이 든 여자가 이불을 덮고 누워 있고, 발소리에 잠을 깼는지 정관진이 엉거주춤 앉아 있다. 총 씨가 정 조수에게 엽총을 겨눈다.

"꼼짝 마. 움직이면 쏜다."

정 조수가 놀라 소리친다.

"당신, 누구여?"

총 씨가 되묻는다.

"너, 등대 조수지?"

"그래, 조수다."

"정관진. 너, 죽기 싫으면 꼼짝 마!"

누워 있는 사람은 그를 뒷바라지하러 온 그의 어머니다. 그들의 손발을 묶고 입에 재갈을 물려 방에 가둬두면 그 방에서 할 일은 끝난다. 최 씨와 김 씨, 정 씨가 명주실 끈을 들고 정관진 조수의 손을 묶기 위해 다가가는데, 정 조수가 갑자기 이불 밑에 둔 권총을 꺼내려 한다. 순간, 총 씨가 방아쇠를 당긴다. 정 조수는 재빨리 피

하나 그의 어머니가 외마디 비명을 지른다. 아들이 아니라 어머니가 총에 맞은 것이다. 총 씨가 다시 정 조수를 겨눈다. 총구가 정 조수의 눈앞에 있다. 정 조수가 두 손을 번쩍 든다. 최 씨가 이불 밑에 있는 권총을 집어 든다. 김 씨와 정 씨가 정 조수의 손과 발을 묶고 입에 재갈을 물린다.

그러나 총 씨가 엽총을 쏨으로써 일은 뒤틀린다. 총소리를 들었는지 제1관사에 있던 자가 방을 뛰쳐나온다. 등대장이자 주임인 기쿠지 츠네요시다. 손에 기총騎銃을 들고 있다. 젊은 청년이 그를 뒤따른다. 같은 관사 옆방에서 나온 오쿠라 모리요시小倉盛吉라는 소사다. 정관진을 제압하고 그들에게 갈 참인데, 그들이 먼저 밖으로 나온 것이다.

기쿠지는 총소리가 어디서 났는지 몰라, 등대 쪽으로 달려간다. 마침 이준화와 서진하가 등대 부수기를 마치고 걸어오고 있다. 이준화와 서진하는 둘 다 흰 한복을 입고 있어 어둠 속에서도 눈에 띈다. 기쿠지가 기총을 쏜다. 앞서가던 이준화가 픽 쓰러진다. 서진하는 재빨리 소나무 뒤로 숨는다. 기쿠지가 쫓아온다. 진하는 뒤돌아 뛴다. 달아나는 진하를 향해 기쿠지가 다시 총을 쏜다. 진하가 외마디 비명을 지르며 나뒹군다.

기쿠지가 등대 주위를 이리 뛰고 저리 뛰며 총을 쏘아댄다. 관사에서 불빛이 새어 나오는 데다 어둠에 눈이 익어, 어렴풋이나마 사람을 분별할 수 있다. 기쿠지의 총에 맞아 최 씨가 나가떨어진다.

제2관사에서 밖으로 나온 총 씨가 엽총을 조준해 기쿠지를 쏜다. 단 한 방에 기쿠지가 고꾸라진다. 뒤를 따르던 오쿠라가 어둠 속으로 달아난다. 총 씨가 쫓아가 엽총을 쏘지만, 결과는 알 수 없다.

제2관사에서 다시 한 사람이 튀어나온다. 등대 조수 요코야마 간조橫山勘藏다. 요코야마가 피스톨을 쏜다. 김 씨가 비명을 지르며 종아리를 붙들고 나동그라진다. 나무 뒤에 숨어 있던 정 씨가 몽둥이로 요코야마의 어깻죽지를 쳐 쓰러트린다. 정 씨가 재빨리 피스톨을 빼앗고는 몽둥이로 요코야마의 정강이를 후려친다.

포수인 총 씨의 엽총에 맞아 고꾸라진 기쿠지가 꿈틀거리며 일어서더니 절룩거리며 제1관사 쪽으로 간다. 총 씨가 소리 죽여 뒤따른다. 비틀거리며 관사의 큰방으로 들어간 기쿠지가 기척을 느꼈는지 뒤돌아서며 기총을 추켜들려 한다. 총 씨가 기쿠지를 걷어찬다. 기쿠지가, 방에 누워 사색이 된 여자 위로 쓰러진다. 몸을 묶어두고 나가야 한다. 그런데 기쿠지가 떨어트린 기총을 다시 집어 든다. 총 씨가 기쿠지를 쏜다. 기쿠지가 여자 위로 쓰러진다. 그 아래 깔린 여자가 총 씨를 쳐다본다. 기쿠지의 아내다. 총 씨가 엽총을 겨눴다가 그냥 내린다.

큰방을 나온 총 씨가 기계실로 간다. 이제 마지막 일이 남아 있다. 기계실 문을 열고 들어가 불을 켠다. 이준화가 말한 대로 발전기 옆에 석유통이 놓여 있다. 석유로 발전기를 돌려 전기를 만든다니까, 발전기를 태우면 등댓불을 다시 켜는데 상당한 시일이 걸릴 것이다. 총 씨는 통에 든 석유를 발전기에 쏟아붓고 성냥불을 던진다. 곧 기계실이 불길에 휩싸인다.

총 씨는 이준화를 만나기 위해 등대 쪽으로 달려간다. 등대실 앞길에 이준화가 쓰러져 있다. 가슴에 총을 맞았는지 흰 저고리가 피범벅이다. 흔들어도 신음만 낸다. 멀지 않은 곳에 최 씨가 대자로 누워 있다. 숨이 거칠다. 백 씨가 된 서진하는 꽤 떨어진 풀숲에 엎드려 신음하고 있다.

"여보시오, 일어나시오."

서진하가 더듬거린다.

"배로, 배로 돌아가야겠는디…."

어둠 속에서 땅땅땅 총소리가 울린다. 피스톨 소리다. 등대 조수나 소사가 총을 쏠 것이다. 그대로 둘 수 없다. 총 씨가 소나무 쪽으로 엽총을 쏜다. 피스톨 소리가 멎는다. 피스톨을 쏘던 자가 도망친 모양이다. 총 씨가 쫓아가며 엽총을 몇 방 쏘고는 돌아서서 백 씨가 있던 곳으로 간다. 백 씨가 보이지 않는다. 먼저 내려갔나? 총 씨가 외친다.

"퇴각! 모두 퇴각! 전부 배로 돌아가시오."

총 씨가 뒤를 향해 엽총을 쏜다. 정 씨도 요코야마에게 빼앗은 피스톨을 공중을 향해 쏘아댄다. 엄호사격이다. 대원들은 절벽을 내려간다. 배로 돌아온 사람은 총 씨와 정 씨, 김 씨 세 사람뿐이다. 총 씨가 돛 씨에게 묻는다.

"백 씨가 내려오지 않았소?"

"먼저 온 사람은 없소."

이번에는 돛 씨가 총 씨에게 묻는다.

"다른 사람들은?"

"백 씨가 총을 맞았고… 다른 두 사람도… 출혈이 심해 어쩔 수 없소. 옮기다 보면 숨이 끊어질 것이오."

피해가 크다. 등대 조수인 정관진을 조용히 제압하지 못한 것이 화근이다. 더구나 등대지기의 수는 알고 있었지만, 모두 총을 가지고 있을 줄은 몰랐다.

언덕 위에서 피스톨 소리가 난다. 등대 조수나 소사가 다시 뒤를 밟은 모양이다. 총 씨가 말한다.

"백 씨가 배로 돌아오겠다고 했는디…."

"뭐라고요?"

"백 씨가 배로 돌아오겠다고 하더라고요."

돛 씨가 고개를 갸우뚱거리더니 그만 돛을 올린다. 종아리에 총을 맞은 김 씨가 배 바닥에 누워 신음한다. 답답해선지 그가 얼굴을 가린 수건을 벗어 던진다. 김 씨가 아니라 비자리 청년 이순찬이다. 정 씨와 총 씨가 배 양쪽에서 노를 젓는다. 배는 곧 좌지도 해역을 벗어난다.

곽도

　24일 정오 무렵, 일본의 모지항門司港을 출발해 중국 다롄大連으로 가던 증기선 칸토마루廣東丸가 좌지도 등대 앞 바다를 지나는데, 등대 쪽에서 수기를 흔든다. 선장 쓰무라 가이치津村嘉市가 배를 멈추라고 지시한다. 배에 싣고 다니는 보트를 내리게 하더니, 갑판원 두 사람을 보내 무슨 일인지 알아보라고 한다. 갑판원이 돌아와 선장에게 보고한다.

　"어젯밤에 의병들이 등대를 습격했답니다."

　선장은 등대 소속의 사상자와 가족을 모두 배에 태우고 목포항으로 가서 경찰에 신고한다. 경찰은 이 사건으로 등대장인 주임 기쿠지 츠네요시가 숨지고, 등대 조수인 요코야마 간조와 정관진 조수의 어머니가 중상을, 조수인 정관진, 소사인 오쿠라 모리요시가 경상을 입었다고 상부에 보고한다.

　이튿날 일본 헌병과 조선인 경찰이 함께 좌지도 현장에 도착한다. 일본 헌병은 아직 숨이 끊어지지 않은 이준화와 최 씨를 청산영으로 데려가 사살한다. 등대 사건과는 아무런 관련이 없는 의병 두 명도 함께 총살한다.

맹선항 부두로 온 경찰은 등대 주변 풀숲에서 주운 미투리 한 짝을 사람들에게 보인다. 미투리는 온통 피로 물들어 있다. 서 훈장의 부인이 미투리를 보고는 털썩 주저앉는다. 그가 손수 삼으로 삼아 아들 진하에게 준 것이다. 훈장 부인은 실신해 땅바닥에 축 늘어진다.

등대 소사 오쿠라는, 한 청년이 총상을 입고 등대 남서쪽 바닷가로 달아나는 걸 보고 총을 쏘아 죽였다고 경찰에 진술한다. 경찰은 수색을 벌이나 바위틈에서 수건 한 장을 찾아냈을 뿐, 사체를 찾지 못한다. 수건은 진하의 것이다.

진하의 동갑계 친구들은 배를 저어, 진하 수건이 떨어져 있었다는 등대 남서쪽 바다를 뒤진다. 그러나 진하의 사체는 보이지 않는다. 마을 사람들도 부근 해역을 수색하나 사체를 찾지 못한다.

진하의 죽마고우 최성환이 말한다.

"평소에 진하는 죽으면 바닷속에 묻어달라고 했어. 총을 맞은 뒤에 목숨이 끊어질 것 같은께, 지 몸에 돌을 매달고 바다로 헤엄쳐 나가 바다 밑에 가라앉았을 것이여. 한 번만 더 좌지도 남서쪽 바다를 둘러보자고."

동갑계 계원들이 다시 수색에 나서지만 허사다. 다음 날 성환은 혼자서 배를 저어, 좌지도 남서쪽 바다를 살핀다. 사체가 떠오를 수도 있어서다. 성환이 소리친다.

"야, 서진하. 나오란 말이야, 진하 자식아, 나와."

그가 아는 가장 모진 욕이 '자식'이다. 그는 '자식'이라는 욕을 넘어 처음으로 '짜식'이라는 진한 욕을 쏟아낸다.

"진하 짜식아, 나와! 나오란 말이야. 짜식아, 나와."

목이 터져라, 울부짖으나 아무 반응도 없다. 성환이 선 채로 연신 진하를 부르다가 주저앉아 목놓아 운다.

며칠 뒤, 완도에서 온 경찰이 서범규 훈장을 연행한다. 사람들은 서 훈장이 잡혀간 것을 당연한 일로 여긴다. 그가 서당에서 제자들에게 동학 경전을 가르친 사실을 아는 터라, 이번에는 화를 면키 어려울 것이라고 입을 모은다.

서 훈장의 부인은 하늘이 무너지고 땅이 꺼진 것 같은 절망감에 빠진다. 기력이 다해 아들 시신을 수습하는 일에도, 남편 행방을 알아보는 일에도 나서지 못한다. 훈장 부인은 식음을 전폐하고 방에 드러눕는다.

훈장한테 배운 제자가 많지만 아무도 찾아보지 않는다. 동학을 함께 공부한 제자들은 경찰에 잡혀갈까 봐 모두 피신했다. 서당 소년 반에 다닌 제자의 부형들은 두려워서 훈장 집 근처에 가는 것조차 꺼린다.

그런 처지에 놓인 훈장 부인에게 유일하게 위안을 준 사람이 비자리 홍동연 영감의 조카 홍창식이다. 어느 날 그가 그의 어머니와 함께 찾아와 안방에 누워 있는 훈장 부인을 일으켜 앉히고, 끓여온 전복죽을 먹여준다. 그날 이후에야 훈장 부인은 혼자서 가끔 부엌에 들어가 허기를 때운다.

달포쯤 지나자 훈장이 집으로 돌아온다. 굶기도 하고 매를 맞기도 했지만, 옥살이는 면한 것이다. 어떤 이는 홍동연 영감이 손을 썼다고 하고, 어떤 이는 통감부 광주지청에 부임한 사촌 매제를 들먹이며 여기저기 쑤시고 다닌 홍창식의 공이 컸다고 한다. 따지고 보면, 등대 사건과 관련해서 훈장한테 죄가 있는 것도 아니다.

서 훈장이 잡혀간 사이에 마을에는 온갖 소문이 돈다. 전에는 마을 사람들이 훈장댁 일에 대해서는 말하기를 꺼렸는데, 이젠 마음 놓고 떠들어댄다. 마을의 아흔두 살 된 노파는 사건이 난 새벽에 일찍 깨어 바깥에 나갔더니, 진하 집에서 혼불이 나와 좌지도 쪽으로 날아가더라고 한다. 늙은이 혼불은 불그레한데 혼불이 푸르죽죽한 것으로 보아, 진하 불이 틀림없다는 것이다. 짝지에 사는 시라이 상의 딸 미유키가 목에서 피가 날 정도로 울었다는 소문이 윗마을 맹선리에도 퍼진다.

미라리의 무당은 만나는 사람마다 붙들고 입에 거품을 문다.

"내가 점을 쳤더니, 그 총각 가슴 속에 독사가 들었드랑께요. 내 말 안 듣고 그 총각을 신씨 집안에서 사위 삼았으면 으짤뻔 했소?"

무당은 진하가 죽었고, 사체는 바다에 가라앉았다고 한다. 그 무당은 길흉에 관해서는 틀리기도 하지만, 생사에 관해서는 귀신

314

같이 망힌다고 소문난 이다. 비자리에서 홍 영감 내외도 노을이를 진하에게 시집보냈으면 어떻게 됐겠느냐며 가슴을 쓸어내린다.

그렇게 등대 습격 사건은 장삼이사의 입방정 속에 막을 내리고 있지만, 경찰은 그 사건을 빌미로 새로운 작전을 편다. 목포경찰서는 등대를 습격한 의병이 이삼십 명에 이르며, 그 가운데 열네 명이 총기를 휴대했다고 상부에 보고한다. 의병은 여섯 명이고, 총기를 소지한 이는 포수 한 명이었으니까, 경찰의 보고는 과장치고도 심한 과장이다.

경찰에겐 그럴 필요가 있다. 경찰은 곧바로 완도 지역의 의병 소탕에 나선다. 일본 헌병 삼십여 명도 따로 토벌 작전을 벌인다. 소안도는 물론 인근 섬에서 등대 습격 사건과는 아무 상관이 없는 사람들이 무더기로 잡혀간다.

일본 정부는 조선 정부에 의병 진압비와 손해배상을 청구한다. 이완용 내각은 의병 진압비 3만 2천5백73원, 피해 유족 급여금 1천8백 원, 등대 피해 비용 1천7백4원 등을 예비비에서 꺼내 일본 측에 배상한다.

달포쯤 지나서다. 짝지가 발칵 뒤집힌다. 시라이 상의 딸 미유키가 어디론지 사라졌기 때문이다. 그 전날 미유키는 날이 추운데도 부부바위 사이의 풀밭에 오래도록 앉아 있었다고 한다. 윗마을 아랫마을 사람들은 진하와 미유키가 평소에 거기서 늘 어울렸을 것이라고 쑥덕거린다.

그동안 시라이 상의 체면을 생각해 쉬쉬하던 아랫마을 사람들이 터놓고 소문을 내고 부풀린다. 진하와 미유키가 바다에서 발가벗은 채 껴안고 있는 것을 보았다는 사람이 한둘이 아니다. 진하가 미유키의 집을 제집처럼 드나들었다고도 한다.

미유키가 자취를 감춘 지 한 달쯤 지나서다. 한 스님이 시라이 상의 사립문 앞에 무명천 보자기를 두고 사라진다. 시라이 상이 보자기를 펼친다. 긴 머리카락 뭉치와 편지 한 장이 들어 있다. 시라이 상의 얼굴에 안도와 탄식이 교차한다.

"내 딸 미유키가 죽진 않았구나. 머리를 깎았구나."

시라이 상이 이리 뛰고 저리 뛰지만, 끝내 스님을 찾지 못한다.

며칠 뒤에 미유키의 남동생 정선이 진하의 집으로 온다. 그가 훈장 부인에게 말한다.

"성님이 쓰던 방을 뒤져보시씨요. 물옷 두 벌이 있을 것이구먼요. 삼베로 지은 것인디, 하나는 누런색이고 다른 하나는 검정색일 것임마요."

훈장 부인은 진하가 쓰던 작은방 다락에서 물옷 두 벌을 찾아낸다. 옷이 낯설다.

"정선아, 이것이 뭣이다냐?"

진하는 물옷만은 스스로 빨아 다락에 감춰두기 때문에 어머니는 물옷을 본 적이 없다.

"물옷이어요. 바다에 들어가 전복을 딸 때 입는 옷이어라우."

"…"

"누나가 지어서 성님한테 줬어라우."

어머니는 모든 걸 받아들일 수밖에 없다.

"누나 이름이 뭣이냐?"

"미유키요. 시라이 미유키. 근디, 성님이 누나한테 '미옥'이라는 조선 이름을 지어주었어라우."

말을 마치고 정선이 잉잉 울음을 터트린다. 진하 어머니도 흐느낀다. 서범규 훈장이 안채 쪽으로 난 뒷문을 연다.

"정선아, 웬일이냐?"

정선이가 된 시라이 마사요시가 훈장 방으로 들어간다. 울음을 그치고, 아버지 시라이 상의 뜻을 전한다.

이튿날 서 훈장 내외가 맹선항으로 간다. 시라이 상이 이미 나와 발동선 위에서 기다리고 있다. 서 훈장 내외도 배에 오른다. 시라이 상이 직접 배를 몰아 좌지도 앞바다로 간다. 시라이 상이 배를 멈추고는, 갑판 위에서 보자기를 푼다. 물옷 두 벌과 머리카락 뭉치가 들어 있다. 서 훈장은 들고 간 보자기를 풀어, 물옷 두 벌을 미유키의 물옷 위에 포개놓고 보자기로 덮는다. 시라이 상이 조심스레 다시 보자기를 싼다. 시라이 상이 나뭇가지로 엮어 만든 뗏목을 바다에 띄우더니, 뗏목 위에 장작을 쌓고 그 위에 보자기를 올려놓는다. 성냥을 그어 장작에 불을 붙인다. 석유를 뿌려두었는지 불이

활활 타오른다.

시라이 상이 훈장 내외를 보며 말한다.

"내 딸 미유키가 편지를 보냈습디다. 그 애가 하라는 대로 한 것이오."

진하 어머니가 갑판에 주저앉아 으흐흑 흐느낀다. 서 훈장이 손을 들어 허공을 가리키며 말한다.

"울지 마시오. 에미가 울면, 쩌그 우리 자식들 마음이 으짜겄소."

서 훈장 눈앞에는 진하와 미유키가 나란히 서 있는 모양이다. 겨우 울기를 그친 어머니가 두 손을 모은다.

"아야, 진하야. 여그 미옥이가 간다. 몸은 어느 절에 있는갑다만, 혼은 지금 너한테 가고 있다. 니가 지금 용궁에 있는지 천당에 있는지 모르겄는디… 으쨌든지 간에 둘이 금실 좋게 지내야 쓴다, 잉."

맹선리 윗마을과 짝지 아랫마을 사람들 사이에 삽시간에 소문이 퍼진다. 시라이 상과 서 훈장이 자식들 영혼결혼식을 올렸다고 하는 사람도 있고, 영혼 장례식을 치렀다고 하는 사람도 있다. 두 영혼을 만나게 해주었기 때문에, 진하 원혼이 구천을 떠돌지 않고 좋은 데로 갔을 것이라고들 한다.

며칠 뒤에 시라이 상이 짝지를 떠난다. 그는 철이 바뀌고 나서야 돌아온다. 전라도의 큰 절은 다 뒤졌으나 딸을 찾지 못했다고 한다. 시라이 상은 짝지를 뜨겠다며 재산 정리에 나선다. 조선의 절이란 절은 다 뒤질 것이라는 소문도 돌고, 아예 일본으로 돌아갈 것이라는 소문도 돈다.

시라이 상이 짝지를 뜨기 전에 서범규 훈장 내외가 먼저 맹선리를 떠난다. 재산이 많지 않아 처분하는 데 시간이 그리 걸리지 않은 것이다. 어떤 사람은 서 훈장 내외가 부여로 갔을 것이라고 하고, 어떤 사람은 서씨 집성촌이 있다는 논산으로 갔을 것이라고 한다.

서범규 훈장 내외가 맹선리를 떠난 것을 알고, 미라리 서당 신한경 훈장이 동진 마을 김양목 훈장을 찾아간다.

"서 훈장이 으디론가 떴다는디, 선생님한테는 귀띔이라도 하던 가요?"

"인사는 하고 갔네. 자네를 보지 못하고 떠나 미안하다고 했네."

"…"

"아들을 잃는 참척의 아픔을 당하다니…."

"피눈물이 날 일이지라우."

김 훈장이 보탠다.

"소안도에 똑똑한 청년이 누가 있나, 알아봤더니 이준화가 눈에 들어오더구먼. 불러서 만나봤는디 정의감으로 똘똘 뭉쳐 있듬마. 참 아까운 청년이…."

김 훈장은 말을 잇지 못한다. 신 훈장이 묻는다.

"서 훈장은 으디로 간다고 하던가요?"

"내가 묻지 않았네. 다만… 10년 뒤에는 꼭 돌아오라고 해뒀네."

"10년 뒤에요?"

"두고 보소. 늦어도 10년 뒤에는 왜놈들이 이 땅에서 제 발로 나갈 것이네. 만약 나가지 않으면 우리가 들고일어나 쫓아내야 하지 않겠는가?"

　진도에서도 제일 외진 섬인 곽도는 갯바위에 미역이 줄줄이 붙어 있어 미역 섬이라고 부른다. 한자로는 미역 곽藿 자, 섬 도島 자를 쓴다. 해안에 크고 작은 바위가 즐비하다. 미역이 자라는 곽암들이다. 섬이 작아 세 집인가 네 집이 산다고 한다.
　해가 수평선 가까이 기울자 노을이 바다로 내려앉기 시작한다. 파도가 바위와 헤어지기 싫은지 물보라를 뿌리며 철썩거린다. 갑자기 물속에서 여자와 사내가 솟구쳐 오른다. 미역을 몇 가닥씩 들고 있다. 나란히 바위 위에 올라선다. 둘 다 검게 물들인 삼베 물옷을 입고 있다. 서진하와 백정미옥이다. 진하 옆구리와 허벅지에 흉터가 남아 있다. 미옥이 서쪽 수평선 위에 놓인 해를 바라본다.
　"아따, 쩌그 해를 보시씨요. 꼭 쟁반에 큰 홍시가 놓인 것 같구먼이라우."
　"여그 곽도에서 보는 해짐만큼 아름다운 해짐은 없을 것이오."
　"해뜸도 마찬가지여라우. 곽도맨키로 아름답게 해가 뜨고 지는 디가 으디 있다요?"
　"나에게 해짐이나 해뜸이 아름다운 것은, 내 곁에 예쁜 당신이 있기 때문이요."

"아따, 닭살 돋으요. 이제 그런 소리 그만하시오."

둘은 바위틈에 마주 선다. 미옥이가 스스럼없이 물옷을 벗는다. 황혼의 햇살이 미옥의 물기 어린 젖가슴 위에서 황홀하게 부서진다. 진하가 속곳과 저고리, 치마순으로 미옥에게 옷을 입힌다. 진하도 물옷을 벗고, 한복으로 갈아입는다. 진하가 바지게를 세우자, 미옥이가 바지게를 붙든다. 진하가 그날 둘이서 베어낸 미역을 들어 올려 바지게에 담는다. 진하는 바지게를 지고 걷고, 미옥이는 뒤따른다.

"입은 뒀다 뭣한다요? 노래 한 곡 부르시오."

진하가 나직하게 「진도아리랑」을 부른다.

아리아리랑 쓰리쓰리랑 아라리가 났네 에헤
아리랑 음음음 아라리가 났네
문경 새재는 웬 고갠가 구부야 구부구부가 눈물이로구나

미옥이가 노래를 가로챈다.

곽도 새재는 웬 고갠가 구부야 구부구부가 웃음이로구나

후렴은 둘이 함께 부른다. 진하는 미옥이가 박자를 제대로 맞추도록 손으로 지게 다리를 두드린다.

아리아리랑 쓰리쓰리랑 아라리가 났네 에헤

아리랑 음음음 아라리가 났네

미옥이 묻는다.

"여보, 내가 당신을 내 남자로 만든 것이 언젠지 아시오?"

"내 물옷을 지을 때, 나를 당신 남자로 만들었담시로요."

"사실은… 그건 한참 뒤의 일이어라우."

"…"

"당신, 노 저어 맹선항에 들어올 때마다 놋소리를 불렀지라우?"

"아니 그럼?"

"놋소리가 날 때마다 얼렁 마당으로 뛰어나가 당신을 바라봤소."

"…"

"마짱한테 서당에 다니라고 등 떼민 것도 나요."

"그래요? 그건 참 잘한 일이요."

마사요시가 서당에 다니게 해달라고 부탁하기 위해 시라이 상이 서진하를 집으로 불렀을 때, 시라이 상은 미유키에게 절대로 방 밖으로 나오지 말라고 단단히 일렀다. 그러나 미유키는 다구를 들고 불쑥 안방으로 들어갔다. 그 사실도 진하에게 털어놓을까 하다가 미옥은 입을 다문다. 이번에는 진하가 말한다.

"미옥이가 있어서 내가 살았소. 총 맞아 의식을 잃었다가 정신을 되찾은 다음부터 수도 없이 '미옥이, 미옥이'를 부름시로 기고,

기고 또 기었소."

"아따, 오늘 그 말씀이 딱 천 번째요."

천 번이 아니라 만 번이 넘더라도 진하는 그 말을 또 할 것이다. 곧 맥이 끊길 것 같은 나라에서 목숨 부지하고 살아간다는 것은 구차한 일이었다. 그러나 진하는 살아야 했다. 미옥이가 아름다운 옥, 백옥의 동상으로 우뚝 서서 진하를 불렀다. 미옥에게 가야 했다. 기고, 기고, 또 기던 그때의 진하 마음이 그랬다.

가파른 산길을 오르자 울창한 솔숲이 나타난다. 그 안에 돌담을 두른 초가가 한 채 숨어 있다. 진하 가족은 거기서 몇 년만 더 살다가 소안도 맹선리로 돌아갈 작정이다. 진하는, 일본이 경술년 (1910년) 양력 8월에 조선을 삼켰으나, 그 뒤 10여 년이 지나면 다시 토해낼 것이고, 안 그러면 조선 백성들이 힘을 합쳐 토해내게 해야 한다고 믿어왔다.

"임진년(1592년)에도 정유년(1597년)에도 왜군이 우리나라를 쳐들어왔으나 백성들이 끝내 나라를 지켰다. 이번 경술년에는 왜놈들이 웃것들을 매수하고, 임금한테 재갈을 물려 나라를 빼앗았는디, 이제 백성들이 들고일어나 나라를 되찾아야 한다. 그래야 앞으로 다시는 웃것들이 지멋대로 나라를 큰 나라에 바치는 일이 없을 것 아니냐?"

아버지 서 훈장이 자주 하는 말이다. 우리나라는 어느 나라 밑에 들어가거나 어느 나라 뒷줄에 서는 것이 아니라, 그냥 우리나라로 우뚝 서야 한다. 백성이 그런 나라를 만들어야 한다.

째 너른 마당에는 빨랫줄 모양의 긴 줄이 여럿인데, 줄마다 미역이 걸려 있다. 내외는 미역을 빈 줄에 건다. 며칠 뒤에는 돗 씨가 돛단배가 아닌 발동선을 몰고 올 것이다. 전에 시라이 상이 타던 발동선이다. 그가 늘 미옥이와 진하 내외의 미역을 목포로 가져가 판다.

등대를 부순 새벽에 돗 씨가 돛을 올리자 총 씨가 중얼거렸다. '백 씨가 배로 돌아오겠다고 했는디…' 하고. 그 말이 목에 걸려, 좌지도를 서쪽으로 돌아갔다가 바위틈에서 피범벅이 되어 기고 있는 진하를 발견한 이가 바로 돗 씨다. 진하를 해남 이진의 바닷가 폐가에 숨겨두고 의원을 불러와 총상을 치료하게 한 이도, 진하가 미역바위가 많은 데가 어딘지 묻자 진도 맹골군도 중에서도 가장 외진 곽도에 데려다준 이도, 사람을 풀어 까까머리 미옥이를 절 암자에서 찾아온 이도, 시차를 두어 진하와 미옥의 가족을 곽도로 오게 한 이도 돗 씨다. 시라이 상 부자는 미유키가 진하와 함께 사는 것을 보고 나서, 아직 팔리지 않은 발동선을 돗 씨에게 넘기고 일본으로 돌아갔다.

진하는 돗 씨가 해남 이진 사람이어서 '이진 성님'이라고 부른다. 이진 성님은 종종 완도 소식을 가져왔다. 좌지도 등대를 부순 바로 그해(1909년) 4월에 완도군 평일도 의병 열여 명이 포구에 입항한 일본 어선을 몰아낸 사실도, 5월에 완도군 고금도 주민 쉰여 명이 어시장으로 몰려가 일본 상인들을 내쫓은 사실도, 완도읍

죽청리 주민들이 연안에 정박한 일본 어선을 공격해 심하게 반발한 일본 선원 한 사람을 때려 숨지게 한 사실도 모두 이진 성님이 알려주었다. 이진 성님은 완도가 호남 의향의 맥을 잇고 있다고 했다. 가장 엄혹한 시절에 의로움을 잇고 있어, 완도야말로 진짜 의향이 되었다고 했다.

이진 성님은 다른 지역의 소식도 종종 전했다. 일제가 경술년(1910년) 8월 29일 우리나라를 삼키자, 9월 10일에 호남 삼재三才의 한 분인 매천梅泉 황현黃玹이 더덕 술에 아편을 타서 마시고 목숨을 끊은 사실도 이진 성님을 통해 알았다.

이런저런 소식을 들을 때마다, 진하는 이진 성님을 부둥켜안고 목 놓아 울었다. 죽은 이준화 성님이 보고 싶어서였다. 이준화 성님이 소안도 물치기미에서 진하에게 한 말이 우렁우렁 귀를 울려서였다.

"어야, 동생. 왜놈들이 우리나라를 삼킬라고 혈안이 되어 있는 판국인디, 우리가 저 등대를 부수면, 우리의 행동, 우리의 거사가 소안도 청년들, 완도 청년들, 나아가 대한 청년들한테 좋은 지침이 될 것이네. 그랑께, 등대를 부수는 것이야말로 새 등대를 세우는 일이 아니고 뭣이겄는가?"

이준화 성님이 이어서 말했다.

"택도 없는 일이겄지만… 왜놈들이 우리가 등대를 부순 것을 등대 삼아, 우리를 집어삼킬라고 한 사실을 반성하고, 우리와 함께 공존공영하는 쪽으로 방향을 튼다면 또 을마나 좋겠는가?"

방바닥이 죽석이 아니라 장판지다. 한지를 겹겹으로 바르고 그 위에 들기름을 먹여 윤기가 돈다. 아기가 방 한가운데서 아장아장 걷는다. 서 훈장 내외가 윗목과 아랫목에 따로 앉아 아기에게 이리 오라고 서로 손짓한다. 아기가 이리 갈까 저리 갈까 망설이다가 넘어진다. 내외가 소리 내어 웃는다.

미옥이가 방문을 열고 안으로 들어선다. 진하가 뒤따른다. 넘어졌던 아기가 반색하며 일어나 미옥에게 안긴다. 서 훈장 내외가 큰방으로 건너가자, 미옥이 적삼을 헤친다. 아기가 젖가슴으로 파고든다. 미옥이가 젖을 물고 있는 아기를 물끄러미 내려다보다가 곁에 서 있는 남편 진하를 쳐다본다.

"이 외딴섬에서 우리 애기가 동무 하나 없이 자라게 할 수는 없어라우."

"…."

"소안도 돌아갈 날이 5년쯤 남았소?"

"맞소. 5년 뒤에는 돌아갑시다. 애기도 애기지만, 당신도 맹선리가 그립지라우?"

"그라요. 내가 행복에 겨웠는갑소. 여그 곽도에서 당신하고 한 꾼에 미역 땀시로 알콩달콩 사는 것도 꿈같이 행복한디… 맹선리로 돌아가서 사람들하고 부딪침시로 왈강달강 사는 것도 나쁘진 않을 것 같으요."

"소안도에 가자마자 총독부 순사가 나를 잡아갈 것이오."

"아따, 얼씨구나, 하고 가시오. 으쩨서 등대를 부쉈냐고 물으면, 이준화 아주버니가 물치기미에서 했다는 그 말씀을 하시씨오."

"…."

"아주 당당하게 큰 소리로 말하시씨오, 잉."

역사소설로 읽는 성심의 세계

박수연

(문학평론가)

김민환의 소설 『등대』가 이야기의 배경으로 가져온 것은 소안면 좌지도 등대 사건이다. 좌지도에 시설된 등대를 1909년 섬 주민들이 파괴하고 일본인을 죽인 사건이 그것이다. 소안면 일대가 민족운동의 도화선을 당기는 데 이 사건이 표면적 계기를 제공했다면, 소설은 이 계기의 더 깊은 바탕을 보여주고 있다. 실존 인물 이준화의 실화를 기본적으로 활용하여 그 실화의 동력이 무엇인지 제시하고 있는 것이다. 소설 속 인물의 상상적 말이지만, 등대를 파괴하고 죽음을 맞이한 이준화의 입을 빌려 소설의 결말은 새로운 세계를 이끌 '등대 세우기'라는 과제를 제시한다. 근대적 국민국가의 과제가 사람들에게 요구한 민족적 계몽이라는 상식적 주제로 이 결말이 수렴된다면, 『등대』는 뻔한 역사의식으로 그치고 말았을 것이다. 이 수준을 넘게 한 이야기의 동력이 바로 '동학'이다.

이준화는 동학교도이다. 1894년 동학전쟁의 와중에 소안도에 들어온 동학 접주 나성대가 동학군을 길러냈는데, 그 일원이 이준화였다. 그는 1909년 남해를 항행하던 일본 선박을 위한 등대를 파괴하는 공작을 감행했고 실제로 등대를 파괴했다. 소설 속에서는 의도치 않았던 사태라고 해명하는 일본인 사망이 발생했기 때문에 조선 정부가 일본에 변상을 했지만, 실제로 이 사건 이후 소안도 일대의 민족적 각성은 유별난 데가 있었다. 그 계기에 이르기까지 펼쳐진 인물들의 삽화가 소설 『등대』의 핵심 골격이다.

이준화를 거론했지만, 이준화는 소설의 사건들에 계기를 부여하는 중요한 인물이기는 해도 주인공은 아니다. 소설을 이끌어가는 시선은 주로 서진하에 의해 주어진다. 서진하는 소안도의 맹선리에서 서당을 열어 청년들을 가르치는 훈장 서범규의 아들이다. 이 서범규에게 동학 접장 나성대가 찾아온 이후 인물들의 행동이 방향을 잡고 펼쳐진다는 점에서 주목해야 할 두 가지 요인이 있다. 동학과 부여가 그것이다. 나성대는 1894년 동학전쟁의 좌절 후 완도 일대를 돌아다니며 동학을 전파하는 인물이고 서범규 훈장은 부여 서씨의 후손으로 소안도에 뿌리내린 인물이다. 부여가 공주에 접해 있던 1894년 동학전쟁의 최후 요충지였음을 고려한다면, 이 둘의 만남은 소안도뿐만 아니라 구한말 조선민중운동의 상징적 필연성을 암시하는 대목이라고 의미화될 수 있다. 동학의 세계관이 사람들에게 전파되고 민중의 혁명적 실천이 소안도에서 다시 이루어진다는 점이 그렇다. 동학의 내면 철학적 성격과 현실 전복적 행동이 곧 당대 조선의 국면에서 진행될 민중 세계의 본원성 찾기에 해당하기 때문에 소설 전체에 걸쳐 있는 이 본원성 찾기야말로 이 소설을 이끌고 맺는 동력이라 할 만하다.

소설의 개략은 다음과 같다.

1. 강강수월래

여성성으로서의 강강수월래, 동학 접장 나성대와 서범규 훈장의 만남.

2. 초초목목 풍풍

최제우와 접신하는 서범규 훈장, 동학 공부의 시작, 동학군 이준화의 등장.

3. 짝지

일본인 거주지인 짝지의 신문명과 조선에 우호적인 일본인 거주자 시라이.

4. 쌍무지개

서진하와 시라이 미유키의 만남.

5. 차인, 6. 봄꿈

홍종우의 동학군 핍박, 이준화의 도주.

7. 대통

시라이의 서당 후원, 유학 비판과 동학의 뿌리, 시국에 대한 훈장들의 의견 대립. "내 마음이 네 마음이니라."

8. 겨울 허수아비

이준화 아내의 회임, 을사조약과 대신들의 순국.

9. 간장 한 종지

미유키를 꿈에서 만나는 서진하.

'道, 無爲而化.'

당사도唐寺島가 아닌 좌지도左只島. 궁방전 **개간금지령**(1906)을 어긴 죄로 곤장을 맞는 서진하와 이준화.

10. 물옷

미유키가 만든 서진하의 물옷.

11. 빙탄

동학, 동양평화론, 위정척사론.

12. 가을

평화로운 어민들의 삶, 그리고 동학의 道.

13. 바다

일본인들의 조선 정착을 돕는 미간지이용법(1907). 민족 자주성을 추구하는 단군론.

14. 들불

일본 어민들의 저인망 어선에 대한 문제의식.

15. 원방수

"마음이 하늘". 서진하가 미유키에게 사랑을 고백. 시라이에게

혼인 승낙 요청. 일본에 대한 두 시각.

16. 상괭이

좌지도 등대는 일본의 화물선과 군함을 위한 것. 세계인식은 유식과 무식이 아니라 세계관에 토대. 하늘의 일로서의 사랑과 白井美玉(미옥)의 탄생.

17. 꿀밤

등대를 건설하면서 등대에 대한 인식이 변하는 이준화. 정한론 비판론자 시라이의 등대 건설 반대와 인류 연대의 정신.

18. 황홀한 찰나

좌지도 등대 점등식(1908년 섣달 열흘). 일본을 위한 등대를 파괴하려는 계획과 새로운 세계를 위한 등대 건설 희망.

19. 등대 세우기

좌지도 등대 파괴, 이준화의 사망, 서진하의 실종.

20. 곽도

좌지도 앞바다에서 이루어진 서진하와 미옥의 영혼결혼식. 곽도에서 아기를 낳고 가정을 이룬 진하와 미옥. 소안도 맹선리로 돌아갈 것을 다짐하는 진하에게 미옥이 이준화의 말을 상기시킨다.

"어야, 동생. 왜놈들이 우리나라를 삼킬라고 혈안이 되어 있는 판국인디, 우리가 저 등대를 부수면, 우리의 행동, 우리의 거사가 소안도 청년들, 완도 청년들, 나아가 대한 청년들한테 좋은 지침이 되지 않겠는가? 그렇게 된다면, 등대를 부수는 것이야말로 새 등대를 세우는 일이 아니고 뭣이것는가?"

　이와 같은 줄거리 속에서 소설은 좌지도 등대가 문제화되기 전까지 당대 민중들의 소소한 삶을 그린다. 소소하지만, 구한말의 시대상을 주요 인물 중심으로 축약했다고 할 수 있는 실제 현실을 개략한 것일 권세가들의 행패와 남해 어민들의 자주적이면서 활기찬 삶은 구한말의 일반적 양상일 것이다. 상식적 분위기이되, 일본인 거주지의 근대적 면모를 부러워하면서도 남해 어촌에서의 어민들 자신의 삶을 놓아버리지 않는 민중들은 그러나 동시에 자신들의 현실을 넘어서야만 찾아낼 수 있는 이상향을 외면하지 않는다. 그것이란 동학을 통해 넓혀가는 본원적 세계이다.

　그러나 소설은 이 본원성 탐색을 추상적으로 드러내지 않는다. 동학을 바탕에 깔되 동학 운동 자체가 형상화되지는 않는다는 뜻이다. 이준화가 아니라 서진하가 내세워지고, 나성대와 서범규의 만남이 상징화되며, 일본 여성 미옥(미유키)으로 환기되는 세계의 정처定處가 지속적으로 작용함으로써 소설은 주인공 한 명과 동학의 이념이 아니라 주인공의 배경과 삶의 바탕으로 서 있는 소안도를 형상화해서 구한말의 현실을 만들어간다.

　이 점이 의미심장한 것은 이 소설 형식이 동학이라는 구한말의 조선적 세계관이 주장하는 삶의 방식을 잘 보여주기 때문이다. 하나의 이념은 지배적 구심점을 통해서가 아니라 상호적 분산점을 통해 존재한다는 것이 그렇다. 이 존재방식을 미적 형식으로 만들어낸 것이 『등대』인데, 확산적이면서 본원적인 형식의 이야기가 구성되는 방식이 그것이다. 서사 구성 방식이 구체적 에피소드와 인물에 대해 맺는 관계는, 주제적 이념이 삶의 현상적 실체에 대해 맺는 관계와 같다. 내 마음이 네 마음이고 모두가 하늘이라는 동학의 평등 이념은 등장인물들의 어느 한편에 무게중심을 두기보다 그 인물들 전체를 균형 있게 배치하는 과정에서 드러나는 것이다.

이 구체적 평등주의는 서진하와 이준화, 미옥(미유키)과 서진하가 마음에 두었던 여인들, 서범규와 다른 훈장들, 최종적으로 서범규와 나성대의 일방적이기보다 상호적인 관계를 통해 나타나는데, 이것은 가령 신동엽의 「금강」 후화에도 동일하다. 두루 알다시피 동학전쟁이 외세 배격의 깃발을 들게 되는 '보은 집회'는 그 외세 배격이라는 이유 때문에 장소적 상징성을 가지고 있다. 동학농민군은 자신들의 거처로 돌아갔지만, 보은 집회 후 조선 민중이 한때나마 평화로운 역사적 희망을 가질 수 있게 된다는 점에서 더욱 그렇다. 신동엽은 「종로5가」에서 서울에 올라온 소년 노동자를 그 속리산 보은 땅에 이어놓았다. '종로 5가'에서 만난 소년의 고향을 '충청북도 보은 속리산'으로 추정하는 구절이 그것이다. '보은'이라는 장소적 중심성은 그러나 추상적 상징성으로 유일하게 존재하는 데서 멈추지 않고 다른 장소로 확장된다. 같은 시를 「금강」 후화로 사용하면서 신동엽은 이 구절을 "충청남도 공주 동혈산"으로 바꾸어놓았다. '보은 속리산'과 '공주 동혈산'은 매우 다르다. 보은 속리산이 동학 이념의 직접적 집결지라면 공주 동혈산은 동학전쟁의 상상 속 후천세상의 가능계이다. 하나의 가능성을 품고 소년은 서울로 올라갔을 것이다. 이 장소성의 확장과 함께 보은과 외세 배격이라는 장소성이 전국 각처로 퍼져나갈 가능성을 갖게 되듯이, 『등대』의 인물들과 사건들은 특별히 두드러지는 의미화의 과정에 유일하게 머물지 않고 모두 상대방과의 관계 속에 얽혀든다.

　소설 『등대』의 '곽도'를 신동엽의 시 「금강」의 '동혈산'과 같은 상징적 맥락으로 읽어야 하는 것은 그 때문이다. 그곳은 이념이 추상적으로 빛나는 본원적 장소를 넘어서는 곳, 이념의 현실성이 구체적으로 내려앉아 빛나는 장소이다. 이념의 구체적 실현은 위에 썼듯이 하나가 아니라 여럿이다. 이 현실성은 대중적 흥미를 폭발적으로 야기하는 형상과는 달리 인간의 일상에 스며 있는 여러 모습들을 통해 구현되는데, 세계에 가득 차 있는 신성은 언제나 조용히 낮게 만개한 채 존재한다. 일상의 현실성이란 그런 것이다. 『등대』의 서진하와 이준화를 둘러싼 여러 사건들이 흥미와 충격보다 일상적 삶의 흔적들처럼 묘사되는 것은 작가가 그런 일상적 신성성이라는 삶의 이념을 언어화하는 데 집중하기 때문이다. 일상의 현실 혹은 개인은 자기 자신의 신성함으로 모두 평등

하고 각각 개별적으로 중요하다. 이런 의미에서『등대』는 대중소
설의 과장적 신기에 묶이지도 않고 기교적 장치로서의 의도적 생
략에 묻히지도 않은 소설, 곧 존재 자체의 일상을 평등하게 현실
화하는 소설이다.

　그런데『등대』의 도입부에서 독자들이 주목해야 할 부분은 훈
장 서범규가 최제우와 접신하는 장면이다. 서범규가 고민 끝에 학
생들과 동학 책을 읽어나가기로 한 순간 홀연 방 안에 서기가 어
리면서 깡마른 노인이 나타난다. 수운 최제우의 귀신이다. 서범규
가 최제우와 나누는 대화의 장면은『동경대전』에서 최제우가 두
번째 접신을 이루는 장면과 유사하다. 그것이란 아래와 같다.

　몸이 몹시 떨리면서 밖으로 접령하는 기운이 있고 안으로 강화
의 가르침이 있으되, 보였는데 보이지 아니하고 들렸는데 들리지
아니하므로 마음이 오히려 이상해져서 수심정기하고 묻기를 '어
찌하여 이렇습니까.' (『논학문』)

　갑자기 서 훈장의 몸속으로 불덩이 같은 것이 쑥 들어온다. 온몸
이 타는 듯이 뜨겁다. 정신을 가다듬고 보니, 눈앞에 깡마른 노인
한 분이 큰 지팡이를 짚고 서 있다. 누더기를 걸치고 있으나 눈빛
이 형형하다. (23쪽)

『동경대전』의 「논학문」[1]에 기록된 접신 장면과 소설 속 서 훈장의 접신 장면은 임우기가 그의 '귀신소설론'에서 말하는 '에피파니'의 한 예이다.[2] 이 에피파니는 학문이든 문학이든 한 존재와 사건이 도달할 경지의 최고 수준에서 가능한 성誠의 경험이다. 왜냐하면, 나의 내부에 있는 신령이 가장 순수한 상태에서 외계와 접할 때 영혼의 기화가 가능하고 그것을 실제로 보는 것이기 때문이다. 이른바 '내유신령 외유기화'의 상태가 이것이다. 그런데 이 '외유기화'의 결과가 어떨지에 대해서는 알 수 없다. 위의 인용 부분 다음에 이어지는 대목은 두 편의 글 모두 인간의 몸으로 현현했으되 어렴풋한 귀신과 대화하여 깨닫는 내용이다. 소설은 그 대화의 끝을 "유공각래지"라고 적어놓았다. '惟恐覺來知(앎을 깨우치는 것만을 골똘히 생각함)'와 '惟恐覺來遲(깨우침이 늦게 올 것을 오직 두려워함)'의 두 가지 의미는 실로 하늘과 땅의 차이이지만, 한국인의 입말에서 그것이 동일하게 실현되고 있기 때문에 두 의미 중 어느 하나가 실현되는 일이야말로 세계의 기운이 인간에게 내

1　인용문은 임우기의 『유역문예론』(솔출판사, 2022, 23쪽)에서 가져왔다. 김용옥은 이 「논학문」 장을 「동학론」이라는 이름으로 바꿔 번역한다. 최시형이 「논학문」이라는 이름을 붙였지만 최제우의 원고에는 「동학문」이라고 씌어 있고, 이 글에 이르러 서학과 다른 동학의 정체성이 이뤄지기 때문이라고 김용옥은 설명한다. 여기에서는 최시형 이후의 일반적인 용례를 따라 「논학문」이라고 쓴다.

2　임우기, 「流行不息, '家門小說'의 새로운 이념」, 『유역문예론』, 667~671쪽 참조.

려주는 예기치 않은 결과가 아닐 수 없다. 그 결과를 위해 인간이 자신의 모든 도리를 성실히 수행할 때, 신은 눈앞에 내려온다. 귀신의 작용이 은밀하게 성심誠心의 기운으로 이루어지는 것이다.

이때 귀신이란 사물이 자신의 본성대로 발현되는 기운이며 인간에게 있어서는 마음의 신적 본성을 가리킨다. 위 「논학문」의 인용에 이어지는 구절 "내 마음이 네 마음이니라."가 『등대』의 2장 윗부분과 7장 「대통」에서 반복된다는 사실은 『등대』가 곧 동학의 이념을 당대의 상상이자 실제적인 현실 속에 풀어 써놓은 것임을 뜻한다. 상상이라고 말했지만, 작가가 보는 것은 소안도의 시간이 마음속에 펼쳐놓은 '지극한 기운[至氣]'의 세계일 것이다. 상상적 현실은 곧 지극한 마음들이 가진 기운의 현현에 다름 아니다. 그러므로 귀신의 에피파니는 귀신을 옆에 두고 의탁하여 귀신에 붙들린 채 인간의 일을 게을리하는 것과는 거리가 멀다. 오히려 『등대』의 서범규가 동학의 세계상을 고민하여 학생들과의 공부를 진심으로 고민할 때 마음의 성심이 귀신이 되어 나타나듯이, 나아가 소안도의 민중들이 새로운 역사의 '등대'를 위해 알지 못할 미지의 힘에 기구祈求하는 것이 아니라 자신들의 인력으로 저 새로운 시간을 이루어나가듯이, 인간을 위한 기운들이 은미하게 어느덧 나타나는 것이다. 귀신소설로서의 『등대』는 세계의 기운이 이렇게 성심의 마음과 행동으로 가능하다는 사실을 알려준다. 공자가 『논어』에서 말한 '경귀신이원지敬鬼神而遠之'도 마찬가지다. '귀신을 공경하는 일은 곧 귀신으로부터 멀리 있음'으로써 귀신이 작용하게 하는 일이다. 필요한 것은 사람 자신의 성심이고 그렇게 된 후 바른 기운이 지극하여 나타난다. 그런데 그 기운의 현현이 어떻게 될지 알 수 없으니 인간은 자신의 일에 더 성실해야 할 텐데, 그것이 바로 '유공각래지'의 차원임을 작가는 암시하듯 써 두었다. 세계의 본성을 아는 일에 대해서는 집중하여 힘쓸 일이나 그것이 주체의 차원에서만 온전히 이루어질 수는 없다. 더구나 세계의 지극한 기운(타자들의 운동)이 동시에 작용해야 가능한 '깨우침이 지금 당장 이루어질지(覺來知)' '오랜 기다림 이후에야 비로소 가능할지(覺來遲)'는 알 수 없다면 그 앎을 위한 인간의 성심이 더욱 필요할 일임은 분명하다.

『등대』는 이제 한국의 역사소설이 자신의 고유 문법으로 세계를 형상화하는 단계에 이르렀음을 보여준다. 서진하와 이준화라는 인물로 형상화된 민중들은 지식인의 계몽적 지도에 의해 이끌리는 존재가 아니라 자신들의 삶의 과정에서 성심을 다해 깨닫는 존재들이다. 당대의 '동양평화론'이나 '위정척사론', 배타적 '동양론'은 민중 자신의 삶 공부를 통해 수용되거나 거부된다. 더구나 외세 침략 시기에 소안도 인근의 거주 일본인들을 대하는 조선인들의 태도는 누구보다도 자연스러운 연대의 마음을 드러낸다. 1장 「강강수월래」로 시작하여 20장 「곽도」로 끝나면서 형상화되는 여성적 근원성의 힘은 김민환 소설의 또 다른 가능성이다. 근대 국민국가 체제가 부려놓은 남성 중심적 서사와 역사의 흐름을 『등대』는 가뿐히 뛰어넘고 있다. 한국 근현대사를 다룬 김민환의 다른 소설들이 여성상을 어떻게 이루고 있는지에 대한 특별한 관심이 필요한 맥락이기도 하다.

남겨둘 말이 있다. 소설에는 민중들의 삶의 거처와 객관적 조건들에 대한 묘사보다 세계에 대한 지적 진술들이 앞서는데, 이런 모습은 아무래도 '동학'이라는 한국적 사유와 세계관의 핵심적 동력을 당대의 정치적이면서 지적인 맥락 속에서 부각시켜야 한다는 압력이 작용하기 때문일 것이다. 그런데 이는 작가가 9장의 중심 생각으로 가져온 '무위이화無爲而化'를 형상화하는 일에 어떻게 연결된 것인가. 이 '무위이화'가 '자재연원自在淵源'과 어울리지 못한다면 세계의 여러 존재들과 만나는 일은 만남의 주체가 대상을 주관적으로 해석하는 일에 지나지 않을 수도 있다. 세계의 여러 삶에 대한 근대의 정치적이고 역사적인 대응은 곧 국민국가 구성에 해당하는 일이었을 터이다. 소설의 결말에 제시된 이준화의 말은 '대한 청년'들의 미래상과 이어짐으로써 저 국민국가론의 구한말적 판본으로 읽히기도 한다. 동학이 실제로 보국안민의 기치를 들었기 때문에 이 결말은 타당하다고 해석되지만, 소설적 상상이 그 결말을 뛰어넘을 수는 없었을까?

김민환의 소설이 주로 근대적 격변기의 서사를 다루기 때문에, 조선이라는 나라의 운명을 끌어안을 수밖에 없음은 물론이다. 그런데 이준화가 대한 청년이라는 명명으로써 외세에 맞서야 했을 당대의 근대적 한계를 실현하고 있을지라도, 이 대한 청년의 각성이 또한 민중적 자발성으로부터 비롯된다는 사실을 소설은 암시한다. 좌지도라는 작은 섬에서 이루어진 어민의 행동 하나가 세계 전체의 등대로 자랄 수 있음을 이준화의 말은 예고하고 있기 때문이다. 그렇다면, 그 시대를 살았던 민중들이 '자재연원'과 '무위이화로써 근대 국민국가의 권력을 어떻게 넘어서는지에 대해 독자들은 이제 새롭게 만날 준비를 해야 할 것이다. 이 기대는 근거 없는 막연한 바람이 아니다. 『등대』의 주제의식에 기대 예상컨대, 저 새로운 물결의 시간은 자기 삶이 뿌리내린 대지에서 하늘의 모심(侍天主)으로서의 인간 존재, 곧 '내유신령 외유기화內有神靈 外有氣化'의 성심으로서 만들어지는 중이다. 시인 신동엽이 그 '자재연원'의 대지적 영혼을 「금강」의 부여와 '동혈산', 그리고 진아에게 부여하고 있다면 김민환은 그것을 『등대』의 좌지도와 곽도, 그리고 미옥(미유키)에게서 찾고 있다. 여성적 대지의 세계가 둘의 공통점이되 김민환은 그것을 국가를 넘어선 연대의 정신으로 확장하고 있는 것이다. 그의 다음 소설이 기다려지는 이유이다.

작가의 말

완도의 화흥포항에서 카페리를 타고 50분쯤 가면 소안도가 나온다. 서쪽에 보길도와 노화도, 동쪽에 청산도가 있고, 남쪽에 추자군도가 있다. 날씨가 좋으면 한라산이 보인다.

이 먼 섬에서 1919년에 만세운동이 일어났다. 항일운동은 그 뒤로도 격렬하고 줄기차게 이어졌다. 소안도 출신으로, 광복 이후에 정부가 서훈한 독립유공자가 22명에 이른다. 소안도는 부산 동래, 함경도 북청과 함께 3·1운동의 3대 성지로 꼽히기도 한다.

이 섬의 청년들은 3·1운동이 일어나기 10년 전인 1909년 2월에 눈앞에 있는 좌지도로 건너가, 일본이 세운 등대를 부수었다. 『소안면지』에 따르면, 이 상징적인 사건이야말로 소안도가 항일 독립운동의 본거지로 우뚝 서게 한 계기가 되었다.

왜 아름답고도 조그만 섬 소안도에서 항일운동이 그토록 뜨겁게 불타올랐을까? 보길도에 내려와 살면서 내내 궁금했다. 이제야 그 의문에 대한 답을 소설로 풀었다. 가장 보수적인 유도儒道와 가장 진보적인 동학이 만났다. 그 만남이 역사를 낳았다. 우리의 그런 정신사를 엿본 것은 큰 기쁨이 아닐 수 없다.

일본은 우리에게 사죄해야 하는가? 마땅히 그래야 한다. 그들 사전에 있는 가장 곡진한 말로 사죄해야 한다. 우리가 아니라 그들의 후손을 위해서다. 우리에게 충심으로 사죄하는 일이야말로, 그들의 후손이 남을 짓밟는 무도한 짓을 저지르지 않게 하는 가장 효과적인 교육이 될 것이다. 후손을 제대로 가르치고 싶다면, 사죄는 해마다 해도 되고, 달마다 해도 되고, 날마다 해도 된다.

우리는 앞으로도 그들을 미워해야 하는가? 그건 아니다. 우리는 과거를 잊어서는 안 되지만, 과거에 얽매어서도 안 된다. 우리는 일본의 많은 선량한 사람들, 평화를 사랑하는 사람들과 어깨 겯고 세계로 미래로 함께 나아가야 한다. 이 소설에 나오는 소안도 사람들이 한 세기 전에 이미 그렇게 말했다. 그들은 한국 침탈을 위해 일본이 세운 등대를 부수면서, 그때 이미 새 등대를 세웠다.

이 소설을 내기까지 여러 갈래로 도움을 얻었다. 도올 김용옥 교수께서 『동경대전』 번역서를 내지 않았다면 나는 이 소설을 쓸 엄두를 내지 못했을 것이다. 『한국 생명평화사상의 뿌리를 찾아서』에 실린 정지창 교수의 논문도 동학을 이해하는 데 큰 도움이 되었다. 임우기 평론가의 역저 『유역문예론』은 동학을 새로운 시선으로 바라볼 수 있게 해주었다. 나는 그의 육성을 통해 소설이 어떠해야 하는지에 대해서도 새삼 숙고하곤 했다.

소안도 미라리 출신의 향토사가 신현성 님의 조언이 없었다면 미로를 헤매는 시간이 길어졌을 것이다. 소안도 가학리 출신으로 완도군 기획실장을 지낸 허정수 선생은 많은 편의를 베풀어주셨다. 도쿄의 시라이 미유키 작가는 자신의 실명을 여주인공 이름으로 쓰게 하고 귀한 조언도 해주셨다.

예술원 회원이신 최동호 고려대 명예교수와 황순원 문학촌 촌장을 맡고 계신 김종회 경희대 명예교수, 시나리오 작가 한현근 선생, 그리고 존경하는 나의 오랜 벗 천영세 한숙희 내외분 등은 이 소설의 초고를 검토하고 고언을 아끼지 않으셨다. 충남대 박수연 교수께서는 학기 중에 이 소설을 읽으시고 정성 들여 해설을 써주셨다. 영남대 독문과 교수직을 정년 퇴임한 뒤에 한국 생명평화운동의 사상적 연원을 밝히는 작업에 혼신하고 계시는 정지창 교수, 서평에 새로운 지평을 열어 독서계에 활력을 불어넣고 최근 들어 문예비평으로 영역을 확장하고 계시는 김미옥 선생, 두 분께서는 과분한 표사를 써주셨다. 출판 환경이 녹록하지 않음에도 불구하고 솔출판사는 흔쾌히 발행을 맡아주셨다. 지면을 통해 모든 분께 마음 깊이 감사드린다.

2024년 5월 1일 보길도에서 김민환 씀

1판 1쇄 인쇄   2024년 5월 24일
1판 3쇄 인쇄   2024년 7월 16일

지은이   김민환
펴낸이   임양묵
펴낸곳   솔출판사

편집   윤정빈 임윤영
경영관리   박현주

주소   서울시 마포구 와우산로29가길 80(서교동)
전화   02-332-1526
팩스   02-332-1529
블로그   blog.naver.com/sol_book
이메일   solbook@solbook.co.kr
출판등록   1990년 9월 15일 제10-420호

ISBN   979-11-6020-204-5 (03810)